小さな魔女と空飛ぶ狐

little witch & flying fox

南井大介

イラスト†大槍葦人

南井大介
Daisuke Minai
イラスト†大槍葦人
Illustration: Ashito Oyari
小さな魔女と空飛ぶ狐
little witch & flying fox

little witch & flying fox

CONTENTS

little witch & flying fox

第一章

——狂気は並はずれて優れた感覚である。
……洞察力のある人の目には。

エミリー・ディッキンソン
（詩人 詩篇四三五より）

闇《やみ》の深い夜だった。

分厚《ぶあつ》い積雲帯《せきうんたい》が大地に蓋《ふた》をして、遥《はる》か高空《こうくう》にはカーテンのような高層雲《こうそううん》が浮かび、ささやかな月光を遮《さえぎ》っている。

梟《ふくろう》でさえ飛ぶことを控えそうな夜の闇を切り裂くように、紅《あか》く大きな花が咲く。

高度八〇〇〇メートルの高みを駆けていたヴェストニア空軍の単発ジェット戦闘機《せんとうき》シュペルオラージュが、二〇〇〇リットルの航空燃料の爆発《ばくはつ》によって木端微塵《こっぱみじん》に砕け散り、個々の残骸《ざんがい》が燃えながら分厚い積雲の中へ消えていった。

『セルバンが！　セルバンがやられた！』

通信機から悲鳴が響《ひび》く。三人目の犠牲者《ぎせいしゃ》は編隊長だった。指揮官として何一つ有効な策を打ち出せなかった編隊長は今、細切《こまぎ》れとなって大地に降り注いでいる。

『くそっ！　こちら黄《メルダ》の2《ジョーヌ・ドゥ》、指揮を代わる！』『敵はどこなんだ！　全然見えねーぞ！』『もう駄目《だめ》だ、逃げようぜ！』『うるせえ、黙《だま》れクソ野郎！』

生き残っているパイロット達がぎゃあぎゃあと喚《わめ》く。

極度の緊張と恐怖が脳内麻薬物質の分泌を促し、戦闘機乗り達の感情をあらゆる方向へ暴走させている。理性が弱まっているパイロット達は軍隊の基本、意思の統一さえ図れない。

これを無様《ぶざま》と嘲笑《あざわら》うのは容易だが、彼らの身になれば笑うことなどできまい。真っ暗闇の中、故郷から遠く離れた土地で、死神に足首を引っ掴《つか》まれている彼らをどうして笑えよう。

シュペルオラージュのレーダーは敵をきっちり捉《とら》えていた。敵が四機ということも分かっている。だが、シュペルオラージュを駆るパイロット達は誰《だれ》一人として敵を見ていない。レーダーが捕捉《ほそく》した敵を目指して飛んでも、排気炎はおろか影すら見つけられなかった。それどころか、のこのこ出向いて行ったところを襲《おそ》われる始末だ。居ると分かっている敵を見つけられず、かつ一方的に襲われる恐怖は、居るかもしれないという疑念で抱《いだ》くものよりも遙かに巨大で鮮明で、耐え難い。彼らが怯懦《きょうだ》に呑《の》まれるのも無理は無かった。

——こんなの、こんなのは違う！　こんなのは空戦じゃない！

ヴェストニア空軍サピア派遣部隊コウノトリ《シゴーニュ》旅団第二戦隊所属の新米戦闘機乗りジョセフ・ルフェーブルの激しい震えは操縦桿《そうじゅうかん》を通じて機体に伝わり、鋼の翼を細かく揺らしている。

年若いジョセフは空の戦いに対し、童顔にぴったりのユメを抱いていた。

空の戦いは勇敢な騎士《きし》達の決闘という幻想《ゆめ》を。

映画や小説が無責任に垂れ流すお伽噺《とぎばなし》を真に受けて空軍に入り、そして、初陣《ういじん》を迎えた新人パイロットは、自分が如何《いか》に甘かったのかを痛感している。

教官や隊の先輩が高度にシステム化された現代航空戦に、騎士の決闘など欠片《かけら》も存在しないと口を酸《す》っぱくして言っていたが、全く以《もっ》てその通りだった。敵は清々《すがすが》しいほど不意討ちと騙《だま》し討ちに徹し、正面きって戦う素振《そぶ》りすら見せない。幻想と現実のあまりに巨大な差異が、絶望感を掻《か》き立てていた。

昂奮《こうふん》で交感神経が狂い、体中から脂汗《あぶらあせ》を流し、涙を滲《にじ》ませ、呼吸を荒くしながらジョセフは周囲を舐《な》めるように見回す。

頭上には高層雲《こうそううん》に包まれた下弦《かげん》の月がおぼろげに浮いていて、眼前と眼下には大小さまざまな積雲《せきうん》の塊《かたまり》が峻厳《しゅんげん》な山脈のように隆起《りゅうき》している。暗黒色の空のどこにも敵の姿は見えない。

既《すで》に三機落とされ、戦力の約半数が奪われたというのに、未《いま》だに敵の姿を見ることが適《かな》わない。

だが、見えない敵から送られてくる視線をずっと感じていた。殺意も害意も含まず、ただ、こちらの思考の奥や感情の底まで覗《のぞ》きこもうとする不気味な視線が、接触の段階からずっと付きまとっていて、僅《わず》かでも隙《すき》を見せたなら、すぐさま不意討ち騙《だま》し討ちを仕掛けてくる。そうやって既に三機も落とされていた。

『雲から離れて高度を取るぞ！　ワゴンホイールをしながら戦域を離脱する！』

指揮を代行した二番機が怒鳴《どな》り散らす。

ワゴンホイールは複数機で大きな輪を描くように旋回《せんかい》する単純な戦術だが、輪のうちの一機が攻撃を受けそうになれば、その後ろを飛んでいる機体がすぐに援護《えんご》攻撃できるという、格闘戦に対して非常に有効な戦術だった。

だが、

『バカ言うな！　そんなモン組んで飛んでたら中距離ミサイルの的《まと》じゃないか！　スロットル全開で雲の中を逃げるんだ！　かっ飛ばしてさっさと逃げよう！』

味方の罵声《ばせい》通り、ワゴンホイールが有効なのはあくまで格闘戦での話であって、三〇キロ以上も遠くから攻撃可能な中距離ミサイルには何の効果もない。むしろ的になる。

『うるさい、黙《だま》ってろ！　雲の中だと？　そんな所へ入ればどうなるか、もう見ただろうが！　シエーナーがどこで死んだか思い出せ、バカ野郎！』

喚《わめ》き散らした二番機に反論を上げる者はいなかった。彼の言う通りだったからだ。どんな魔法を使っているのか知らないが、敵は完全な闇《やみ》となっている雲中や雲下でも、精確《せいかく》無比に襲《おそ》って来て、こちらをついばむように仕留めていた。

『いいか、高度を取って、ワゴンホイールを組む。ミサイルの警報を受けたら囮熱源《フレア》を放出して散開、やり過ごしたら隊形を組み直す。これを繰り返しながらこの戦域から出るんだ！』

二番機が早口で言った。余裕は全く感じられないが、それでも二番機は理性的であろうと努力していて、生きて帰ることを諦《あきら》めず、また、そのために全精力を注ぎ込んでいることが手に取るように分かる。

ジョセフが憧《あこが》れ、そうなりたいと願う、絶望的な状況下でも決して挫《くじ》けない気高《けだか》い戦士の姿がそこにあった。しかし、既にパンツに染《し》みを作り始めたジョセフには、もはやどうでも良いことで、今はとにかく恐ろしい敵から、この悪夢のような空から逃れたくて仕方なかった。

生き残っているパイロット達から反論が出ないことを確認した二番機のパイロットが、

『よし、いくぞ！　各機、続け』

高度を上げようと機首を上げ始めた瞬間《しゅんかん》――

突然、二番機の腹の下の雲が割《さ》け、大型戦闘機《せんとうき》が姿を現し、右ストレーキにある砲口《ほうこう》を短く光らせた。三〇ミリ機関砲弾が夜闇《よやみ》に紅《あか》い軌跡を描きながら二番機の機首周りに着弾し、戦闘機の中で最も重要かつ高価な部品を破壊する。襲撃《しゅうげき》を済ませた大型戦闘機が海面を泳ぐアザラシを襲《おそ》って波間《なみま》に消えるホオジロザメのように雲中へ姿を消し、次いでパイロットを失《な》くした二番機が火を噴くこともなく、ただバランスを崩して雲の中へ沈んでいった。

残されたパイロット達は舌が凍りついて悲鳴さえ上げられなかった。頼みの綱になり始めていた戦闘機乗りを一瞬で失い、ようやく目にした敵機がこちらの機体より遥《はる》かに高性能な最新鋭機であり、敵機の垂直尾翼《びよく》に描かれたどこかユーモラスな狐《きつね》のマークに、計り知れないほど巨大な衝撃《しょうげき》を受けていた。

『なんてこった……狐《ルナール》だ』

敵夜戦部隊はどいつこいつもいつも精強だったが、中でも、『狐』と呼ばれるパイロットはとびきり危険な敵であり、こいつに出会ったらまず助からない。なにせコウノトリ旅団《シゴーニュ》第二戦隊最高のエースパイロットを撃墜《げきつい》したほどだ。

パイロット達が恐るべき敵に慄《おのの》いている中、ジョセフは一人別の理由で凍りついていた。

なぜなら、二番機のパイロットだった肉塊《にくかい》がジョセフの機の風防にぶつかっていたからだ。

それは絶対に見間違いや勘違いなどではなかった。

前部風防に黒々とした血痕《けつこん》がこびりついていたし、昆虫の触角みたいに機首先から生えている邪魔《じやま》臭《くさ》い空中給油用プロープに、バラバラになった二番機パイロットの内臓が絡みつき、旗のように揺れているのだから。

絶対にどかすことのできない場所に、直視に堪《た》えないシロモノがひっついている。

この事実は、ジョセフの股間《こかん》を盛大に濡《ぬ》らし、正気の一線《シン・レッド・ライン》を越えさせるには充分だった。

「うわあぁぁあああああああああああああああああああああっ!!」

ジョセフが絶叫して一人勝手に逃げ出すと、恐怖はたちまち全員に伝播《でんぱ》した。

死にたくないというのは当たり前の感情だ。だが、その当たり前の感情が、規律と誇りを刻みこまれた戦闘機乗り達を恐怖に呑《の》まれた普通の人間に変え、高度にシステム化された編隊機動を崩壊させ、『敵』に狩りの仕上げを始めさせる引き金となる。

雲の上より高みへ逃げた者は微《かす》かな光量の差で機体が闇から浮かび上がってしまい、たちまち発見されてミサイルで射落《いお》とされた。

雲の中に逃げ込んだ者はレーダーで捕捉《ほそく》され、機関砲で打ち砕かれた。

雲の下へ逃げた者は少し違った最後を遂げた。雲の下は完全な闇だ。ただでさえレーダーの性能が乏しく、グラウンドマッピングシステムを有さないシュペルオラージュという単発ジェット戦闘機で夜間低空飛行することは無謀であり、高度計の数値を確認する余裕もない状態では、迂遠《うえん》な自殺と同意義だった。雲の下に逃げた者は一人で勝手に大地へ衝突し、木端微塵《こっぱみじん》になった。後日発見された亡骸《なきがら》は挽肉《ひきにく》のような有様《ありさま》だった。

仲間達が次々と死んでいく中、ジョセフは一人、積雲帯《せきうんたい》の屋根を這《は》うように飛んでいた。二十年ほどの人生において最大の恐怖を味わっているジョセフは完全にパニックへ陥《おちい》っており、振り返ることなく逃走に没頭していた。

ジョセフが雲の上にも下にも行かなかったのは、経験不足からその発想が浮かばなかっただけだ。ただ逃げたい、助かりたいという本能の欲求に従った結果、ジョセフは味方の支配空域を目指してプロが絶対にやらない直進飛行で味方の支配空域への最短距離を飛んでいる。素人同然の行為がプロの常識を出し抜く形になり、ジョセフを生かしている。無様《ぶざま》でも何でも味方の支配空域に到達してしまえば、どれだけ精強な敵機でも追ってこない。むしろ、腕が立つほど、経験が豊富なほど引き際を弁《わきま》えている。絶対に深追いしない。

ジョセフ・ルフェーブルは朝日を浴びながら温かい食事にありつけるまで、あと十五キロまで迫り、一際大きな積雲の隆起《りゅうき》を迂回《うかい》した。そして、涙を滲《にじ》ませる。

積雲の陰に、大きな鳥が飛んでいた。

目と鼻の先にいるその大きな鳥はレヴェトリア皇国空軍《ルフト・バッフェ》の最新鋭戦闘機《せんとうき》Ｈｅ－21の単座仕様Ａ型。新技術の塊《かたまり》である機械仕掛けの凶鳥は、夜禽《やきん》がネズミに向かって襲《おそ》いかかろうとするようにこちらへ機首を向けている真っ最中だった。恐怖で凍りつくジョセフに神は絶望の一押しを加える。おぼろげな月光を浴びる凶鳥の尾翼《びよく》には狐《きつね》のマークが浮かんでいた。

ジョセフの震える唇が本能的に開き、

「たすけ――」

大型戦闘機の右ストレーキが煌《きら》めく。

十数発の三〇ミリ機関砲弾は、シュペルオラージュのコックピットから機体中央部にかけてがすがすと激しく耕した。弾頭重量が三二五グラムもある巨大な機関砲弾の直撃を受けたジョセフの体がトマトのように爆《は》ぜる。鮮血と臓器と肉片《にくへん》を撒《ま》き散らされ、コックピット内が真《ま》っ赤《か》に染まった。もちろん、即死だ。痛みを感じる暇もない。

こうして、ジョセフ・ルフェーブルの最初で最後の空戦は終わった。

彼が最後に見た光景は、大切な家族でも愛する恋人でも懐《なつ》かしい故郷でもなく、垂直尾翼に狐の絵が描かれた美しい大型戦闘機だった。


「アオサギ1《ライアー・アイン》より動物園《ティアガルテン》へ、敵機《クリーア》の撃墜を確認」

レヴェトリア人義勇兵軍団、通称アドラー軍団に所属するクラウゼ・シュナウファー中尉は、今しがた撃墜《げきつい》した敵機が雲の中で爆発する様《さま》を確認し、淡々と司令部へ撃墜報告する。

『了解《フィクサー》、アオサギ1。貴機が撃墜した機が最後だ。LN空域の洗浄完了。帰投《きとう》を許可する』

「了解《ジーガー》、了解《ジーガー》。アオサギ編隊《ライアー・シュワルム》、これより帰投する」

司令部からの帰還命令に応じ、クラウゼは編隊各機に命令を下す。

「アオサギ1《ライアー・アイン》より各機へ、仕事は終わりだ。帰るぞ。高度一〇〇《ハンニ》で合流」

『アオサギ2《ツヴァイ》、了解《ジーガー》、了解《ジーガー》』『3《ドライ》、了解《ヤボール》』『アオサギ4《フィーア》、了解です《ヤボール》』

共に狩りを行っていた編隊各機からの返事を聞いたクラウゼは、ふっと息を吐いて酸素マスクを膨《ふく》らませ、操縦桿《そうじゅうかん》を引いて高度一〇〇〇〇メートルまで昇り水平飛行に移り、

「本当にこっちへ逃げてくる奴《やつ》が居るとは」

抑揚に欠けた声に、微《かす》かな憂鬱《ゆううつ》を込めて呟《つぶや》いた。

恐怖から逃げるなら最短ルートで、というのが人情。クラウゼはその人情を読んで敵の退路を張っていた訳だが、まさか本当に来る奴が居るとは思っていなかった。少し頭を働かせて先回りされている可能性を想像してくれれば、殺さずに済んだのに、と内心で愚痴《ぐち》る。

——敵部隊を完全殲滅《せんめつ》。今日は事が上手《うま》く運びすぎだな。

雲の中から襲撃《しゅうげき》をかけた時も、敵編隊の位置は分析通りで編隊先頭の腹の下へ飛び出せた。

クラウゼは常に情況、天候、環境、速度、高度、敵の位置、味方の位置、現在に至る戦闘《せんとう》経緯……様々な要素を観察して統合的に分析し、敵の思考や感情まで読み取って次の行動を洞察し、極めて正確な予測を割り出して機動し、最も合理的な最適戦術——不意討ち闇《やみ》討ち騙《だま》し討ちに徹して絶対に正面きって戦わない。その様《さま》は、狡猾《こうかつ》で狡獪《こうかい》な古狐《ふるぎつね》を思わせる。

この論理性《ロジック》と合理性を徹底した数学の問題を解くような飛び方は、『戦闘機乗りのすることじゃない』『小狡《こずる》い』『卑怯《ひきょう》』などの批判も多い。特に血気盛んな若い戦闘機乗り達からはあま

り評判が良くなかった。しかし、ベテランや同じ夜間戦闘機部隊、司令部からはすこぶる評判が良い。クラウゼは危険なことは一切せず、ひたすら自分と仲間を安全に（かつ一方的に）戦えるように飛び、任務を成功させて帰ってくる。それに、機械的に捕捉《レーダー》されても心理的陥穽《かんせい》を突いて接触を許さないある意味で残忍な戦術は、夜間戦闘において極めて有効だった。これらの点が高く評価され、クラウゼは二十歳《はたち》そこそこで中尉に昇進している。

クラウゼには大空を自在に舞う鳥の感覚がなく、鷹《たか》や鷲《わし》のように優雅に戦えない。だが、梟《ふくろう》を思わせる鋭敏な観察眼と狐の如き冷徹な知性には恵まれていた。勇敢な猛禽《もうきん》ではなく狡猾な狐。それがクラウゼ・シュナウファーのパイロットとして持ちえる才能だった。

もっとも、本人の望んだ才能ではなかったが。

ピピッと電子警戒音が鳴り、ヘッドアップディスプレーに『七時方向に機影。識別反応あり。味方』と表示される。

クラウゼは首を回して左後方に目を向けた。

弱々しい月光を浴びて闇夜におぼろげな輪郭を浮かぶ。大きな機体に双垂直尾翼《びよく》。ここサピア西部で双垂直尾翼の機体は味方しかない。ヘンネフェルト社の双発大型戦闘機Ｈｅ－21Ａ。レヴェトリア空軍の最新鋭機で、機首からボディに掛けてのラインが扇情的なほど滑《なめ》らかだ。ストレーキ付きの大きな翼、胴体下に二つ並ぶ矩形《くけい》の空気吸入口、尻尾《しっぽ》のように伸びたテイルコーン。その姿は大型鳥類のような優美さに溢《あふ》れており、鷲だの鷹だのと勇ましい名前をつけたがる設計者をして『鶴《クラン》』と呼ぶ美しい機体である。

しかし、麗《うるわ》しい美貌《びぼう》に反してとんでもなく獰猛《どうもう》な捕食者《プレデター》だ。レヴェトリア空軍が長期運用を前提として採用しただけあって作りが豪華極まりない。でかい図体《ずうたい》に見合った兵装搭載《とうさい》能力はちょっとした爆撃機《ばくげきき》並みで、航続距離もかなり長く、運動性能は折紙付き。おまけに高度な電子戦能力と最新機材、赤外線捜索追尾《ついび》装置まで装備している。

『アオサギ2《ライアー・ツヴァイ》、到着した。今日の戦果は三機だ。一位は貰《もら》ったな』

二番機が得意げに言ってきた。同階級のせいか、口調に階級差を感じさせない。もっとも、戦闘機《せんとうき》乗りは空では階級を無視する傾向が強いから、よほど階級と経験、年齢に差がない限り敬語なんて使わないし、大抵、使わなくても気にしない。それに、クラウゼはまだ若手中の若手で、彼らの後輩だった。

『俺《おれ》は二機だ。狐《フクス》と一緒だな』『あたし今日は一機も落とせなかった。最悪』

三番機と四番機も到着し、翼を並べる。

『あれ？　雲の下で張ってたろ、仕留めなかったのか？』『あの間抜け、勝手に落ちたっス』

「アオサギ4《フィーア》。それはお前の追跡でトチったんだろう。撃墜《げきつい》に含まれる」

クラウゼは通信機のスイッチを入れて忠告するが、

『そんなみっともない撃墜記録《バルケルン》いりません。あたしは弾《たま》をブチ込んだ奴《やつ》しか数えないっス』

「……まあ、好きにしろ。虚偽申告しなきゃ自由だからな」

隊でただ一人の後輩で、歴史に名を残す女エースになるのが夢、という四番機パイロットの強気な返しに、クラウゼが肩を下げていると、

『撃墜数《げきつい》を稼ぎたいなら狐の僚機《りょうき》を指定席にするんだな』『そうそう。狐と飛ぶと稼げるぞ』

二番機と三番機が笑って言った。

「狐って言うな」クラウゼは酸素マスクの中で倦《う》んだ息を吐き、「妙なジンクスを作らないでくれ」と苦情を付け足す。

『狐は褒《ほ》め言葉だろ』『そうそう。それに撃墜数が伸びるのもマジだ』

が、二番機も三番機も相手にしない。それどころか、四番機が真剣な声で、

『先輩。あたし、尽くすタイプですよ』

クラウゼは嘆息を返し、バイザーを上げて目元を揉《も》む。

狐《フクス》というあだ名も、妙な評価も、全《すべ》てありがた迷惑だった。そもそも、狐というあだ名の由来はそれほど快いものではない。クラウゼの飛び方や戦術に対して「小狡い狐野郎《ウツクス》」という誹《そし》りが半分、「狐のように抜け目がない」という穿《うが》った評価が半分のあだ名なのだ。

そして、撃墜数云々《うんぬん》の話は、まあ、ある意味当然だった。

味方が撃墜するように仕向けているのだから。

クラウゼ・シュナウファーは戦闘が大嫌いだ。死ぬかもしれないことは当然として、他人を傷つけるのが嫌《いや》だった。空戦には距離という緩衝材《かんしょうざい》があるとはいえ、やはり誰《だれ》かを殺したり

傷つけたりするのは気分が悪い。夜間戦闘部隊《せんとう》に配置を希望したのは（そもそも前線行きを志願した覚えはなかったが）、暗ければ相手を見る機会が少なくて済むからだ。それでも、たまに敵の姿を見てしまう時があり、良心の呵責《かしゃく》に苛《さいな》まれてしまう。

そこで、呵責から逃れる方法は無いものかと考えたクラウゼは、戦闘機乗りは厳しい選抜を乗り越えたエリートなので大抵が自信家であり、また、日々の過酷な訓練の成果、つまり実戦とその結果としての撃墜《げきつい》記録を積極的に求める傾向が強い、という点に目を付けた。可能な限り撃墜の機会を味方機に譲《ゆず》るようにすると、案の定《あんじょう》、味方機は撃墜王《エース》の称号をノドから手が出るほど欲しがっているので、獲物《えもの》を差し出せば喜んで代わりに引き金を引いてくれた。

味方も自分も望む結果を得られて万々歳《ばんばんざい》、だが、これは早い話、自分の手を汚すのが嫌《いや》なので他人にやらせている、と同じことの訳で、クラウゼに狐《きつね》というあだ名をつけた者は炯眼《けいがん》の持ち主と言えよう。

もっとも、そんな風《ふう》に飛んでいたら、いつしか味方から「頼れる夜戦《やせん》の専門家」として見られるようになり、敵からも「恐るべき夜戦パイロット」と噂《うわさ》され、評判を聞き付けた司令部にますます重宝《ちょうほう》されるようになってしまった。世の中、上手《うま》く回らないものである。

「皆がそうやってあることないこと吹くせいで、俺《おれ》の予備役《よびえき》編入が拒否られるんだ」

クラウゼは思わず愚痴《ぐち》るが、

『出たよ、狐の予備役編入』『恒例だな』『仕事が終わったって気分になりますね』

全員が軽口を返す。篤《あつ》い戦友愛にクラウゼはちっと舌を鳴らし、

「俺はさっさと予備役になって、大学入って学校の先生になりたいんだ。狭苦しい戦闘機《カンオケ》に乗って、夜中に飛び回って、人を殺して、ベッドでうなされる生活から抜け出したいんだよ」

吐き捨てるように言った。

『それも毎度言ってるな』『恒例だな』『マンネリっスね』

しかし、やはり誰《だれ》も真に受けない。それどころか、

『だいたい夜戦の達人がガキ共に何を教えるんだ？　撃墜のコツか？』

『！　あたし教わりたいっス！　個人指導希望！　手取り足取り教えて下さい！』

『ははは。生徒ができて良かったな、シュナウファー先生』

これだよ、とクラウゼは辟易《へきえき》した。こいつらにしても、人事部にしても、自分の言い分を全く信じない。自分はそれほど教師に向いていないのだろうか。そんな馬鹿《ばか》な。

『クラウゼ、知ってるか？　世の中には叶う願い事と叶《かな》わない願い事ってのがあるんだ』

二番機が奥ゆかしい忠告してきた。クラウゼはむぅと唸《うな》り、僚機《りょうき》に向かって尋ねる。

「詳しく伺おうか」

『いいか？　昼の空を自在に飛べる奴《やつ》は大勢いる。こう言っちゃなんだが、お前より上手い奴が腐るほどな。だが、昼と同じように夜を飛べる奴はまずいない。特に、レーダーやなんかで捜索技術が向上した現代の夜間戦闘で、敵に全く捕捉《ほそく》させずに飛べる戦闘機乗りときたら、そ

りゃもう、ダイヤモンドより貴重だよ。で、だ。ここが肝心なんだが……軍はダイヤモンドより貴重な人材を絶対に手放しゃしねーってことだ』

「……除隊願いなら通るかな?」

数秒の瞑目《めいもく》の後、クラウゼが二番機に問うと、

『不名誉除隊なら可能性はあるかもな。でもよ、不名誉除隊じゃ娑婆《しゃば》に出ても苦労が絶えねーぞ。ま、ろくでもねぇ人生でも良いってんならレイプでも何でもして追い出されりゃあいい』

不名誉除隊。娑婆で言うところの懲戒解雇《ちょうかいかいこ》。たしかにろくでもないことになる。

「……もう少し飛ぶことにするよ」

クラウゼは盛大に溜息《ためいき》を吐いて頭上を見上げる。

薄絹《うすぎぬ》のような高層雲《こうそううん》の向こうで、下弦《かげん》の月がゆらゆらと浮いていた。戦闘機《せんとうき》乗りになって以来、空を無心で眺められたことは一度もない。

広大なグランシア大陸の西方領域西端、通称『龍《りゅう》の下顎《したあご》』と呼ばれる半島にあるサピア共和国は、有名な向日葵《ひまわり》畑の『黄色い絨毯《じゅうたん》』と、南方領域との交易によって築かれた風俗豊かな文化から、『太陽と情熱の国』と評されている。ただ、その情熱が革命とその後の混乱を引き起こし、今やサピアは激動の最中にあり、国民は革命を行った共和政府派と旧体制の復活を求める王党派に分かれ、共和政府派にはヴェストニア共和国が、王党派にはレヴェトリア皇国が

軍事支援を与え、血で血を洗う戦いを一層激しいものにしている。

血塗《ちまみ》れのサピア西部にあるソフィア国際空港は革命勃発《ぼっぱつ》前に建設され、革命によって追放された王妃の名を冠する麗《うるわ》しき現代建築の精華《せいか》だ。今は、対空機関砲と防空ミサイルがあちこちに鎮座《ちんざ》し、レヴェトリア人義勇兵軍団、通称『アドラー軍団《Legion Adler》』が住まう要塞《ようさい》と化していた。

要塞の如《ごと》き巣穴に、狩りを終えた夜禽《やきん》達が帰ってくる。

四機の大型戦闘機は一糸《いっし》乱れぬ編隊着陸を済ませ、誘導路を抜けて駐機場に入っていく。照明を浴びて、暗紅《あんこう》と濃灰《のうかい》という変わった組み合わせの迷彩《めいさい》が闇《やみ》から浮かび上がる。空では図体《ずうたい》のでかさを微塵《みじん》も感じさせず軽やかに飛び回っていたが、地上ではよちよちと歩く鴨《かも》の雛《ひな》のようで微笑《ほほえ》ましい。もっとも、全長二二メートルの雛を可愛《かわい》いと思えるかは別だが。

夜間戦闘飛行隊用の駐機場に入り、四機の大型戦闘機がエンジンを止めて翼を休ませる。

隊長機のキャノピーが開き、クラウゼがヘルメットを脱いで素顔を大気に晒《さら》した。

『狐《フクス》』と呼ばれる夜戦《やせん》の達人の素顔は、清濁併《せいだくあわ》せ持《も》つ評判に対し、実に平凡な印象を受ける。

金髪に碧眼《へきがん》と典型的なレヴェトリア人の特徴に加え、それなりの長身に適度に鍛えられた体つきをしているが、線が細い。顔立ちは整っている方だが、特筆に値《あたい》しない。鋭く涼やかな目をしているが、活力に乏しい。

素はとても良いのに細かなところで損をしている。クラウゼ・シュナウファーはそんな細かな減点の多い若者だった。

晩夏の温《ぬる》い風がオイルと焼けた空気の臭《にお》いを運んでくる。独特の臭いを嗅《か》ぎ、任務の終わりと強烈な疲労感を実感して、クラウゼは座席に深く体を預けて長々と息を吐いた。

戦闘機《せんとうき》はストレスの塊《かたまり》だ。棺桶《かんおけ》のように狭苦しいコクピットに押し込められて、日常の数十倍もの精神的肉体的負担に耐えねばならない。そのうえ、命がけの戦闘をこなせば、体力も精神も掘削《くっさく》されたように消耗する。この疲れを充実感として捉《とら》える奴《やつ》は天性の飛行機乗りだが、この疲れを最悪と感じるクラウゼは言うまでもなく戦闘機乗りとして天性がない。

巨大魚に小魚がまとわりつくように整備兵達が機体の周囲に集まり、

「お疲れさまでした、中尉殿。今日の戦果は？」

機首に掛けた梯子《はしご》を上ってきた機付き整備班長の労《ねぎら》いと問いかけの言葉を口にした。

「ありがとう。今日は二機だ」

「そいつはおめでとうございます中尉殿。あとで尾翼《びよく》に描き足しておきます」

「頼む」

整備班長に応じながらクラウゼは基地内を何気《なにげ》なく見回していると、視界の隅に見慣れぬ大型輸送機を捉《とら》え、後天的に鋭くなった目が無意識に細る。暗くてはっきりとは見えないが、あのレヴェトリア軍が使っている大型輸送機は、アドラー軍団の迷彩《めいさい》と微妙に違う気がした。

「あれ、アドラー軍団《うち》のか？」

「あれは親衛隊《SS》です」

「親衛隊？」

クラウゼは眉根《まゆね》を寄せて訝《いぶか》る。

レヴェトリア皇国親衛隊――レヴェトリア陸海空軍に次ぐ第四の暴力機関だ。三十年前の第三次西方大戦では陸軍以上に充実した戦力を有していたが、大戦後はその規模を縮小され、陸軍の予備戦力として再編された。しかし、いつからか非公式任務や不正規作戦に従事する特殊作戦軍に商売替えし、今では情報総局と協力して国内外の全特殊任務を負っている。つまり、親衛隊が海外に居るということは、表沙汰《おもてざた》にはできない仕事が行われることを意味していた。

「何か聞いてるか？」

「自分は存じませんが……南で動いてる特殊任務戦闘団《ZbV》の交代でも連れてきたんでしょう」

クラウゼの問いに整備班長は首を振る。

「ともかく、降りましょう。待機室に熱いコーヒーを用意してありますよ」

整備班長に促され、装具を外したクラウゼは全長二二メートル弱という巨大な戦闘機を降りた。軽く背伸びして強張《こわば》った体をほぐし、パイロット待機所へ向かう前に一服つけようと、フライトジャケットのポケットから煙草《たばこ》を取り出してくわえ、火を探し始めたところに、暗がりから黒い軍服に身を包んだ男女が歩み寄ってきた。

「任務御苦労さまでした。シュナウファー中尉殿」

「お疲れのところ申し訳ありませんが、我々と御同行下さい」

クラウゼの眼前に並び、背筋を伸ばして踵《かかと》を打ちつけて鳴らすレヴェトリア様式の敬礼を行う親衛隊の男女は、まだ少年少女と言うべき歳頃《としごろ》で、襟元《えりもと》の階級章は士官の最低辺、少尉候補生だった。しかし、二人のクラウゼに対する態度には貴族が所領内の農夫に接するような傲岸《ごうがん》さが滲《にじ》んでいる。旧貴族階層出身なのかもしれない。

態度だけは一人前だな、と思いながらクラウゼは脇《わき》に抱えていたヘルメットを足元に置き、

「どういう用件だ？」

答礼《とうれい》して、生まれはともかくこっちの方が歳も階級も上だぞガキ共、という態度で応じる。二十一程度で大人面《おとなづら》するのもどうかと思うが、疲労感がそんなことを気にさせない。

「自分達はその問いに答える権限を与えられておりません。ですが、アドラー軍団司令官の御認可を頂いております」

「そして、国防軍総司令部《OKW》作戦部部長、エミール・フォン・ヴィッツレーベン親衛隊大将からの書状もございます」

二人は息ぴったりのタイミングで喋《しゃべ》り、少女少尉候補生の方が膨《ふく》らみに欠ける胸元のポケットから手紙を取り出してクラウゼに差し出す。

「……ヴィッツレーベン閣下の？」

眉《まゆ》をひそめながら手紙を受け取ったクラウゼは煙草《たばこ》をくわえたまま紙面に目を走らせる。とぼけた照明の光量では微妙に読み難《にく》かったが、手紙にはレヴェトリア皇国四軍を統括する最高

司令部、国防軍総司令部の印が記されており、レヴェトリア皇国への帰国を命じる堅い文面の最後には、ヴィッツレーベン親衛隊大将の署名がしっかり書いてあった。

無意識に口から疲労感あふれる吐息がこぼれ、クラウゼは観念するように頷《うなず》いた。

「……本国召還、か。了解した。で、俺《おれ》にどうしろと？」

「まずはアレに乗って下さい」と少年少尉候補生が指した先には大型輸送機。

「……着替える時間くらいは貰《もら》えるんだろうな」

「申し訳ありませんが、急ぎですので、機内でお着替え下さい。失礼ながら中尉殿の着替えと私物は既《すで》に機内へ運ばせて頂きました」

「は？」

「さ、どうぞこちらへ、中尉殿。高級将校用の個室を用意してありますので」

少年少女少尉候補生はそう言うと、クラウゼの両脇《りょうわき》を抱えて輸送機へ向かって歩き出す。

「待て、着替えはともかく私物まで運ぶってどういうことだ？　一時帰国じゃないのか」

「機内食は鳥と牛と豚を用意してありますが、何にされますか？」

「葡萄酒《ワイン》と麦酒《ピルスナー》もあります。呑《の》まれますか？」

少年少女少尉候補生はクラウゼの問いを完全に無視して、旅客機の客室乗務員みたいなことを尋ねながらずんずん進んでいき、あっという間に大型輸送機へクラウゼを放り込んだ。

目当ての荷物を積んだ大型輸送機はすぐさま滑走路へ入り、四発の巨大なターボファンエンジンを点火させ、諸外国に食い荒らされているサピア共和国を離れて行った。

後に残された整備兵達は何が起きたのかよくわからず、呆然《ぼうぜん》と夜空に消えていく大型輸送機を見送りながら、整備班長に尋ねる。

「あの、班長、シュナウファー中尉、行っちゃいましたけど、良いんスか？」

「いったい何がどうなってんですか？」

整備班長は部下の質問に答えず、ぽつりと呟《つぶや》いた。

「中尉殿、ヘルメット忘れてる……」

●

「親衛隊の輸送機は禁煙です、だと？　そんなに健康が気になるなら水とビタミン剤だけ食ってろ、チキショウめ」

祖国に帰れ、とだけ聞かされ、詳細の分からぬまま大型輸送機の中に放り込まれたクラウゼは、ヤケクソ気味にチキンソテーを麦酒《ピルスナー》で流し込み、飛行服と装具を脱ぎ散らし、空軍の濃灰《のうかい》色の制服に着替え、残りの時間は不貞寝《ふてね》して過ごした。そして、不貞寝から起きて約一年振りに祖国の大地を踏んだ時、既《すで》に夜が明けて太陽が南の空に差しかかっていた。

大型輸送機から降り立ったクラウゼは晩夏の日差しに目を細める。

グランシア大陸西方領域屈指の大国、レヴェトリア皇国は北国に近いせいか、晩夏になると陽光に熱が感じられない。気の早い木々などは枝葉に紅《くれない》と黄を差し始めていた。

久しい祖国にささくれ立っていた心が自然と癒《いや》され、クラウゼは感傷的な気分に促されるように深呼吸する。胸いっぱいに吸いこんだ故国の空気は、サピアでうんざりするほど嗅《か》いだガソリン臭い空気と同じ香りだった。飛行場の空気なんてどこも燃料臭いのは当たり前だが、抱きかけた郷愁感を台無しにされた気がして、軽く眉間《みけん》に皺《しわ》を刻みつつ周囲を見回す。

親衛隊のゼーロウ基地。

レヴェトリアの心臓、皇都ラベンティア近郊で最も大きな基地で、大型旅客機でも余裕で離着陸できる三〇〇〇メートル級の滑走路を有しており、演習場は師団規模の演習が出来るほど広い。陸軍や空軍降下猟兵も、時折演習場を借りに訪れるレヴェトリア有数の大規模基地だ。

馴染《なじ》みのない親衛隊の基地に降ろされたクラウゼがどうしたもんか、と困惑しながら周囲を見回していると、すぐさま迎えがやってきた。

迷彩《めいさい》柄の四輪駆動車がクラウゼの前で停《と》まり、後部座席から黒衣《こくい》に身を包んだ美女が悠然と姿を見せる。一つにまとめられていない金色の長髪を微風に揺らめかせる様《さま》は、銀幕のヒロインが登場と共に主人公の心を奪う一幕を彷彿《ほうふつ》させるほど絵になっていた。

少佐の階級章を付けた美女が眼前に立ち、クラウゼは背筋を伸ばして敬礼を行う。

答礼《とうれい》を済ませた美女は親しげな笑みを浮かべ、

「お帰り、シュナウファー中尉」

「ヴィッツレーベン閣下の御名前があったので、ある程度予想してましたが……やはり少佐殿のお呼びでしたか」

敬礼を解いたクラウゼは眉《まゆ》を下げ、微《かす》かな諦観《ていかん》と皮肉を滲《にじ》ませつつ美女に応じる。
「いろいろ面倒な手続きを省くためにね。実際、お父様のおかげでバカ共の相手をせずに済んだわ。せっかくの七光《ななひかり》だもの、使わないともったいないからね」

そう言って、イングリッド・フォン・ヴィッツレーベン親衛隊少佐は微笑《ほほえ》んだ。

緩やかに波打つ金色の長髪と宝石のような碧眼《へきがん》は純粋なレヴェトリア人の証《あかし》。過剰なまでに整った容姿は豪奢《ごうしゃ》で華美。これで容姿の維持に日々苦労していれば周囲の女性も溜飲《りゅういん》を下げられるのだが、生まれてこの方、容姿のために努力したことがないというのだから堪《たま》らない。

イングリッドは容姿だけでなく血筋も能力も申し分なかった。尚武《しょうぶ》の名門フォン・ヴィッツレーベン家の長女にして後継ぎで、二十代半ばで少佐になり、現在は親衛隊作戦本部付き参与。左手の薬指に士官学校首席卒業者にのみ贈られる獅子《しし》をあしらった記念指輪を輝かせ、黒《こく》衣《い》の軍服の襟元《えりもと》に、功一級の武勲《ぶくん》をあげた証拠の獅子十字章《レーヴェ・クロイツ》を下げていた。付け加えておくと、指輪も十字章も七光程度では手にすることができない代物である。

天から二物《にぶつ》も三物も授けられたイングリッドは悠揚《ゆうよう》に微笑みながら、左手を伸ばしてクラウゼの頬《ほほ》に触れ、

「少し痩《や》せたわね。ちゃんと食べてるの？」

ほっそりとした指が赤子を慈《いつく》しむように頬から下唇へ向かっていく。

「人参《にんじん》ばかり食わされてますが、しっかり食べてます」

クラウゼは美女に愛《め》でられてますがるにも拘《かかわ》らず、飢えた獅子に舐《な》められているような表情を浮かべながら口を開いた。

「少佐殿、まずは自分が召還された理由をお聞かせ願いたいのですが」

「久しぶりの再会なのに味気ない子ね」

イングリッドが唇を尖《とが》らせつつ、手を襟元へ這《は》わせて尋ねる。

「随分活躍していると聞いたけど……獅子十字章はまだ貰《もら》ってないの？」

「優先権の問題です。それに、そのような栄達《えいたつ》は身にあまります」

クラウゼはそんなモン貰ったら予備役《よびえき》編入がますます遠のくから要らん、という本音を隠して淡白に言った。

「相変わらずね」と、イングリッドは小さな失笑を漏らして手を引っ込め、「貴方《あなた》もヴィッツレーベン家の陪臣《ばいしん》なら、将軍を目指すぐらいの気概を見せて欲しいわ」

――陪臣、か。

イングリッドの言葉に、クラウゼは苦い物を覚えた。

確かにシュナウファー家は代々ヴィッツレーベン家の切《き》っ先《さき》として共に戦場を駆けてきたが、

普段は単なる庭師だ（親父は植木屋と名乗っている）。家名にも貴族号《フォン》がついていない。

ちなみに、レヴェトリア皇国では一〇〇年近く前、皇室の統治権放棄と国民への主権移譲《いじょう》（公式には国民へ広範な自由を下賜《かし》するという文言《もんごん》が用いられた）が行われ、立憲君主制に移行した。その際、貴族は特権を喪失し、貴族号と資産を持つ単なる富裕層に横滑りしたのだが、科学偏重傾向の理性主義に対する反動か、レヴェトリア人達は保守的傾向が強く旧貴族階層を貴族として扱い続けたし、旧貴族達は意識を改めることなく生きていた。つまり、現代でも貴族制は公然と存在する。

ただ、これはあくまで慣習としての話で、法的には特権階級など存在しない。現代レヴェトリア皇国では女王の下、全《すべ》ての国民は平等なのだ。憲法にもそう書いてある。一応は。

問題は、慣習は時に法よりも強い、ということだ。教師になりたかったクラウゼが軍隊なんぞに入る羽目《はめ》になった経緯を辿《たど》ると、この慣習に因《よ》るところが非常に大きい。代々ヴィッツレーベン家に仕えてきたシュナウファー家では、男子はヴィッツレーベン家の旗印を背負って戦場に出向く、というしきたりがあり、軍人、少なくとも軍人に準ずる予備役《よびえき》になるのが一族の決まり事だった。クラウゼの父親も祖父も予備役編入してから家業の造園業を継いでいる。

というわけで、不本意ながらクラウゼも軍人にならざるをえなかった。本人としてはさっさと予備役に編入して教職に就きたかったのだが、妙な軍事的才能があることが判明して以来、軍に気に入られて二進《にっち》も三進《さっち》もいかなくなってしまった。全く以《もっ》て世の中はままならない。

　これらの背景によって、クラウゼはこの手の慣習が大っ嫌いだ。自身の人生をややこしいものにした元凶と断じている。イングリッドを始めとする主家の皆様に恨みはないが、クラウゼとしては自身の人生から職業選択と将来設計の自由を奪った慣習に強い反感を抱いていた。保守的傾向の強いレヴエトリア人にしては、クラウゼが割とリベラルな理由である。

　クラウゼが仏頂面《ぶっちょうづら》寸前の顔を浮かべると、イングリッドは見透かしたように苦笑し、背後に停《と》まっている四輪駆動車を指差す。

「いろいろ聞きたいこともあるでしょうけど、とりあえず乗りなさい。話はそれからよ」

「はい、少佐殿」

　クラウゼが素直に応じて四輪駆動車の後席に乗り込み、続いてイングリッドが乗りこむ。

「……なんでそんなに寄られるんですか？」

　イングリッドは必要以上にクラウゼに身を寄せていた。いや寄せたというより密着している。クラウゼの左の腕に柔らかな感触が、腰に拳銃《けんじゅう》のホルスターの硬い感触が伝わっていた。

「この方がよく聞こえるでしょう？」

　困惑するクラウゼに、イングリッドは満足げに口元を緩めた。クラウゼが思わず漏らした溜《ため》息《いき》は、迷彩《めいさい》柄の厳《いか》めしい四輪駆動車が上げたエンジン始動音に呑《の》まれて消える。

　四輪駆動車が駐機場を離れ、飛行場を後にして間もなく、クラウゼはゆっくりと深呼吸して気を取り直し、

「少佐殿。そろそろ私が呼び戻された理由を伺えますか？　なぜ空軍の自分が親衛隊に召喚《しょうかん》されたのでしょうか？」

「その前に……少佐殿はやめて、昔みたいにリード姉様って呼びなさい」

「……え？」

予測の遥《はる》か斜め上方へ向いた返事に、クラウゼが目を白黒させたが、イングリッドは気にすることなく繰り返した。

「身内だけの時は、私のことをリード姉様と呼ぶように言ったでしょう。呼びなさい」

相変わらずの調子にクラウゼは内心で嘆息を漏らす。ガキの時分、イングリッドは陪臣《ばいしん》の子供達を子分として侍《はべ》らせていて、クラウゼも他の子分達同様、イングリッドにすっかり頭が上がらなくなっていたが、どういう訳かイングリッドは子分達の中でクラウゼのことだけ身内（特別）扱いする。ちなみに、クラウゼにはそのように扱われる心当たりが、無い。

「いや、しかし、さすがに」

クラウゼは身内以外も居るし、と運転席に目を向けるが、

「呼べ」

特殊任務戦闘団《ZbV》に居た頃《ころ》を彷彿《ほうふつ》させる、氷の刃《やいば》を喉元《のどもと》に突きつけるような鋭い声音《こわね》に、

「はい、リード姉様」

調教された犬が条件反射で前足を差し出す様《よう》に応じた。

「よろしい《グート》」

イングリッドは大変満足したと言わんばかりに艶《あで》やかな微笑を浮かべ、

「説明する前に確認しておきたいのだけど、サピアの背後について、どこまで把握《はあく》してる？」

「私が存じているのは――」

サピア共和国は内戦状態にあり、この内戦は特筆すべきことが何もない。よくある惨劇だ。

現体制に入れなかった負け犬組が一発逆転を目指して革命の大博打《おおばくち》。まさかの革命成功で素《す》寒貧《かんぴん》になった金持ち連中は既得権益《きとくけんえき》の奪還に全力投入。そこへ宗教、思想、民族などが加わり暴力を促進、気づけば親兄弟知人友人が敵味方に分かれて庭先で殺し合う内戦の出来上がり。

サピアの内戦はそんな典型的な戦争で、革命で成立した共和政府と旧体制を支持する王党派が中心の反乱軍（自称王国軍）が争っていた。実に普遍的で何一つ珍しいことがない。

それは、表だけではなく裏においても言える。

多くの内戦と同様に、サピアの内戦も裏で諸大国が十重《とえ》二十重《はたえ》に糸を引いている。

まず、そもそもの発端である革命からしてヴェストニア共和国が噛《か》んでいた。サピアは希少鉱物が豊富な資源地帯であり、南部のリオティント地方はアゼル海に通じる上での戦略的要《よう》衝《しょう》だった。資源と地政学上の要衝確保、一石二鳥というわけだ。

が、サピアの資源権益を一手に抑えていた最大債権国のレヴェトリア皇国が黙《だま》っている訳もなく、親レヴェトリア派や反革命派を焚《た》きつけて、すぐさま共和政府に対し蜂起《ほうき》を起こさせ、さらに、反革命義勇兵と言う名目で精鋭部隊『アドラー軍団』を編成してサピアに送り込んだ。

当然ながら、ヴェストニアも似たような建前《たてまえ》で正規軍を派遣している。

他《ほか》にも、リオティント地方の情勢が安全保障に直結するイラストリア連合王国は人道援助という題目で、共産主義国のゼラバニア連邦は人民の解放を口実に大量の義勇兵を送り込み、サピアの隣国達は難民の流入を警戒して国境線の警備を増加させ、領有問題で揉《も》めている土地への進駐機会を狙《ねら》っている。小口で関与している国の名前を上げたらキリがない。

つまるところ、サピア共和国は諸国のゲーム盤にされ、酸鼻《さんび》極まる状態になったのだが、このような事例は腐るほど存在する。露骨《ろこつ》にいえば、紛争や内戦なんて大抵こんなものだ。

クラウゼ・シュナウファーのような若者達は諸国の思惑が複雑に絡み合ったこのゲームの駒《こま》、それも数ある下っ端《したっぱ》の駒として、故郷から遠い異国で殺し、殺されている。

そして、真《まこと》に遺憾《いかん》ながら、このゲームに決着がつきそうな兆《きざ》しは全く見えていなかった。

「――ということくらいです」

「それだけ知っていれば上等よ。それで、クラウゼの所感は？」

尋ねられたクラウゼは肩を軽くすくめて、

「政治的でも軍事的でも良いから、そろそろケリをつけるべきです。このままだと内戦が終わっても国民の融和が不可能になりますよ。政府は何か手を考えてないんですか？」

「考えてるわよ。サピアを骨の髄《ずい》までしゃぶる方法を」

「素晴らしい考えだ」と鼻息をつき、

「同時に、有能な若者と貴重な資源をこれ以上蕩尽《とうじん》する前に何とかしたい、とも考えてる」

「感動で涙がこぼれそうです」と子犬を蹴飛《けと》ばす様《よう》に言った。

「すっかりヤサグレた大人になっちゃったわね」

イングリッドは嘆くように鼻息をつき、一層クラウゼに密着した。何とか身を離そうと試みるも後退する空間が無く困り果てているクラウゼの耳元に唇を近づけ、口説くような甘さを込めながらゆっくりと囁《ささや》いた。

「今、複数の科学者に協力を要請して、現状の打開策を考案中なのだけど……貴方《あなた》にはその中の一人に協力してもらうために帰ってきてもらったの」

クラウゼは耳から伝わる熱量と鼻をくすぐる良い匂《にお》いに惑わされかけたが、イングリッドの言葉に含まれた意味を嗅《か》ぎつけて表情を強張《こわば》らせる。

「……そういう案件には専門の人間が居るのでは？　親衛隊にも居るでしょう」

怪訝《けげん》そうに見つめ返してくるクラウゼをどこか楽しげに眺めながら、イングリッドは言葉を重ねた。

「確かにね。でも……その科学者は物凄《ものすご》いポテンシャルを秘めてるんだけど、なんていうか、ちょっといろんな問題があるの。まあ、その辺りは貴方と一緒ね」

「お褒《ほ》め頂き光栄です」

「……素直で可愛《かわい》い私のクラウゼはどこへ行ったのかしら」

イングリッドは端整な顔を悩ましげに歪《ゆが》め、小さく嘆きながらクラウゼから身を離す。色気あふれる唇から、ふっと艶《つや》やかな吐息を漏らし、

「クラウゼ、貴方《あなた》を呼び戻した理由は二つ。一つ、先方が現在実戦を経験中の人間を寄こすよう求めたから。二つめ、今回の案件は私にとってもレヴェトリア軍《ヴェアマハト》にとっても非常に重要な案件なの。だから、私が一番信頼できる人間を送り込みたい。クラウゼ、貴方をね」

真顔《まがお》で言い、困惑気味に眉根《まゆね》を寄せるクラウゼに、

「ああ、そうだ。一応聞いておくけど、やる？」

悪戯《いたずら》っぽく微笑《ほほえ》んで尋ねる。

「やりますよ」

クラウゼは微苦笑を浮かべながら達観を滲《にじ》ませた声で応じる。軍隊とは服従の世界。入隊してまず教わることは、理不尽不条理に対して深く考えないこと。クラウゼは（本人は認めないが）善き軍人だった。そして、

「殺したり殺されかけたりするより、科学者の付き人をやる方が良い」

と戦場に残っている戦友などに対する義理や友情に欠けるセリフを口にし、

「それに、どうせ断っても命令書を用意済みなんでしょう？」

見透かしたように冷笑を浮かべるクラウゼに、イングリッドも冷ややかな微笑を返す。

「貴方も随分と軍隊慣れしたわね。その通りよ、クラウゼ。空軍を説得するのには骨が折れたわ。貴方って自分で思っている以上に高く評価されてるわよ」

　イングリッドの言葉に、クラウゼは大きな不満を浮かべる。

「予備役《よびえき》編入の希望が通らないくらいには評価されてるようですがね」

「……まだそんなこと言ってるの？」

「そりゃ言いますとも。良いですか、リード姉様。そもそも私がサピアに居ること自体、おかしいんですよ。予備役編入の希望願書出したのに、それがどういう訳か選抜部隊に引き抜かれてサピアに送られて、殺し合いの日々。やってられませんよ」

「……呆《あき》れた。それがヤサグレちゃった理由なの？　クラウゼ、貴方は今、自分がどれだけ大きな出世のチャンスを手にしてるか分かってる？　戦時下でもない今、手柄を上げる機会は物《もの》凄《すご》く限られてるのよ？」

「私がしたいのは予備役編入で、出世じゃありません」

　呆れ気味のイングリッドに対し、クラウゼは口元をへの字に曲げた。

「そうやって口元を曲げて拗《す》ねる顔は昔と変わらないわね。可愛いわよ、クラウゼ」

　そんなクラウゼに、イングリッドは『リード姉様』だった頃《ころ》と同じように柔らかく笑い、

「まあ、そういうことなら本件が続く限り貴方を本国勤務、ということにしてあげるわ」

「粉骨砕身《ふんこつさいしん》頑張ります！」

「出世と実戦の機会が減るのに喜ぶなんて……」

と弟の不出来を嘆く姉のように小さく息を漏らした。

クラウゼの快活な返事に、
四輪駆動車はゼーロウ基地の敷地を抜け、演習場へ入ってく。野戦訓練用の演習場は一見すると、多種多様な木々が生《お》い茂り、起伏に富んだ丘陵《きゅうりょう》があり、自然が手つかずのまま残る原野のように見えた。だが、実際には埋め忘れた塹壕《ざんごう》線やタコツボがあったり、実弾訓練用に運び込まれたガラクタが無残な死骸《しがい》を晒《さら》し、あちこちに不発弾が埋まっている刺激的な場所だ。

「何で演習場に？」

クラウゼが晩夏の雑木林《ぞうきばやし》を眺めながら訝《いぶか》り、

「件《くだん》の科学者がそこで待ってるから」

イングリッドが簡潔に応《こた》えた瞬間《しゅんかん》、
前方から堅い轟音《ごうおん》と爆発音《ばくはつおん》が鳴り響《ひび》き、車窓が震えた。クラウゼが何事かと目を丸くしていると、イングリッドが整った顔をしかめながら呟《つぶや》いた。

「ティーガーⅣの一二〇ミリね」

「機甲《きこう》科の訓練でもやってるんですか？」

「いえ、多分……暇潰《ひまつぶ》し」

「？」クラウゼは眉根《まゆね》を寄せ、すぐに周辺を見回した。戦闘機《せんとうき》乗り特有の高い視力を発揮し、射撃された獲物《えもの》を捕捉《ほそく》する。原野に破壊された自動車か何かが、爆煙を漂わせていた。原型を完全に失ったその姿から、砲撃が如何《いか》に強力なものかよく分かる。

「戦闘機乗りで良かった。あんなので撃たれると思うとゾッとする」

「あら、戦闘機乗りは一人ぼっちで死んでいくじゃない。そっちの方が嫌《いや》だわ」

パイロットと元特殊部隊員が互いの感慨を口にしていると、車が足を停《と》める。

停まった四輪駆動車の前方には、今しがた砲声を上げたと思《おぼ》しき戦車が砲口から煙を上げながらでんと鎮座し、その背後に一台の車両が停まっていた。そして、レヴェトリア《ラィヒスヘーア》陸軍が誇る主力戦車ティーガーⅣの脇《わき》に戦車兵と秘書風の女性が立っていて、なぜか戦車兵が途方に暮れた顔をしていた。

四輪駆動車を降りたクラウゼがイングリッドに連れられて戦車に歩み寄ると――

ばがん！　と砲塔の戦車長用ハッチが勢い良く開き、

「つまんないの」

文句を口にしながら少女が這《は》い出して砲塔の上に仁王立ちした。

歳《とし》の頃《ころ》は十五、六か。すらりと伸びた四肢《しし》に発育不足な、もとい華奢《きゃしゃ》な体を名門聖ビーダマン女学院の制服で包んでいる。端麗《たんれい》な顔立ちは神の熱意を感じさせ、眉目《びもく》は快活さと勝気さを表す様《よう》に整えられており、高い位置で結ばれた長い髪が風を浴びて優雅に揺れていた。

この美しい少女を見た時、クラウゼは息を呑《の》んだ。なぜなら、
少女の髪が白金色をしていたからだ。

白金色の髪と暗紅色《あんこうしょく》の瞳《ひとみ》。世界広しといえど、この身体的特徴を有するのはレヴェトリア皇族のみだ。レヴェトリア人にとって女王は神に等しく、皇族は最も高貴な存在で、皇室尊崇《そんすう》の念に乏しいクラウゼのような人間でさえ、白金の髪を見ただけで緊張するほどである。

だが、少女の瞳は暗紅色ではなく、碧眼《へきがん》だった。冷氷のような青い瞳をしている。それでも、白金の髪をしている事実は見過ごせない。少なからず皇族の流れをくむ一族の人間に間違いなかった。つまりは『超』上流階級の人間。そんなやんごとなき子女が片田舎《かたいなか》同然の土地にある親衛隊の演習場にいること、これは異様なことだった。

将官か誰《だれ》かの娘が親の用事が終わるまでここで『接待』を受けているのかな？　とクラウゼが少女の正体について想像と考察を巡らせているところへ、砲塔の上に悠然と仁王立ちしている少女は、イヤープロテクターを煩《わずら》わしそうに外しつつ砲口の先を見つめながら、

「一二〇ミリって大したことないのね。見かけ倒しも良い所だわ」

退屈そうに言った。

その瞬間《しゅんかん》、クラウゼの目には丸太のような戦車砲がしょげるように垂れ下がった、ように見えた。無論、そんな気がしただけだ。無機物がしょげる訳がない。だが、この天使の如《ごと》き美少女は、無機物をしょげさせてもおかしくないと思わせる不思議な存在感を放っていた。人外《じんがい》

じみた美貌《びぼう》による幻惑かもしれない。

あれこれ考えているクラウゼを余所《よそ》にイングリッドが歩み出て、少女に硬い声をかける。

「フラウ・ドクトル。戦車の見学は許可しましたが、発砲していいとは言っていませんよ」

イングリッドの小言に少女は不敵な笑みを返した。

「わたしが撃ったんじゃないわ。わたしは特等席から見てただけ。まあ、撃つところがみたいとは言ったけどね」

小生意気《こなまいき》な言い草にイングリッドは微《かす》かに縦皺《たてじわ》を刻んだが、小息《こいき》をついて、

「まあ、いいでしょう。フラウ・ドクトル。ご要望通りの人材を連れてきましたわ」

――博士様《フラウ・ドクトル》？　この子が？　ちょっと待て、それじゃ俺《おれ》はこんな子供の付き人やるのか？

クラウゼが戸惑っていると、博士、らしき美少女は砲塔からぱっと飛び降りて、軽やかな足取りでクラウゼに歩み寄り、「ふうん」と呟《つぶや》きながら不躾《ぶしつけ》に爪先《つまさき》から頭のてっぺんまで見回し、

「七五点って感じね」

評価を口にする。育ちの良さに傲岸《ごうがん》さと高慢さをブレンドした態度は猫、それも血統書付きの高級品種を思わせ、それがまた、この白金色の髪をした少女にぴったりだった。

微妙な評価を拝して反応に困っているクラウゼに、イングリッドは柔和に微笑《ほほえ》みつつ、

「クラウゼ、こちらはアンナリーサ・フォン・ラムシュタイン。このたび軍に協力して下さることになった科学者よ。ドクトル、この者はクラウゼ・シュナウファー空軍中尉です」

「ラムシュタイン？　ラムシュタインってあの？」

クラウゼが目を丸くして少女科学者を見つめると、

「そう、あのラムシュタインよ。レヴェトリア皇国有数の悪党のラムシュタイン」

アンナリーサは自らの一族を嘲罵《ちょうば》するように微笑んだ。

レヴェトリア皇国における名門中の名門ラムシュタイン家。古くから皇室に仕えて国家に貢献してきた一族で、皇室とも姻戚《いんせき》のつながりを持つ栄《は》えに与《あずか》り、そのうえ、西方領域有数の大財閥でレヴェトリア国内労働者の四パーセントはラムシュタイン家の事業従事者とくる。

ただし、ラムシュタイン家には黒い噂《うわさ》も尽きない。名声と栄光、そして、富に貪欲《どんよく》で、利益のために複数国の内戦やクーデターへの関与を噂されており、政財界に大巨人として君臨し、汚職、収賄《しゅうわい》といった話がごろごろしている。善きにつけ悪《あ》しきにつけ、ラムシュタイン家はレヴェトリア皇国で有名な一族だった。

当惑を深めるクラウゼを無視し、アンナリーサは脇《わき》にいた女性へ顔を向け、

「こっちは私のメイドのメリエルよ」

「初めまして、シュナウファー様。メリエル・マルティィネと申します。御嬢様《おじょうさま》のメイドを務めさせていただいております」

女性はクラウゼへ丁寧に腰を折った。

やや茶色気味の金髪とやや翠《みどり》がかった青い眼《め》、加えて名前から考えるに、ヴェストニア系レ

ヴェトリア人。歳《とし》は二十歳《はたち》そこそこ。平均的な背丈にやや丸顔、柔らかい目つき。メリエル嬢はメイドらしいが、ボブヘアにブラウスとタイトスカート、と装いは秘書を思わせる。まあ、当たり前だ。前近代でもないのにメイド服で表を歩く奴《やつ》がいたら、そいつは頭がおかしい。なお、余談だが、メリエル嬢の最大の特徴は自己主張の激しい胸元だ。それは自然の恵みをしっかり吸収して育った果実を思わせた。

　無意識に礼を失しかけたクラウゼは慌てて背筋を伸ばし、視線をアンナリーサへ戻し、敬礼を行って名乗る。

「アドラー軍団第八八夜間戦闘隊《NJG》所属、クラウゼ・シュナウファー空軍中尉です」

「よろしく。ところで……失礼だけど、クラウゼって名前、名字じゃないの？」

よく指摘されることに、クラウゼは少々辟易《へきえき》した微苦笑を浮かべる。

「出生届を出す時に父が綴《つづ》りを間違えまして」

シュナウファー家ではこのことが話題に上がると、祖父母は「お前は息子の名前も満足に書けんのか」と父を嘆き、父は「受理した役所が悪い」と拗《す》ねる。

「ふぅん。ねえ、中尉さん、ちょっと質問して良いかしら？」

アンナリーサが唇の端をにこやかに曲げながらクラウゼに尋ねる。

「ええ。どうぞ」

クラウゼは敬礼を解きながら、アンナリーサの瞳《ひとみ》にある感情に気づく。

「人を殺した時ってどんな感じ？」

場の雰囲気が一変し、液体窒素《ちっそ》をぶちまけた様《よう》に空気まで凍りついた。

クラウゼはアンナリーサの瞳にある感情を理解した。

好奇心だ。猫がネズミをなぶるような悪意なき残酷さに溢《あふ》れている。眉《まゆ》や瞼《まぶた》、瞳《ひとみ》、皺《しわ》の動きまで見逃すまいとする目は、まるで新薬を投与したネズミの反応を観察しているようだ。

「貴方《あなた》はサピアで大勢を殺したんでしょう？　空戦で、爆撃《ばくげき》で、たくさん殺したんでしょう？ねえ、どんな気分？　どんな気持ち？　昂奮《こうふん》した？　後悔した？　楽しかった？　辛かった？コンバット・ハイを経験したことは？　ＰＴＳＤは発症した？」

解剖台に載せられた蛙《かえる》のような心境になっているところへ、楽しげな声音《こわね》で無思慮かつ無神経な問いが浴びせられる。無邪気で残忍な言葉の刃《やいば》に、

「ドクトル」

イングリッドがたしなめるように険《けん》の滲《にじ》む声を飛ばしたが、アンナリーサの顔に反省の色は浮かばない。反感や嫌悪感とは言わないが、クラウゼの中で目の前の美少女の評価が、超上流階級の御令嬢より小生意気《こなまいき》なクソガキの割合が大きくなった。

クラウゼはわざとらしく大きな嘆息を漏らし、

「話しても意味はありませんよ、フラウ・ドクトル。分かりっこないですから」

「それは戦争の現実は一般市民に理解できないって言いたいの？」

アンナリーサが不満そうに唇を尖《とが》らせると、

「少し違います。処女にセックスの話をしても分かったつもりになるだけで理解はできないのと同じで、殺人も体験した者にしか分からない、という話です。フラウ・ドクトルが私の体験をお聞きになりたいというのは、ポルノ映画を見てセックスした気になりたいと仰《おっしゃ》っているのと同じです」

子供相手に大人げないかな、というような表情を浮かべつつ言うべきことを言いきる。

思いも寄らぬ切り返しに、アンナリーサは肌理《きめ》細かい白肌に朱を差し、顔を真《ま》っ赤《か》に染めながら眉目《びもく》を釣り上げてクラウゼを睨《にら》みつけた。そして、

「わ、わたし、処女じゃないもん！　経験済みだもん！　もう大人だもん！」

演習場の端まで届きそうな大音声《だいおんじょう》による宣言。

しかし、その訴えを耳にした周囲の大人達、クラウゼやイングリッド、メイドのメリエル、挙句《あげく》は周囲の戦車兵達までが、幼子《おさなご》の強がりを見守るような、父性や母性を滲《にじ》ませた生温か～い視線を送りながら、笑うのを堪《こら》えているように口元を柔らかく曲げていた。

優しい視線と生温かい苦笑いに、アンナリーサはたじろぐ。二歩後ずさり、ううう、と苦渋溢《あふ》れる唸《うな》り声を上げて顔を俯《うつむ》かせ、か細い声で告白した。

「……すいません、嘘《うそ》つきました」

生温かい視線から逃げるように、クラウゼ達は場所をゼーロウ基地の司令部にある応接室に場を移した。旧貴族の多い親衛隊らしい、貴族趣味全開の応接室に、クラウゼとイングリッド、アンナリーサとメリエルに分かれて応接用ソファセットに腰を降ろす。

そして、改めてイングリッドから、「十歳でラベンティア大学に入学し翌年には卒業。現在までに五つの学位を取得。現在も幾つかの専門科目を履修しながらヴィルヘルミナ記念研究所で働いて、おまけに天下のラムシュタイン家の御令嬢《ごれいじょう》」という華麗な経歴を聞かされ、クラウゼは自分が毒を浴びせた相手の素性《すじょう》に呆《あき》れた。

レヴェトリア皇国最高学府を十一歳で卒業し、五つの学位を取得、十六で国内有数の研究機関に所属という経歴は瞠目《どうもく》に値《あたい》する。おまけに、血筋は最上等で容姿も非の打ち所がない。

アンナリーサの経歴を聞いたクラウゼはどこか僻《ひが》みに似た感情を覚え、隣にいたイングリッドに横目で一瞥《いちべつ》し、

――この人もそうだけど……全く、どうして一人の人間に二物《にぶつ》も三物も集まるんだか。才能だけでも充分だってのに、容姿に知性、生まれ、気力……貰《もら》いすぎだ。まあ、昔から美男美女を囲ったり娶《めと》ったりしてきた王侯貴族は、遺伝学的に美形になりやすいって言うけど。

神の不公平に対する不満と愚痴《ぐち》を脳裏に浮かべていると、不意にどうでも良い疑問が浮かび上がった。

「あの、フラウ・ドクトル。ドクトルは既《すで》に研究所にお勤めになられているのですよね？」

「うん。いろいろ研究してます。主に純粋科学が多いかな」とアンナリーサが首肯《しゅこう》を返す。

疑問はますます大きくなった。そこでクラウゼはさらに尋ねる。

「では、どうして学校の制服を着てらっしゃるんですか?」

「ああ、これ。これは趣味」

アンナリーサは赤いチェック柄のスカートの裾を摘まみながら、

「わたし、私服の初等学校から大学に入ったから、こういうの着たことなかったの。最近の制服ってデザインが可愛《かわい》いし、それに、こういうのって今ぐらいの歳《とし》じゃないと着れないでしょう? だから、今のうちに着ておこうと思って。それと一月《ひとつき》ごとに変えてる。先月はラベンテイア第一高等学校の制服だった。他《ほか》に質問は?」

「いえ、下世話な質問で話の腰を折って申し訳ありません」

首をすくめたクラウゼに、アンナリーサは黒いハイソックスで包んだ脚を組み直し、

「わたしが協力することであちこち騒いでるけど……この国の科学者は伝統的に戦争協力して資金や設備、社会的地位を得てきた。わたしもその慣習に従うだけのことです。ただ、わたしは戦場のことをよく知らない。だから現場を知っている人間を寄こしてもらいました。現在の戦場を知っている人間をね。それが貴方《あなた》です。シュナウファー中尉」

「私が呼ばれた理由は分かりました……しかし、ドクトルは失礼ながら独《ひと》り立《だ》ちした科学者と言っても、未成年でしょう。軍への協力は免除されるのでは?」

クラウゼの指摘に、イングリッドが口を開く。

「その通り。だから我々もフラウ・ドクトルに協力要請はしていない。今回の件は、ドクトルからの申し入れなの」

「ドクトルからの?」

目をぱちくりさせるクラウゼに、アンナリーサは唇の端を歪《ゆが》めて頷《うなず》いた。

「ええ。今回の件はわたしから申し入れをしたの。協会の会長からもシュナウファー中尉の言うように協力の義務はないと言われたけど、でも、今のうちに軍に貸しを作っておけば後々いろいろと役に立つでしょう? それに金と権力とコネはいくらあっても困らないわ。今回の件は、いわば先行投資よ」

斜《しゃ》に構えて嘲《あざけ》るように言いきると、来客用の安ソファに体を預けて煩《わずら》わしそうに、

「それと、これが一番大きな理由なんだけど……本家の意向なのよ」

「本家?」

「御嬢様《おじょうさま》」隣に座っていたメリエルが眉《まゆ》を下げながらアンナリーサに声をかける。無論、これ以上のことは言うな、という忠告だろうが、アンナリーサはひらひらと手を振り、

「いいのよ、メリエル。隠すほどのことじゃない」

と忠告を一蹴《いっしゅう》して話を続ける。

「ラムシュタイン家には本家と幾つかの分家があります。そして、しょうもない事情で、分家

は本家に逆らえない。ちなみにわたしも分家の人間で、本家には逆らえない。中尉さんはご存じかしら？　サピアに展開していたレヴェトリアの主だった民間企業は全《すべ》てステラ・ゼネラルっていう持ち株会社の傘下企業なのよ。それで、そのステラ・ゼネラルは、ラムシュタイン本家のフロント企業。本家は他《ほか》にも我が国の各軍需産業に大なり小なり噛《か》んでいるわ」

クラウゼはメディアが決して報道しない『真実』の一端に触れ、眉《まゆ》を下げた。

「つまり、サピアの趨勢《すうせい》がラムシュタイン家のビジネスに直結している、と。ドクトルはそのために戦争協力される訳ですか」

「平たく言えばね。下《くだ》らないしがらみと言えばそれまでだけど、シュナウファーさんも旧貴族と関《かか》わりのある人間なら、この世界の慣習が如何《いか》に強固なものかご存じでしょ？」

アンナリーサの軽快な軽口とは裏腹に、顔には濃い翳《かげ》があった。しかし、暗澹《あんたん》たる気分になっていたクラウゼはその微細な感情を見逃して、ただただ倦《う》んでいた。

自分が戦場で飛んでいる間に祖国は狂ってしまったのだろうか、と思う。

戦争に科学者を駆り出すのは確かにレヴェトリアの伝統だ。レヴェトリアにおける科学とは、戦争で勝利するための武器であり、経済や産業を発展させるための道具だった。科学者は愛国的であることを義務付けられており、国家の求めには積極的に応じなくてはならない。

だが、いくら科学者として才能があり、自分から申し出たとはいえ、十六歳の少女の戦争協力を容認するなんて、何を考えているのか。しかも、その戦争が大義の欠片《かけら》もない権益奪還の内戦介入で、少女本人の理由がラムシュタイン家の利権絡みとなれば、祖国の倫理や道徳はどうなってしまったのか、と嘆きたくもなる。

おまけに、

「でもまあ、戦争協力なんて誰《だれ》でもやってることです。大したことじゃない。わたしも、軍や本家がわたしを利用するように戦争を利用して楽しませて貰《もら》うつもりです」

当の本人が戦争に協力する危険性を解《わか》っていないことに、途方なく暗い気分になる。

クラウゼは迷った。

職分を弁《わきま》えた軍人ならば、ここは口を閉ざしてアンナリーサが直面するであろう出来事について黙殺《もくさつ》すべきだった。しかし、昨日まで殺し合いを続けてきて良心が栄養失調を引き起こしており、罪悪感と呵《か》責《しゃく》が体の芯《しん》で燻《くすぶ》り続けてきたクラウゼの心が善行を渇望していた。

もちろん、ある種、病的な実用主義者であるクラウゼは、それが自己満足のための偽善に過ぎず、反吐《へど》が出るような自己欺《ぎ》瞞《まん》に過ぎないことを自覚している。

だが、その甘美な誘いを断るには、心が腹を空かせ過ぎていた。

クラウゼは息を吐き、

「なるほど、フラウ・ドクトルは戦争協力を真の意味で御理解されていないことが大変よく分かりました」

冷やかに言い放った。

「……なんですって？」

アンナリーサは整った顔を強張《こわば》らせながらクラウゼを睨《にら》みつける。

イングリッドに無言で足を思い切り踏みつけられたが、クラウゼは黙《だま》らない。

「ドクトル。貴女《あなた》は全く分かってらっしゃらない。貴女のすることは研究室で数式を書いたり、図面を引くだけかもしれない。ですが、その結果、貴女は数千、数万の命を奪うんです。我々の手を使って、貴女が殺すんです。兵士だけでなく女も子供も老人も。一生人殺しと言われ続ける覚悟があるんですか？」

クラウゼが偽善を自覚しながらも、本心から捧《ささ》げた忠告に対し、

「わたしに瑣末《さまつ》なモラルを押し付けないで！」

返ってきたのは落雷のような罵声《ばせい》だった。

アンナリーサは腰を浮かせ、クラウゼに向かってビシッと人差し指を突きつけ、

「わたしの敬愛するヨーコ・アマギは言ったわ。『この世界には数十億の人間が居て増殖し続けている。ならば、そのうちの数パーセントが死んだからと言って何の問題があるのか』と。偉大な才能は世俗の倫理や道徳を超越して初めて発揮するものなのよ！」

朗々と語った。

クラウゼは呆気《あっけ》にとられつつ、同時に自分がとんでもない思い違いをしていたことに気がついた。この少女は周囲の大人や社会に恣意《しい》されているのではない。それどころか、

「それに、戦争に満ちた人類の歴史に於《お》いて、科学者と技術者の協力がなかった戦争は古代から現代まで一つもないのよ。つまり、戦争とは、わたし達科学者の戦いに他《ほか》ならない。その戦いに、優《すぐ》れた科学者であるわたしが関与しない道理は無いでしょう？」

雛《ひな》を前にした蛇のような微笑に、クラウゼはアンナリーサの抱いている恐るべき魂胆《こんたん》に気づいて背筋を震わせる。

この少女は自身の傑出《けっしゅつ》した才能を好き勝手に使うべく、戦争を利用する気なのだ。

——まるで魔女だ。

浅学《せんがく》なクラウゼは知らなかったが、東方の天才科学者天城《あまぎ》蓉子《ようこ》は極東の黒い魔女と呼ばれている。そして、その魔女に憧《あこが》れる、レヴエトリアの小さな魔女アンナリーサ・フォン・ラムシュタインは高々と宣言した。

「ま、わたしに任せておきなさい。戦争なんてすぐに終わらせてあげるわ！」

●

アンナリーサ・フォン・ラムシュタインが得意満面を浮かべて叫んでいた頃《ころ》、

「ふはははははは、たまに自分の天才ぶりが恐ろしくなるな！」

隣国のヴェストニア共和国のとある研究所で、ルイ・シャルル・ド・アジャンクールの豪快な自画自賛が響《ひび》き渡っていた。

レヴェトリア皇国の隣にあるヴェストニア共和国は、世界で初めて市民革命を行って共和政府を作り、その後に王政復古し、また市民革命を起こして共和制に戻ったというユニークな歴史を持つ西方領域の大国である。

そのヴェストニア南部のジェヴォーダン地方にあるヴェストニア軍ジェヴォーダン研究所は別名、スクラップヤード《ジャルダン・ド・レ・クービア》と言われていた。ジェヴォーダン研究所は軍の次世代兵器開発が主な活動だ。が、そういった仕事は国防省開発局と理工科大学校《エコール・ポリテクニーク》特別研究班が大半を担《にな》っていて、ジェヴォーダン研究所の実態は、軍の役立たずを放り込み、自発的に除隊、退職を促すための収容所だった。

研究所と呼ばれる安普請《やすぶしん》は、実際に輸送機や戦車の形をしたガラクタが転がるヴェストニア軍のスクラップヤードの脇《わき》に置かれており、勤めている人員は皆ロートルか脛《すね》に傷を持つロクデナシばかり。軍にとって不要な機材や人材を捨てる場所。まさしくガラクタ置き場《スクラップヤード》である。

さて、スクラップヤードことジェヴォーダン研究所の主任研究員（所長は一度も出勤していないので事実上のトップ）であるルイ・シャルル・ド・アジャンクール博士は、かつて西方領域科学界の未来を担う男と呼ばれた天才科学者だった。現在は五十を過ぎて生え際がやや後退しているものの、全体的に若々しく精気に満ちている。着衣はどこかくたびれてはいるが、上着から靴下まで良い品だった。腕時計など新兵の給料が三カ月分程すっとぶ高級品だ。

だが、彼の最大の特徴は、その目にある。将来を嘱望《しょくぼう》された天才科学者が軍の廃棄場に居る理由でもある、その目。涼やかな翠色《みどりいろ》の瞳《ひとみ》からは、狂が漏れ出している。

アジャンクールは不敵な笑みを浮かべながら研究室を出て、隣室の事務室に入ると、

「フォンク研究員！　我が脳漿《のうしょう》のきらめきを見るがいいっ！」

大音声《だいおんじょう》で白い紙を高々と掲げた。

クロスワードパズル超極悪難関編と書かれた紙面を見せられた若い女性は、受験に失敗してこの世の全《すべ》てに絶望した浪人生のような重い、水銀のように重たい吐息を漏らし、

「博士、何度言えば分かるんですか。あたしは研究員じゃなくて、少尉です。ここへ出向している空軍少尉です。研究員じゃありません」

エマ・フォンクは鬱陶《うっとう》しそうに言った。

言葉通り、カーキ色をした空軍の制服を着ているエマ・フォンクはまだ二十歳《はたち》で任官したばかりの新米空軍少尉であり、ヴェストニア人らしい明るい茶色の髪と翠色の瞳を持った愛らしい娘であり、半端なく厳しい競争を勝ち抜いて、空軍の花形、戦闘機《せんとうき》部隊に配属された将来有望なエリートだ。本来なら任官して早々《そうそう》こんな場末《ばすえ》の部署に送られる筈《はず》がない。

「ふっふっふ、負け犬の遠吠《とおぼ》えとは嘆かわしい。フォンク研究員。君もヴェストニア貴婦人の

はしくれならば、敗北に際しても優雅に振る舞いたまえ」

「どう聞こえれば負け犬の遠吠《とおぼ》えになるんだよ！　そもそも敗北ってなんだよ！　何に負けたんだよ！　このバカオヤジ！」

が、やはりここに来る人間だけあってエマも難のある人間だった。

エマは生来の勝気《かちき》さが軍の苛烈《かれつ》な教育で『獰猛《どうもう》さ』へ昇華されてしまっていた。その証拠に、アジャンクールに対して、上司としても、年長者としても、まったく礼を払っていない。一応、エマの名誉のために言っておくと、最初はなんとか敬語を使い、軍人態度で堪《こら》えていた。ただ、少女の面影を残す容姿に相応して我慢も少女程度しかなかったらしい。唯我独尊《ゆいがどくそん》のアジャンクールにキレて大暴れし、下士官兵から『ジェヴォーダンの猛獣』と呼ばれるようになるまで一《ひと》月《つき》もかからなかった。

ただし、当のアジャンクール自身はなぜかエマをとても気に入り、栄《は》えある『研究員』の称号を与えている。まあ、エマは全く喜んでいなかったが。

「はっはっは。フォンク研究員はいつでも元気があってよろしい。私の息子も君を見習って山猿の如《ごと》き活力を発してもらいたいものだ」

「さりげなくバカにすんなっ！　誰《だれ》が山猿だ！」

「はっはっは。そう褒《ほ》めるな。いくら天才といえど美少女からの賛辞は照れるではないか」

アジャンクールは罵《ののし》られてもケロッとしている。

「あたしは二十歳《はたち》だぞ！　少女とか言うな！　うあああぁあぁあ！　本当に面倒臭《くせ》ぇ！」

　エマは肩口で揃《そろ》えられた髪を書き乱しながら喚《うめ》いた。いつもこうだった。アジャンクールの会話は一貫性がない。相手のことなどお構いなしに思ったことを思ったように話すだけ。そんな相手に気に入られたエマの苦労は察してあまりある。傍《はた》から見ると歳《とし》の離れた仲良しコンビだが、そんなことを言ったら、エマに顔の形が変わるまでぶん殴られるだろう。

　エマが髪を掻《か》き乱していると、

「あ、あの、少尉殿、空軍から何か届きましたよ」

　若い兵士が薄《うす》い包みを持ってやってきた。遠距離恋愛中の彼女に会いたくて五度も無断離隊し、ここに送られた挙句《あげく》、彼女に振られた哀れなで愚かな青年の来訪に、エマは将校たるべく落ち着いた態度で荷物を受け取り、礼を口にする。

「御苦労様」

　もっとも、髪がぼっさぼさのままだったが。

　兵が退室すると、エマは髪を一掻きし、精神を安定すべく深呼吸を三度ほど行う。そして、鋏《はさみ》を取り出して薄い包みを切り裂き始めた。

「何かね、それは？　下着のカタログかね？　助言しよう。誘惑するなら赤系が良い。生物は赤という色に対し、本能的に昂奮《こうふん》を覚え易《やす》い。背徳的な昂奮をもたらすなら黒もお勧めだ」

「空軍からの荷物が下着のカタログの訳ねーだろ」

アジャンクールはエマの手元を覗《のぞ》きこみながら、荷物を勝手に下着のカタログと決めつけたかと思うと、

「可能性の問題だ、フォンク研究員。その包みを開けるまではあらゆる仮説が立てられる。明確な観測行為を行わない限り、包みの内容や状態を確定することはできない」

量子論じみたことを言い出し、

「で、何かね？　ネジ会社の社内報か？」

結局ネジ会社の社内報に落ち着いた。

エマはふん、と鼻を鳴らし、包みの中からファイルを取り出して机の上に置く。

「サピア内戦の『私的』な戦況報告書です。情報本部に知人が居るんで、何かあると知らせてくれるんです」

「ああ、あれか。あれはひどい茶番だな。国際関係学的見地からすると……」

アジャンクールがぶつぶつと語り出したが、エマは完全に無視してファイルの中身に集中する。ページを読み進め、昨晩の戦闘《せんとう》報告に差し掛かった時だった。

「！　……ジョセフが、死んだ？　そんな」

思わず言葉が漏れた。同期のパイロット、ジョセフ・ルフエーブル。空の騎士《きし》に憧《あこが》れる『飛行少年』そのままの男だった。自分に酔っている傾向があって、酒が入るとすぐに自分語りをする面倒臭い奴《やつ》だった。口では強がってもすぐに泣きを入れるヘタレだった。

だけど、良い奴だった。厳しい選抜を共に潜《くぐ》り抜けた仲間だった。他《ほか》にも、戦死したパイロットには知っている者が居て、脳裏に顔がぱっと浮かぶ。パイロットの世界は狭い。殆《ほとん》どが誰《だれ》それの先輩後輩で、顔は知らなくても名前を聞いたことがある空の兄弟達だ。

ページを持つ手が震える。敵に対する怒りと空の兄弟達の死に対する悲しみ、何より、こんな所にいる自分に腹が立つ。兄弟達が戦場で戦っているのに、仲間が殺されたというのに、自分はこんな片田舎《かたいなか》の窓際部署で、イカレたオッサンの相手をしている。

情けなくて、恥ずかしくて、目頭《めがしら》が熱くなった。

「うん？　どうしたのかね、フォンク研究員？」

エマの変化にようやく気がついたアジャンクールが訝《いぶか》りながら声を掛けたが、エマは反応すらしなかった。震える指でめくった次のページに信じ難い事実が記載されていたからだ。

ジョセフが狐《ルナール》と遭遇して戦死したという事実、そして、最新情報欄に記載されていた事実にエマは戦慄《せんりつ》して、

「狐《ルナール》がいなくなった……ッ⁉」

血反吐《ちへど》塗《まみ》れの声を漏らした。

『アドラー軍団夜間戦闘隊《せんとうたい》の狐が本国へ帰国し、別任務に着いたとの情報を入手』

一文にエマは凍りつく。全身の震えを抑えながら、両目を限界まで見開き、何度も記述を再読するが、何度読んでも記述は変わらずに仇敵《きゅうてき》の帰国を告げている。

それは、エマの願いを叶《かな》える機会が永遠に失われる可能性を意味していた。

残酷な事実に、様々な感情が嵐《あらし》のように吹き荒れて気が狂いそうになる。現実を受け入れられず、エマはひたすら再読し続けた。ついには文字を一つずつ追いかけて確認するが、何度読んだところで何も変わりはしない。文章はただただ事実を、冷酷な事実を伝えていた。

不意に、報告書の紙面へぼたり、と大きな水滴が落ちた。

最初は雨漏りかと思った。安普請《やすぶしん》の研究所はあちこち雨漏りする。しかし、今日はムカつくほどの快晴だ。この水滴はどこから落ちてきたのだろう。

「！　ど、ど、どうしたのだ、フォンク研究員！　なぜ泣いている!?　お、お腹《なか》か!?　お腹が痛いのかね!?」

アジャンクールの顔に、死神《しにがみ》から三分後に死ぬよ、と言われたような驚愕《きょうがく》と動揺が浮かぶ。

破綻《はたん》した人格を理知で維持しているアジャンクールは自身の予測を超える事態に対し、極端に弱い。説明がつくならば目の前で赤ん坊が死んでも平気だが、説明がつかなければネズミの糞《ふん》を踏んだだけで途方に暮れてしまうアンバランスな精神なのだ。

そんなアジャンクールに、突然大粒の涙をこぼし始めた乙女に対して出来ることは、何もない。惑い、困り、窮《きゅう》し、弱る以外に出来ることは何一つ、ない。エマが歯を食いしばって吐息さえ漏らさずに、大粒の涙をぼろぼろこぼし続けても、理由を問うこともできないし、慰めの言葉を掛けるなど不可能。美しいまでにお手上げであった。

アジャンクールが困り果て、何年も祈ることを忘れていた神に助けを乞《こ》おうか本気で考え始めたところへ、救いの女神は訪れた。

「先生。お昼、持ってきましたよ」

上品な佇《たたず》まいの御婦人がドアを開く。

軍事施設には不釣り合いなこの妙齢の婦人はリュシエンヌ・ドパルデューといい、アジャンクールの『元』妻だった。既《すで》に離婚しているにも拘わらず、リュシエンヌはアジャンクールと共に暮らしていた。その理由は愛なのか、狂を発した元夫への憐憫《れんびん》なのか、余人《よじん》には察することもできない。ちなみに彼女はフリーパスでこの研究所に入れる。これは警備がいい加減という訳ではなく、彼女が事実上のトップであるアジャンクールの身内だからだ。そして、荒くれ者の兵士達が彼女を丁寧に『奥様《マダム》』と呼んでいるのは、彼女に礼を失した場合、アジャンクールが金属ナトリウムに水をぶっかけたが如《ごと》く怒りを爆発《ばくはつ》させるからだ。

「……あら？」

来訪したリュシエンヌは元夫が途方に暮れた顔をしていることに訝《いぶか》り、次いで、元夫と働いている若い女性士官が涙をぼろぼろこぼしていることに気がついて、慌てて駆け寄り、

「あらあらあら、どうしたの、エマ？」

事情を察しないまま元夫を睨《にら》みつける。

「何したんですか？　先生。女の子を泣かすようなことをしてはダメでしょう」

アジャンクールは元妻から嫌疑を向けられて仰天《ぎょうてん》し、顔をぶるんぶるんと振りながら、

「わ、私じゃない！　私じゃないぞ！　ヴェストニア紳士として、うら若き乙女を泣かすような真似《まね》は一切していないと神に誓える！」

　身の潔白を声高《こわだか》に叫んだが、元妻は元夫の訴えを見事に無視してエマを抱きしめる。

　正直、リュシエンヌにとってアジャンクールが潔白かどうかなんてどうでも良かった。重要なのは、年若い乙女が声を上げて泣きたいのを必死に堪《こら》えている、ということであり、かつて同じ乙女だった身として、断じて見過ごすわけにはいかない。

　リュシエンヌはエマを抱きしめ、優しく髪を撫《な》でながら、そっと耳打ちした。

「我慢しなくてもいいのよ、エマ」

　全《すべ》ての辛苦《しんく》を受け止めんばかりの包容力と慈《いつく》しみ溢《あふ》れる母性に、エマは抗《あらが》えなかった。

「うううあああああぁぁあああああああああああああああああん！」

　リュシエンヌにしがみつきながら、堰《せき》を切ったように涙を流し、子供のように泣いた。

　恥も外聞もなく思う存分泣いた。涙を垂れ流し、嗚咽《おえつ》をこぼしながら、エマは心に溜《た》まっていた全ての澱《おり》を吐き出した。

　大好きな兄が戦死したこと、その仇《かたき》を取ると誓ったこと、でも軍の慣習的事情で叶《かな》わなかったこと、それでもなんとかしようと必死であちこちに訴えていたらこんな僻地《へきち》に飛ばされたこ

と、仇敵《きゅうてき》に友人を殺されたこと、兄の仇討《あだう》ちを望みながらも自分はここで惰性《だせい》の日々を過ごさざるをえないこと、その仇敵が帰国してしまいもう仇討ちが叶《かな》わないこと……全てを吐き出し、涙が涸《か》れるまで、エマは泣き続けた。

その間、リュシエンヌはただエマの髪を撫で、アジャンクールは部屋の隅っこで狼狽《うろた》えつつ、リュシエンヌの持ってきたサンドウィッチをもそもそと摘《つま》んでいた。その姿はまるで檻《おり》の中に閉じ込められたハムスターだ。

「そう……でも、エマ。私はほっとしてる。神の采配《さいはい》に感謝してるわ」

エマの涙が収まりを見せると、リュシエンヌは口を開いた。

「だって、エマが復讐《ふくしゅう》なんて恐ろしいことから解かれたのだから。復讐なんて、自己満足しか生まない。自己満足なんて精々《せいぜい》五分しか続かない。たった五分のために、エマの人生がめちゃくちゃになって良い道理なんてないわ。エマはもっと明るい道を歩くべきよ。お兄さんやお友達の分まで、楽しく、明るく、元気に生きなきゃダメ。それこそが、生きているエマがしなくてはいけないことだと思うの」

正論である。まさしく正論である。復讐など何の生産性もない。もっと露骨《ろこつ》に言えば、無意味かつ無駄《むだ》だ。復讐を果たしても死人はあの世から感謝の手紙を送ってこない。復讐は究極的な利己的自己満足の行為に過ぎない。だがそれゆえに、復讐は人の心を掴《つか》み、放さない。

「でも、あたし、」

エマが泣き腫《は》らした眼《め》を擦《こす》りながら顔を上げた時だった。

「フォンク研究員っ！」

部屋の隅で所在無げにサンドウィッチを摘んでいたアジャンクールが大音声《だいおんじょう》を発した。

「そんな重要な事を何で今まで黙《だま》っていたのかね！　愛する家族を奪われ、泣き寝入りするなど断じていかん！　断じていかんぞフォンク研究員！」

まるでスイッチが切り替わったようなテンションの急変。三十年前の第三次西方大戦で戦火を交えた敵国（現在も仮想敵国）に対して好感情は抱いていないことに加えて、涙する乙女への義憤に駆られたのか。狂気に浸食されて複雑怪奇な精神状態のアジャンクールの心理は誰《だれ》にも分からない。ただ、

「先生！　話がややこしくなるから口を挟《はさ》まないでください！」

元妻の控えめながら鋭い叱責《しっせき》にも、アジャンクールはたじろぎながらもめげなかった。

「フォ、フォンク研究員！　君に魔弾《フライ・クーゲル》を授けよう！　魔王の心臓だろうと、魔女の脳ミソだろうとぶち抜く魔弾をな！　さあ、来たまえ！」

アジャンクールはエマの手を引っ摑《つか》むと隣の研究室に強引に連れていった。

「ちょっと先生！」

リュシエンヌの制止にもアジャンクールは耳を貸さず、エマを荒れ果てた研究室に連れ込み、てきぱきとデスク前に来客用の椅子《いす》を置いて座らせると、デスクの上に所狭しと並ぶ学術書か

ら書類、文房具にガラクタを腕で薙《な》ぎ払う。

諸々《もろもろ》が騒々《そうぞう》しく床を転げ回るが、アジャンクールは気にした様子も見せず、床に広がった資料などを踏みつけながら壁の棚にある金庫をもどかしげに開け、中身の書類を取り出し、更地《さらち》にしたデスクの上にばら撒《ま》いた。

「これを見たまえ、フォンク研究員！」

アジャンクールの気迫に、エマは臆《おく》しつつデスクの上に散乱する書類に目を走らせ、その内容を理解して、息を呑《の》んだ。

「これは……」

無数の新兵器案。戦車や戦闘機《せんとうき》のスケッチに始まり、化学剤の組成式、ミサイルの設計図、得体《えたい》のしれない数式がびっちりと並んだノート、未《いま》だ誰《だれ》も為《な》し得ていない恒等式『$E=MC^2$』を現実化する兵器に関する殴り書き……多種多様な殺戮《さつりく》と破壊のためのありとあらゆるアイデイアが、机いっぱいに広がっていた。

エマが呆然《ぼうぜん》と悪魔の玩具《がんぐ》の設計図を眺めていると、

「あなた、どうして、こんなものを……！」

背後から鋭くもどこか震えた声が飛んだ。

リュシエンヌの瞳《ひとみ》には名状しがたい感情が渦巻《うずま》いていた。ただ、その目に宿《やど》る熱情に、どこか深い哀《かな》しみが宿っているように見える。

元妻から向けられる視線から逃げるように顔を背けたアジャンクールは、凄惨《せいさん》な笑みを浮かべ、エマに向かって右手を差し出した。

「さあ、フォンク研究員、甘美なる復讐《ふくしゅう》の幕を上げようではないか！」

それは、取引を持ちかける悪魔のようだった。そして、悪魔はいつだって紳士的な態度で素敵な笑みを浮かべて言うのだ、あらゆる望みを叶《かな》えてやろう。ただし、魂を寄こせ、と。

「エマ、考え直して。今なら、まだ」

リュシエンヌがエマの肩を抱きながら言った。肩から伝わる温《ぬく》もりと、慈《いつく》しみに溢《あふ》れる誠実な声は人を正道《せいどう》につなぎ止めようとする女神の声にそっくりだ。

悪魔と女神。対極の存在から差し伸べられた二つの手。

間違いなく、岐路だった。どちらを選んでも満足し、そして後悔することになるだろう。どちらを選んでも、充足と辛酸を伴うに違いない。

「あたしは」

エマは大きく息を吸い、

「絶対に許せない」

アジャンクールの手を握った。

復讐は病だ。憎悪という名の凶悪なウイルスに起因する疾患だ。一度でも患ってしまったなら決して、癒《いや》されない。最後の一呼吸まで、最後の一鼓動まで、憎悪の熱に狂い続ける。

「ははははは、それでいいのだ、フォンク研究員！　さあ、これから忙しくなるぞ！」

狂気に侵《おか》された天才が無垢《むく》な魂を手に入れた悪魔のように晴々《はればれ》とした笑い声を上げる中、慈愛の女神はペシミズムに満ちた嘆息を吐いて静かに部屋を去って行く。

かくしてこの日、二人の天才が人類の宿痾《しゅくあ》、戦争に関与をすることを決め、兵器開発という不毛極まりない努力に全才能を注《つ》ぎ込むことを決めた。

『小さな魔女』と『気狂《きぐる》い賢者』の戦いが始まった瞬間《しゅんかん》である。

character file.01

アンナリーサ・フォン・ラムシュタイン
Annaliesa von Rammstein

16歳

名門中の名門ラムシュタイン家の一人にして、レヴェトリア科学界の寵児。超自信家で負けず嫌いでわがままなお嬢様だが、決して才能に溺れているわけではない。内戦解決の切り札とみなされている“現代の魔女”。

little witch & flying fox

第二章

——技術のシーソーゲームでは相手が新しい
戦法と兵器を開発する前に、急速に対応策を立てた方が
決定的に有利である。

アーネスト・キング
(アメリカ海軍　元帥)

長く続いた昼夜逆転生活の習性は二日やそこらでは抜けないらしい。官給品の安ベッドを這《は》い出たクラウゼの顔には、寝つきの悪さを示すように疲労感が滲《にじ》んでいた。

目元を揉《も》みながら朝日の差しこむ窓際に立ち、外の光景を眺める。

レヴェトリア皇国北部にある学園都市ベルリヒンゲンの街並みが広がっていた。

血みどろの歴史を歩んできた西方領域だが、ベルリヒンゲンでは科学的真実への忠誠心さえあれば全《すべ》ての人間が平等だった。この街では、国家、宗教、民族などの恩讐《おんしゅう》を越え、肩を組んで科学的命題へ取り組むことができる。また、市民は高い知識を持つ人間に対して敬意を払うレヴェトリア人気質を以《もっ》て接し、異邦人だからといって差別することもなく、科学者達が時折起こす奇行にも寛大だった。ベルリヒンゲンは科学者の楽園と言える数少ない場所なのだ。

ただ、楽園に闇《やみ》は付き物。この街にある全ての研究機関と科学者が純粋科学を研究している訳ではない。人類と科学の発展のため以外の組織と科学者も、誠に遺憾《いかん》ながら存在する。

例えば、ベルリヒンゲン郊外にある親衛隊のベルリヒンゲン技術試験場だ。この試験場では日々殺戮《さつりく》と破壊の効率を上げるために様々な試みが行われている。

二日ほど前、ベルリヒンゲンに赴任し、この試験場の独身幹部宿舎に軒《のき》を借りたクラウゼは空軍の略服へ着替え、親衛隊員ばかりの食堂で視線を感じつつテキパキと食事を済ませて、部屋に戻って支度《したく》を整え、新しい職場を目指して試験場を出た。

といっても、数百メートルも歩かない。

クラウゼの新たな職場は親衛隊の試験場に隣接している。

新古典主義的な石造りの大きな建築物はヴィルヘルミナ記念研究所という。三代前の女王の名を冠《かん》するこの研究所は、ベルリヒンゲンにある軍事関係研究施設の筆頭であり、ラムシュタイン家の出資によって設立されていた。

守護《しゅご》獣《じゅう》の像が来訪者を睥睨《へいげい》するアーチ状の門をくぐり、クラウゼはヴィルヘルミナ記念研究所三階にあるアンナリーサ・フォン・ラムシュタイン研究室を目指して進み、

「おはようございます」

挨拶《あいさつ》と共にドアを開く。

所長室よりも来賓《らいひん》応接室よりも遥《はる》かに広く豪奢《ごうしゃ》なアンナリーサの研究室は、簡単な実験をこなせる実験室と資料室、専用の給湯室まで付随していた。無論、これほど充実した設備と広い研究室を持っているのは、ラムシュタイン家の人間であるアンナリーサだけだ。

「おはようございます、シュナウファー様」

ダークグレイのビジネススーツに身を包んだメリエルが柔らかな微笑を浮かべて挨拶を返してくる。メイドという話だが、その佇《たたず》まいはどう見ても秘書にしか見えない。まあ、研究室でお仕着せを着ている方がどうかしているだろう。

「様はやめて下さい、マルティネさん。むしろ呼び捨てで構いませんから」

クラウゼは苦笑いを浮かべながら、部屋の隅に置かれた小さなテーブルに略帽《りゃくぼう》と鞄《かばん》を置く。

「失礼いたしました、シュナウファーさん」

メリエルも笑みを微苦笑に変えて言った。

「それでは、私のこともメリエルとお呼び下さって結構ですよ」

「では……御言葉に甘えて、メリエルさん。ドクトルが居られないようですが……？」

「御嬢様《おじようさま》でしたら、一課の主任の所へ言っておられます。すぐにお戻りになると思いますよ」

メリエルの回答に、

「そうですか……。ドクトルが帰ってきたら、今日も質問攻めですかね……」

クラウゼはふっと息を吐く。

昨日、赴任して早々、アンナリーサから質問攻めに遭《あ》っていた。

実のところ、実戦経験のある兵士が戦場のことを尋ねられることは珍しくない。特に子供は武勇譚《たん》や英雄譚を期待して目をキラキラさせながら戦記物語をねだってくる。だが、女王陛下と同じ色の御髪《おぐし》を持つ天才少女は、試薬を投与されたマウスを観察するような目を向け、高名な科学者の講義を聞くような面持《おもも》ちで話を聞き、そして、冷徹な問いかけを重ねてきた。

対抗手段の無い状況下で敵レーダーの欺瞞《ぎまん》方法は？　ミサイルの実際の命中率は？　機体の故障発生率は？　対地攻撃における被弾率は？　人間は連続高G下において何秒耐えられる？　夜間戦闘《せんとう》で最も重要な要素はなに？　軍の心理教育プログラムの有効性は？

ゼーロウ基地の演習場で『一発かました』おかげか、好奇心で殺人に対する心理変化を訪ねてくることはなかったが、代わりに、探究心で戦場の『現実』を執拗《しつよう》に尋ね、一つの問いに答えれば一〇の質問が返ってくる。軍の内務調査官だってあそこまで熱心ではないだろう。

「御気を悪くしないで下さい、シュナウファーさん。貴重な実戦経験者であることに加え、相手方から『狐《きつね》』とあだ名されるほどの戦闘巧者《エクスパルテン》と接する機会を得られたのです。御嬢様が夢中になるのも無理もありませんわ」

「いや、私はそんな大層な人間じゃ」

クラウゼはふと違和感を覚え、ん？　と小首を傾《かし》げた。

「……どうして私のあだ名のことを知ってるんですか？」

「失礼ながら調べさせて頂きました。御不快に思われるかもしれませんが、御嬢様に近づく方には例外なく同じ対応をさせて頂いております。決して悪用しませんのでご容赦下さい」

ふふっと微笑《ほほえ》みながら答えるメリエルとその瞳《ひとみ》に、クラウゼは東方領域人のようなアルカイックスマイルを浮かべて、間違いない、と内心で確信する。メリエル嬢は『番犬』だ。

穏和な物腰に柔和な微笑。一見すれば、愛玩《あいがん》動物のような愛らしさで溢《あふ》れている。が、その実は経験と知性で獲物《えもの》を追い詰める老獪《ろうかい》な猟犬《りょうけん》であり、主《あるじ》の盾《たて》となり匕首《あいくち》にならんとする忠良な番犬だ。

やれやれ、とクラウゼは溜息《ためいき》代わりに小さな鼻息をつく。久しぶりに軍人と娼婦《しょうふ》以外の女性と知り合えたと思ったら、羊の皮を被《かぶ》った狼《おおかみ》か。自分と同類なんて笑えないな。

鞄から書類を出しながら、クラウゼは夜闇の中で敵に接近する時のような目つきで、メリエル嬢《じょう》を盗み見る。
強烈な視線誘導力を誇る胸元ではなくメリエルの全体像を注意深く観察すると、ビジネスス
ーツの下にある体はしなやかに鍛えられていることが分かった。ストッキングに包まれた脚の
ふくらはぎには筋肉がしっかり付いていて、足首がきゅっと引き締まっている。そして、いつ
いかなる時何が起きても即座に反応できるよう重心を配置していた。それも極《ご》自然に。これが
意味するのは、逮捕術と近接格闘《かくとう》戦技を徹底的に仕込まれているということ。
こんな簡単な事実に気付くまで三日もかかった事実にクラウゼの肩が小さく落ちる。生活の
リズムが崩れたせいか、メリエルの偽装が巧みだったのか、あるいは両方かもしれない。
「どうかされました？」
メリエルに声を掛けられ、クラウゼはどきりとして、
「あ、いえ、別に」
視線をそらすと、ドアが開いた。
「あの人《主任》はいちいち話が長くて疲れるわ。……あ、シュナウファーさん、おはよう」
長方形の薄《うす》い木箱を小脇《こわき》に抱えたアンナリーサが入室しながらクラウゼにおざなりな挨拶《あいさつ》を
送り、返事も聞かずに来客セットのソファへ腰を降ろす。
アンナリーサは相変わらずの制服姿だが、赤いチェック柄のスカートから伸びる脚をニーソ

ックスに包んでおり、白金色の長い髪を三つ編みにまとめていた。

「メリエル、お茶頂戴《ちょうだい》」

「はい、ただいま」

メリエルが足音も立てずに給湯室に消えていく中、アンナリーサは皇室で使われているものと同じテーブルの上に、ことりと木箱を置いた。

クラウゼはちょっとした好奇心に駆られ、箱に目を向ける。よく見るとマス目が書き込まれていて、中からカラカラと軽く小さな物が動く音がこぼれていた。

「何ですかそれ？」

「ショーギよ。東方領域版のチェス、みたいなものかな。チェスより駒《こま》の種類が多くてルールが特殊だけど。主任がゲーム理論の研究に使いたいっていうから貸してたの」

「ああ……存じてます。東方文化にかぶれてる叔父《おじ》が持ってましたから」

人は好《よ》いが常に面倒事を持ちこむ叔父の顔を脳裏に浮かべながらクラウゼは納得した。言われてみれば、チェスより多いマスの数には見覚えがある。

「へえ。ルールも知ってる？」

「ええ。もちろん」

クラウゼが首肯《しゅこう》を返すと、アンナリーサは興味深そうに頷《うなず》き、にやりと口元を緩《ゆる》めた。

「それじゃあ……一局《いっきょく》指しましょう」

「え？　いや、そろそろ始業時間ですし」

「良いから良いから。親睦《しんぼく》を図って今後の業務を円滑なモノにすることも大切でしょ？」

とびっきりの悪戯《いたずら》を思いついたような微笑を漏らしながら、アンナリーサは木箱を開き、中から駒《こま》が入った小箱を二つ取り出して、テーブルの対面に一箱置いた。

「ほら、早く」

「わかりました」クラウゼは小さく吐息を漏らして立ち上がり、アンナリーサの対面にあるソファへ腰を降ろして盤に駒を並べ始める。

「お手柔らかにお願いしますよ」

「あら、どんな遊びでも本気でやらないと面白くないわ」

くすり、と喉《のど》を鳴らし、アンナリーサが自信たっぷりに眉目《びもく》と唇の端を釣り上げた。勝利を、それも圧倒的勝利を確信した笑みである。当然だった。アンナリーサは常人を凌駕《りょうが》する知能と知性を有し、しかも将棋の定跡《じょうせき》と戦術を知っており、挙句《あげく》、ゲーム理論を研究していた。才能に加え、知識的にも科学的にも将棋を把握《はあく》している。

「さあ、始めましょう。先攻はわたしね」

アンナリーサは角将《ローファー》の道を開くべく歩《バウアー》を手にし、パシーンと心地良い音を立てた。

——演習場ではしてやられたけど、今度はわたしの番よ、クラウゼ・シュナウファー。コテンパンにしてあげるわ。

そんなささやかな悪戯心を持って始められた将棋対決が三十分ほど経《た》つと、盤を見つめるアンナリーサの顔が驚愕《きょうがく》に蒼《あお》ざめていた。

盤上ではアンナリーサの王《ケーニッヒ》が、クラウゼの駒にすっかり包囲されている。その彼我《ひが》優勢度の差と来たら、第二次西方大戦でゼラバニア七個軍に包囲されたレヴェトリア第六軍より不利だった。というか、将棋のルールが大幅変更されない限りアンナリーサの敗北は不可避だ。

「そんな、こんなのありえない」

唇を震わせながらアンナリーサは呆然《ぼうぜん》と呟《つぶや》く。

あらゆるボードゲームにはある程度決まった進め方というものが存在する。東方の将棋や囲《い》碁《ご》、西方のチェスなどのいわゆる伝統的二人零和《れいわ》有限確定完全情報ゲームは、長い歴史の中で何千何万通りもの進め方が研究されており、その決まった進め方を知っているか否《いな》かが、勝敗を大きく左右する。

アンナリーサはそうした進め方だけでなく、ゲーム理論を用いた理詰めの打ち方も知っていたし、戦術を幾つも持っていた。常識で考えれば、アンナリーサが負ける筈《はず》がない。

が、盤上ではクラウゼが完全勝利している。

「あ、貴方《あなた》、素人《しろうと》じゃないわねっ！」

「素人も何も、ショーギを指すこと自体久しぶりですが……」

クラウゼの申告に、アンナリーサはむきーっと唸《うな》り、

「小手調べは終わり！　今度は本気でやるわよ！」

盤上をぐしゃぐしゃと掻《か》き回して駒《こま》を並べ始めた。

「ですが、ドクトル。あの、そろそろ仕事を……う、」

睨《にら》みつけられたクラウゼは口を閉ざし、身を縮めながら駒を並べていく。

「今度は貴方《あなた》が先攻！　早く指《さ》しなさい！」

アンナリーサの檄《げき》が飛ぶ中、第二戦が始まる。メリエルはただ微笑を浮かべ、お茶のお代わりを淹《い》れに給湯室へ向かっていった。

――参ったな。叔父さんの時と同じだよ。

クラウゼはぱちりと駒を指しながら内心で嘆息を漏らす。クラウゼに将棋を教えた叔父もクラウゼにコテンパンにのされてムキになって再戦を重ね、結局丸一日潰《つぶ》したことがあった。

――かといってこの手の人間は手を抜くと敏感に見抜くからなあ。

盤を見つめるアンナリーサの顔は科学者というより完全な将棋指しになっていて、その目はあらゆる駒の動きを見逃すまいと殆《ほとん》ど瞬《まばた》きしていない。凄《すさ》まじい集中力だ。おそらく、脳内では何万通りという指し筋を見極めているのだろう。全神経を盤へ注ぎ、全知能を勝利のために働かせている。

　だからこそ、クラウゼはつけ込める。

　はっきり言って、クラウゼは将棋の定跡《じょうせき》はおろか、戦術もろくに知らない。だが、クラウゼには夜間戦闘機《せんとうき》部隊のエースに成り上がるほどの観察眼と知性がある。クラウゼが見るのは相手の駒ではなく、相手そのもの。相手の目の動き、呼吸回数、指の動き、今までの指し筋、そういった情報を観察眼で捕捉《ほそく》し、相手の一番弱い部分や相手の攻撃起点を読み取り潰しているだけの話だ。実際、アンナリーサがもう少し『ポーカーフェイス』というものを心がけていれば、この狡賢《ずるがしこ》い狐《きつね》など一蹴《いっしゅう》できるのだが、いかんせん、若い。クラウゼの目が盤上ではなく自身に向けられていることに気づかない。

　パチリ、とクラウゼの飛車《ターム》がアンナリーサの陣の左翼に侵入し、竜王《ドラッケ》に成った。護《まも》りの薄《うす》い左翼は竜王に蹂躙《じゅうりん》されることになるだろう。

　アンナリーサの顔が上気し、目尻《めじり》がほんのりと紅《あか》くなる。下唇を噛《か》んでぐぬぬぬと悔しげに唸《うな》り声を洩《も》らしながら、膝上《ひざうえ》に置かれた両手でぎゅっとスカートを握った。

　――あ、ヤバい。やっぱり手を抜こう。泣かれるより怒られた方が良い。

　クラウゼが矛先《ほこさき》を緩《ゆる》めようとした矢先、

「手を抜いてはダメですよ、シュナウファーさん」

　右耳に暖かな吐息がかかり、反射的にびくりと体が震えた。アンナリーサの傍らに居た筈《はず》のメリエルがいつの間にかクラウゼの真後ろに居て、体を屈《かが》めて右耳に口元を寄せている。

クラウゼは口から心臓が飛び出しそうなほど驚いたが、耳に吹きかかる吐息と微《かす》かな香水の匂《にお》いがクラウゼの体を押さえつけていた。

「ここでシュナウファーさんが手を抜けば、御《お》嬢様《じょうさま》はシュナウファー様にバカにされたと感じるでしょう。それは今後のお仕事に望ましくない影響《えいきょう》をもたらしかねません」

メリエルがひそひそと忠告するが、クラウゼはそれどころではない。耳をくすぐる吐息の甘さに完全に捉《とら》われていたし、少し視線をずらしたところには、身を屈《かが》めたために自然と強調された実り豊かな胸があった。無自覚な仕草で放たれる色香がオスに対して最も強烈な誘惑効果があることをメリエル嬢が自覚して行っているとしたら、相当の策謀家である。まあ、女性は生まれながらに策謀の才能を有しているけれども。

「し、しかし、本当に良いんですか？　泣きそうですよ？」

クラウゼは小声で答えながらアンナリーサをちらりと一瞥《いちべつ》する。

後手からの打撃を図るべきか、あるいは好機到来を信じて守勢を固めるべきか、思案中のアンナリーサは完全に将棋盤に没頭していて、クラウゼとメリエルの密談に全く気がつかない。

「良いのです。悔し涙を流す御嬢様も素敵ですし、そんな御嬢様を慰めるのも最高ですから」

「……は？」

「ともかく」と、メリエルはクラウゼの疑問を押し潰《つぶ》し、「手を抜いてはいけません。全力でやって下さい。勝負事は真剣に全力で。それが礼儀というものです」

「はあ、わかりました」

クラウゼは鼻息をついて盤面に意識を戻し、夜闇《よやみ》に紛れて敵機の背後を取る時のように冷たい眼《め》をアンナリーサに向けた。その攻撃に、容赦はかけらもなかった。

アンナリーサはレヴェトリア人的粘り強さを発揮したが、昼休みを告げる鐘と共に、クラウゼの桂馬《スプリンガー》に玉《ケーニッヒ》を撃ち抜かれた。

「……午後も。……午後もやるわよ！　このまま勝ち逃げなんて絶対許さないんだから！」

半べそ状態のアンナリーサは捨て台詞《ぜりふ》を残して部屋を飛び出して行った。

「シュナウファーさんはショーギがお強いですね。御嬢様がこうも一方的に負けるのはちょっと記憶にございません」

メリエルが控えめな驚きを伴ってクラウゼを讃《たた》える。

「ショーギが強い訳ではないですよ。ただまあ、こういうのが少し得意ですけどね」

ささやかな称賛を受け入れたクラウゼは、将棋の駒を片づけながら少しだけ得意げにはにかむ。美女の称賛に喜ばない男はいない。それが番犬のような女性でも。

「でも、本当に大丈夫ですか？　半べそ掻《か》いてましたけど」

「大丈夫ですよ。御嬢様は繊細《せんさい》かつしなやかな強さをお持ちですから。今頃《いまごろ》、気分を入れ替えに屋上へ向かっておられる頃でしょう」

「屋上？　何でまた屋上に？」

「視点を切り替えると、気分も変わるそうです。論文などで煮詰まった時は、体を動かされるか、高い所に行かれるかのどちらかです」

「はあ、そういうものですか」

クラウゼは曖昧《あいまい》に頷《うなず》き、

「しかし、まあ、今日はショーギをして良かった」

微苦笑を浮かべる。

「正直、ドクトルとどう接して良いのか摑《つか》みかねていましたから。なんとなく接し方を摑めた気がします」

「確かに、シュナウファーさんにとっては、今日はいい日になったと思いますよ」

「?」小首を傾《かし》げるクラウゼに、メリエルは薄《うす》く笑って告げた。

「もう御嬢様《おじょうさま》はシュナウファーさんのことを実験用マウスのようには見ませんからね」

メリエルはくすりとのどを鳴らしてカップを給湯室に持って行く。

残されたクラウゼは全く笑えなかった。

●

翌日、午前十時。いわゆるお茶の時間《フリーシュテウックス・ハウゼ》に親衛隊《SS》から出向してきた技術者達は到着した。

技術班長は親衛隊大佐で他《ほか》にも少佐やら大尉やらがいたが、クラウゼに対する命令権や指揮権はない。なぜかというと、彼らが親衛隊は親衛隊でも一般親衛隊《アルゲマイネSS》に属するためである。親衛隊はややこしい歴史と構成を持つ組織で、皇国第四の軍隊であると同時に、普通の役所みたいな面もあり、軍務に就《つ》く武装親衛隊《ヴァッフェンSS》と違って、一般親衛隊は単なる公務員とほぼ同じで、軍も武装親衛隊も彼らを軍人とは微塵《みじん》も思っておらず実際、軍務に就くことは無い。技術者達の階級も『私達は親衛隊に属してます』という意味合い以上の役割を持っていなかった。

ヴィルヘルミナ記念研究所に到着した技術者達はまず、アンナリーサを見て驚いた。当然である。少女科学者という噂《うわさ》は聞いていても、レヴェトリア人にとって神に等しい女王陛下と同じ御髪《おぐし》をしているとは聞いていない。誰《だれ》も彼もがどういうこと？　と不安げになる。

次いで、クラウゼの軍服右袖《みぎそで》に巻かれた袖章を見て軽く驚いた。実戦経験者の補佐官が付いているとは聞いていたが、三十年前の第三次西方大戦に参加した年寄だと思っていた。まさかアドラー軍団に参加している現役バリバリの戦闘機《せんとうき》乗りとは聞いていない。

だが、彼らを最も驚かせたのは、到着したその足で会議室に通されて聞かされたアンナリーサの『開発計画』だった。

「貴方達《あなたたち》には、これからわたしの構想の下《もと》、『電磁加速飛翔体発射砲《レールガン》』を作ってもらいます」

アンナリーサの研究室に比べたら物置小屋に見える簡素な造りの会議室に、ざわざわとどよめきが走る。クラウゼもぽかん、と口を半開きにして呆然《ぼうぜん》としていた。

「あ、あの、フラウ・ドクトル、ラムシュタイン。意見を申し上げてもよろしいですか？」

大佐の階級章をつけた技術班長がおずおずと口を開く。人の良さそうな四十男。貧乏クジを引かされてここに送られた感を振り撒《ま》いているが、ヘンネフェルトなどの大企業から勧誘を受けるほど優秀な男だった。その技術班長がやけに低姿勢なのは、彼の性格と、アンナリーサの背景と、その髪にやや腰が引けていることと、レヴェトリア科学界の慣習による。

「どうぞ」と、アンナリーサは無礼ぎりぎりの態度で応じるが、『科学者』であるアンナリーサにとって『技術者』の班長に対する態度としては、極めて自然なものだ。もっとも、レヴェトリア科学界の事情など露《つゆ》ほども知らないクラウゼは、アンナリーサの態度を『貴族特有の尊大さ』と受け取り、微《かす》かに眉《まゆ》をひそめた。

「『電磁加速飛翔体発射砲《レールガン》』は何年も前に開発放棄されています。現在の技術を以《もっ》てしても、実用化は難しいと思われますが……」

以て回った言い方だが、その場に居る者の耳に班長の言葉は「その兵器は造れません」としか聞こえない。班長の意見に技術者達だけでなくクラウゼも同意する。

アンナリーサの口にした『電磁加速飛翔体発射砲』は、半世紀以上前のSF小説で発表されたアイディアだ。火薬ではなく電気の力で弾丸を発射するというこの兵器は、各国の軍民両方で公的、趣味的に研究開発されてきたものの、膨大《ぼうだい》な諸問題をクリアできず、未《いま》だ一度も実用化されていないという曰《いわ》く付きの代物《しろもの》だった。

レヴェトリア皇国では第三次西方大戦の時、「ガラクタ作ってる暇があるなら砲を一門でも多く作れ！」と国防軍総司令部《OKW》の怒号が飛んで以来、開発自体が禁忌《きんき》となっている。

「ドクトル。相応の理由が無いと、おそらく開発の許可は得られません。電磁加速飛翔体発射砲を手掛ける理由をお聞かせ下さい」

クラウゼの尋ねに、

「凡百《ぼんぴゃく》には一万言の説明より一度のパフォーマンスよ。皆が出来ないって投げ出したモノを作り上げた方が全く新しい物を作るより認められ易いでしょう。これで軍の連中にわたしを認めさせて、次から作りたいものを作る。つまりこれは先行投資」

アンナリーサは可愛《かわい》げのない開発動機を語る。

技術者達は怪しい儲《もう》け話でも聞かされたようにお互いの顔を見合わせた。技術班長が困り顔を浮かべながらも、目に技術屋として培ってきた自信を宿《やど》してアンナリーサに応《こた》える。

「……分かりました。作れ、とおっしゃるなら、我々はどのような物でも造ります。コンセプトをお聞かせ願えますか」

班長の言葉と自信を抱いた技術者達の顔に、アンナリーサは満足げに口元を緩《ゆる》め、

「わたし、少し前にテンペルホーフ空軍基地に行ったんだけど、そこで面白いモノを見たの」

何やら違うことを話し始めた。気勢をいなされた班長達が訝《いぶか》る脇《わき》で、クラウゼは眉根《まゆね》を寄せた。テンペルホーフにある面白いモノ。何だろう。何かあっただろうか。

記憶を検索し始めたクラウゼを余所《よそ》に、アンナリーサの話は続く。

「良いアイディアだと感心したわ。だから、そのアイディアをわたしも借りることにした」

アンナリーサは部屋の隅に控えていたメリエルに目配《めくば》せした。メリエルは首肯《しゅこう》し、新聞紙大のポスターをホワイトボードに貼《は》る。一同がまじまじと見つめたポスターには、機体の左脇腹《わきばら》からいくつもの銃口を生やした大型輸送機が写っていた。

軍事関係者はその異様な機体を、ガンシップと呼んでいる。

通常、ガンシップとは重武装攻撃ヘリを指すが、レヴェトリア皇国においてガンシップと言えば、輸送機に大量の銃砲を搭載《とうさい》した重攻撃機のことだ。胴体側面に銃砲を装備して目標上空を旋回《せんかい》しながら、胴内に積み込んだ大量の弾薬で延々と攻撃し続ける。なお、レヴェトリア空軍ではこの怪物を『挽肉《ひきにく》製造機』あるいは『肥料撒《ま》き』と呼ぶ。圧倒的火力で叩《たた》かれた敵兵がその身を挽肉に変え、大地の肥やしになるからだ。

「あの、ひょっとして『電磁加速飛翔体発射砲《レールガン》』を搭載したガンシップを作る気ですか？」

クラウゼの問いに、

「ええ。面白いでしょう？」

アンナリーサは楽しげに微笑《ほほえ》む。が。

「無茶《むちゃ》です！」「こんなん出来っこない！」「いくらなんでも無理ですよ！」

若い技術者達が蜂《はち》の巣を突《つつ》いたように騒《さわ》ぎだした。

「あら、作るといった矢先に手のひら返しするの？」

アンナリーサが一同の反応を冷ややかに笑っているところへ、

「プラットフォームを航空機にする理由は何です？　陸上砲ならより楽な問題解決が図れますし、艦船《かんせん》の方が幾分条件は緩和される筈《はず》です」

渋面を浮かべたクラウゼが尋ねる。

「そんなのサピアで使うからに決まってるじゃない」

アンナリーサは何を今さら、と言いたげな呆《あき》れ顔を浮かべ、

「一月《ひとつき》で実戦試験まで持って行くから、各員、今月は休み無しだと思いなさい」

「は？　一月？」

目を丸くするクラウゼ達にあっけらかんと言い放った。

「今回の件はあくまで下準備に過ぎないんだから。時間かけたら意味ないでしょ」

その言葉は恐ろしいほど自然に吐き出されており、虚勢でも強がりも誇大妄想でも大袈裟《おおげさ》でもなく、ただ事実を話している口調で、クラウゼと技術班はただただ絶句し、互いの顔を見合わせるだけだった。

ドン引きしている一同に、アンナリーサは挑戦的に告げる。

「わたしが大口を叩いてるだけかどうかはすぐに証明してみせる。代わりに、貴方《あなた》達も能力を示しなさい。わたし、使えない奴《やつ》には優しくないわよ」

さて、ここからは後世に残された資料を元に開発を追ってみよう。

アンナリーサの『電磁加速飛翔体発射砲《レールガン》』開発計画は、開発の総責任者となっているイングリッド・フォン・ヴィッツレーベン少佐の説得から始まった。『電磁加速飛翔体発射砲』の逸話は軍事関係者の間では有名なので、イングリッドも簡単に許可を下すとは思われなかった。

メリエル・マルティネの日記によると、クラウゼが『超』高級レストランに『接待』して説得したらしい。なお、『接待』経費はクラウゼの持ち出しだったことを付け加えておく。

『接待』は翌日には効果を上げた。『電磁加速飛翔体発射砲』の開発計画に経済装備局と開発局は難色を示したが、『鉄の意志を持つ女』イングリッドが動くと、見事なほどあっさりと膝《ひざ》をつき、予算と資材機材を提供するサインをした。

『電磁加速飛翔体発射砲』の開発にゴーサインが下されると、アンナリーサは即座に計画の最重要問題、エネルギーの供給体の開発に取り掛かった。

実のところ、『電磁加速飛翔体発射砲』というものは、エネルギー供給体、つまり電源さえ確保できれば、ほぼ開発の大部分は完了したに等しい。劣化し易《やす》い砲身も、複雑になりがちな弾体も、基本的には構造が既《すで》に確立されており、電源の確保に比べれば遥《はる》かに易しい。

瞬間《しゅんかん》的な大電力を如何《いか》に生みだすか。そして、その供給体を如何にコンパクトに収めるか。

先人達はこの技術的、科学的問題を解決出来なかった。如何に強力でも発電所並みのサイズだったら役に立たないし、小型化出来ても充分な威力を発揮できなかったら意味が無い。

この『電源』の問題を解決できなかったがために『電磁加速飛翔体発射砲』は研究するだけ無駄《むだ》、という烙印《らくいん》を押されていた。

アンナリーサはこの問題点の解決に化学的アプローチを取り、開発許可が下された二日後、それは起きた。

「落書きしてるのかと思った」とはクラウゼの弁である。

幼稚園児が書き殴った『絶対に解けない迷路』とかそんな感じの落書き。少なくともクラウゼの目にはそう映ったらしい。

無理もない。クラウゼが通勤してきたら、研究所入口で少女が脇目《わきめ》も振らずに廊下の床に油性マジックで化学式を書き殴っている姿は、傍《はた》から見れば落書きしているようにしか見えないし、クラウゼの中途半端な知識において、構造式、示性式《しせいしき》、組成式を複雑に絡めて描かれる化学式というのは、見たことも聞いたこともなく、何かの落書きにしか見えなかった。

大声で呼んでも尋ねても微動だにしない程の集中力を発揮したアンナリーサは、時折、白金色の髪を乱暴に掻《か》き乱しながら化学式と得体《えたい》のしれない連立方程式を延々三十分ほど書き連ね、完了と同時に満足げに微笑《ほほえ》み、

「完成」

と呟《つぶや》いて、脇で呆然《ぼうぜん》としているクラウゼに書き記すように命じて研究室に行ってしまった。

クラウゼには意味が分からなかった。複雑怪奇な化学式もそうだが、何がどうなってこの化学式が生まれ、何が『完成』したのか、全く分からない。ただ、深く考えている時間はなかった。人の往来で今にも化学式が踏み消されそうだったし、清掃員のおばちゃんがモップを持って近づいてくる姿が見えたからだ。

クラウゼが慌てて書き写したこの化学式は大雑把《おおざっぱ》に言うと、『化学反応で物凄《ものすご》いエネルギーを出す薬』の設計図らしい。最重要軍事機密に指定されているため、今もなお詳細は不明だが、アンナリーサが記した化学式で作られるA剤（仮）とB剤（仮）を反応させると、莫大《ばくだい》なエネルギーが発生し、そのエネルギーを電力に転換して弾体をぶっ放す、というのがアンナリーサ式『電磁加速飛翔体発射砲《レールガン》』の要諦《ようてい》だった。

恐ろしいのは、このA剤とB剤を作り出すのに要した時間が実験日を含め、僅《わず》か三日だったことだ。化学式に誤りは存在せず、試薬は予定された通りの反応を示し、混合比も発生熱量《エネルギー》もアンナリーサの計算通りだった。常識で考えても、過去の歴史を振り返っても、こんなことはあり得ない。兵器に拘《かかわ》らず、全《すべ》てのモノづくりは基本的にエラー&トライ、失敗と挑戦を積み重ねることで進んでいく。いや、良い物を作ろうと思うなら、問題を明らかにする意味でも失敗すべきなのだ。失敗は成功の母ではなく、大成功の母なのだから。

ところが、アンナリーサは床に落書きをした時、こうした開発の常識と共に、実機の完成までの間にある大量のプロセスをいとも容易《たやす》くすっ飛ばしてしまったのだ。クラウゼと技術班が戦慄《せんりつ》に近い反応を示したことは無理からぬことであろう。

「いったい、どんな魔法を使ったんですか？」

クラウゼの問いかけに、

「あらゆる問題には答えが存在する。だけど、世界には解法の糸口さえ見えない難問がたくさんある。歴史上の多くの天才達が挑み、それでも解けないのはなぜだと思う？」

得意げに語るアンナリーサの横顔は十六歳の少女ではなく、新進気鋭の若手科学者であり、年若いながら立派な魔女のものだった。

アンナリーサはクラウゼの返答を待たず、

「それは解くための術《すべ》が見えてないから。近過ぎれば周囲が見えない。遠過ぎれば細部が見えない。でも最適な距離に立てば、放っておいても答えは見える。闇《やみ》の中にふっと光が差すように、厭《いや》でも目に入る。その光さえ見えてしまえば、あとは……」

天使のような顔に悪魔のような微笑を浮かべ、告げた。

「一瞬《いっしゅん》よ」

現代の魔法使い達は神や悪魔なんて暇そうな輩《やから》の力は借りない。科学という名の魔法を使って世界の理《ことわり》を恣《ほしいまま》に操る。数字と記号で世界の理と自然の秘密を暴く魔法使い達。アンナリーサ・フォン・ラムシュタインが、その魔法使い達の中でも間違いなく最上辺にいる魔女であることを証明した瞬間だった。

●

アンナリーサが『電磁加速飛翔体発射砲《レールガン》』の開発を始めてから一月《ひとつき》後、親衛隊ゼーロウ基地の広大な演習場に落雷の如《ごと》き轟音《ごうおん》が鳴り響《ひび》く。

初秋の青空に立ち上る噴煙を清涼な旋風《せんぷう》が拭《ぬぐ》い去り、破壊の爪痕《つめあと》が陽光の下に晒《さら》された。

試験用に建設された厚さ四メートルに及ぶベトン製の掩体壕《えんたいごう》は完全に崩壊し、中に置かれた人形達が中身の紅《あか》いゼラチンをばら撒《ま》いている。掩体壕の脇《わき》に置かれた射撃目標用の古い戦車は原型を留《とど》めていない程破壊され、丸太のような砲身が四〇メートルも離れた所に突き刺さって屹立《きつりつ》していた。塹壕《ざんごう》線は埋没し、人形達の手足がにょきっと生えている。

破壊された目標の上空を旋回飛行していた大型輸送機が、軽く翼を振って基地の滑走路へ向かっていく。その左脇腹《わきばら》には矢が刺さったように細長い筒が伸びていた。

「全指定目標、破壊に成功しました」

砲撃目標から遠く離れた観測所から一連の破壊を見守っていた面々を代表し、クラウゼが双眼鏡を下げながら言うと、国防軍総司令部《OKW》から視察にやってきたお歴々が、満足げな吐息を漏らす。

「素晴らしい」「見事な威力だ」「うーむ、ブラボーッ」

讃嘆《さんたん》の言葉を送られている制服を着た美少女科学者は控えめな笑顔で「皆様のご協力のおかげです」などとこなれた台詞《せりふ》を口にする。

開発主任というう肩書のアンナリーサが軍高官の相手をしている脇で、開発主任補佐という立ち位置の曖昧《あいまい》な肩書を与えられているクラウゼはふっと息を吐き、微《かす》かに襟元《えりもと》を緩《ゆる》めた。

——まるで前近代だな。

クラウゼのぼやきも無理は無い。軍高官達は一流職人が仕立てたアンティークチェアーに腰かけて新兵器の威力を観覧していた。彼らの背後には大きなテーブルが置かれ、真っ白なテーブルクロスの上には、従卒《じゅうそつ》達が淹《い》れたイラストリア産の紅茶やサルゲスタ産のコーヒーが湯気を立てている。視察、というより観覧会、いやもっと露骨《ろこつ》に言えば御茶会の催しだった。

ちなみに、戦争が高度に様式化し過ぎた前近代の戦場では、『昼休み』があり、将軍達がこうして戦場を睥睨《へいげい》しながら一流シェフが腕を振るった料理を食べていた。

「疲れているようね」

いつの間にか隣に来ていたイングリッドが小声で囁《ささや》く。

「書類戦争に少しくたびれました。まあ……班長ほどではないですが」

クラウゼは応じながら、疲れ切って蒼《あお》い顔をしている四十男に目を向ける。アンナリーサの下に配属された技術班の班長だ。この一月余り、班長を始めとする十数名の技術班員は誰《だれ》一人まともな休息を取っていなかった。特に、今回の発表会のために徹夜が続き、不眠不休を押しての敢闘《かんとう》ぶりに戦闘覚醒剤《ペルヴィイテン》を使ったとか使っていないとか物騒《ぶっそう》な噂《うわさ》が流れたほどだ。

「あの人もあまり休んでいない筈《はず》なんですが、十代の体力は大したもんですね」

視線をアンナリーサに移し、クラウゼは微苦笑を浮かべた。視線の先でアンナリーサが軍高官と談笑を重ねている。クラウゼや技術班同様に徹夜続きの筈だが、顔に睡眠不足や疲労の色は一切見られない。栄養ドリンクを浴びるように飲んで睡魔を抑えているクラウゼ達とは大違いである。若さとはかくも偉大らしい。

「体力はともかく、確かに大したものね。曰《いわ》く付きの兵器をたった一ヶ月で、試作はおろか試験運用可能な段階まで持ってきたことは瞠目《どうもく》に値《あたい》する」

イングリッドもアンナリーサへ碧眼《へきがん》を向けつつ、クラウゼに尋ねた。

「あの子は魔法でも使ったの？」

「……確かに、魔法かもしれませんね」

クラウゼは韜晦《とうかい》気味に呟《つぶや》き、

「ただ、ドクトルと同じくらい技術班も魔術的でしたよ」

この一月《ひとつき》を振り返った。

アンナリーサによってエネルギーの供給源が確保された後、開発の成否はアンナリーサというより技術班に委《ゆだ》ねられたのだが、アンナリーサ式『電磁加速飛翔体発射砲《レールガン》』開発における真の戦いはここから始まった。

肝《きも》となる特殊化学剤こそ、アンナリーサは完全に独力で作り上げたが、『電磁加速飛翔体発射砲』そのものに関しては、設計以降の努力は技術班にほぼ丸投げだった。

無理からぬ話である。兵器開発には多くの科学的問題が存在するが、同量の工学的問題も存在する。そして、アンナリーサは科学者であって技術者ではなかった。電磁流体力学を熟知していても、大砲という兵器の根本的技術問題に関してはド素人《しろうと》なのだ。事実、アンナリーサの設計にはおよそ天才科学者に相応《ふさわ》しくない平凡な過《あやま》ちが点在していた。

こうしたアンナリーサの平凡なミスを、技術班が沈黙《ちんもく》を以《もっ》て一つ一つ処理して黙々と『電磁加速飛翔体発射砲』を制作していく様子をクラウゼの観察眼は見逃さず、世界の先頭を走るレヴェトリア科学界の『実態』を否応《いやおう》なしに把握《はあく》した。

上下関係が厳格なレヴェトリア科学界において技術者とは科学者に準じる立場にあり、科学者の過ちは指摘するのではなくこっそりと修正するというのが、レヴェトリアにおける善き技術者の在り方で、レヴェトリアにおける開発とは、基本的に科学者が示したコンセプトやアイディアを技術者が実現すること、と同じだった。

クラウゼが『貴族特有の尊大さ』と感じたアンナリーサの技術班に対する態度、技術班のアンナリーサに対する腰の低い姿勢。あれは慣習に因《よ》るところが大きかったらしい。

もっとも、技術者達は科学者には文句を言わないが、事務屋にはガンガン文句を言った。

たとえば、空軍から親衛隊に出向し、そこからヴィルヘルミナ記念科学研究所ラムシュタイン研究室に派遣されてきたという、ややこしい経歴のパイロットとかに。

「まあ、私もそれなりに苦労しましたけどね……」

クラウゼのぼやきに、イングリッドは一を聞いて十を知ったように微苦笑を浮かべた。

「だいたい想像はつくわ。あの子の要求と現実的技術限界の板挟《いたばさ》みってとこでしょう?」

「ご指摘通りです」

小さく肩を落とし、クラウゼはそろそろと細く長く息を吐いた。

「軍でも似たようなことはありますが……軍の方が楽ですね。下士官が助けてくれますから」

中間管理職の悲哀は軍にだって存在する。事務作業だってたっぷりある。ただ、軍にはそういった労苦を支え、上手《うま》く処理してくれる下士官達が居た。出向先で彼らのありがたさを実感したクラウゼ・シュナウファー二十一の初秋だった。

不景気面《づら》を浮かべたクラウゼに、イングリッドは控えめにノドを鳴らす。名門の血統に相応《ふさわ》しい気品を携《たずさ》えた笑顔は、美貌《びぼう》と相《あい》まって女神の微笑のように見える。

「貴方《あなた》の苦労も報われたわね。今回の開発はあの御《お》嬢様《じょうさま》の評価試験が目的だったから、その意味において、この計画自体は既《すで》に完了、成功している。ご覧なさい」

イングリッドは艶《つや》やかな唇を歪《ゆが》め、女神の微笑を女悪魔の嘲笑《ちょうしょう》に変えた。

「お偉方の顔を見れば分かるでしょう？　今後の仕事はやり易《やす》いわよ」

テーブルの周りでカップを片手にアンナリーサを取り巻く軍高官達は、普段の近づき難い雰囲気が嘘《うそ》のように思えるほど柔らかな物腰で穏やかな顔つきをしており、彼らがアンナリーサに対してどれだけ高評価を与えているかが厭《いや》でも分かる。

眼前の光景に、クラウゼはふっと唇の端を歪めて独《ひと》りごちた。

「なるほど、確かに一万言より一度のパフォーマンスだ」

「あら、よく分かってるじゃない」

イングリッドが感心するように同意を返すと、

「受け売りです」

噴煙を燻《くすぶ》らせ続ける戦車の残骸《ざんがい》へ視線を移しながら、クラウゼはシニカルに呟《つぶや》く。

視察はいつの間にか懇談会に変わり、まだまだ続きそうだ。

クラウゼの視界の端に居た技術班長が貧血で倒れた。

●

ゼーロウ基地での発表会が終わった後、クラウゼ達はすぐさま、ベルリヒンゲンに戻った。

ヴィルヘルミナ記念研究所にある自分の研究室にとんぼ返りしてきたアンナリーサは、

「あー疲れた。もっと近くでやればいいのに。帰ってくるだけで一苦労だわ」

来客用のソファにごろりと寝そべり不満をぶちまける。

アンナリーサは窓の外へ横目を向け、夕闇《ゆうやみ》の帳《とばり》が下りたベルリヒンゲンの空を眺めながら疲労感を滲《にじ》ませた声で呟《つぶや》く。

「報告書、書くの面倒臭いなー……」

「今日は御帰宅されては如何《いかが》ですか？　報告書なら私の方で処理しておきますよ」

研究室の隅っこに置かれた小さなテーブルに着きながらクラウゼが言うと、

「シュナウファーさんが経済装備局の連中に揚げ足を取られないような専門的なモノを書いてくれるならね」

じろりと一瞥《いちべつ》して気遣いを一蹴《いっしゅう》し、クッションに顔を埋めてばたばたと足を振って、

「あー面倒臭い！　面倒臭い！　めんど〰〰くさ〰〰〰〰いっ！」

と喚《わめ》きながら髪を解いてわしわしと掻《か》き乱し始める。

身悶《みもだ》えするチビッ子のような有様《ありさま》に、クラウゼは失笑をこぼさないよう腹に力を込めた。数日前、アンナリーサの煩悶《はんもん》する様子に思わず笑ったばっかりに小一時間説教を食らうことになった。五つも年下の少女に延々と説教されるなんて体験は一度だけでいい。

ひとしきり、欲しい玩具《おもちゃ》を買ってもらえなくて全力で駄々《だだ》をこねる子供のように暴れると、

「あ、見えた」

アンナリーサは不意に体を起こしてデスクに向かった。髪が顔を覆《おお》っていたが直すことなくデスクチェアーに腰掛け、脇《わき》に置かれた移動式黒板を睨《にら》みつけてぶつぶつと呟《つぶや》き始めた。

「……過電流の処理方式を換えれば……ヒステリシスカーブを……」

独《ひと》り言《ごと》を口にしながら黒板を素手で拭き、がりがりとチョークを走らせる。たまにチョークで汚れた手で髪をわしわしと掻き回し、美しい白金色の髪をチョーク塗《まみ》れにしていく。

どうやら何か思いついたらしい。クラウゼは初めて見た時は驚いたが、この一月《ひとつき》ですっかり慣れた。神同然に敬われている女王と同じ色の髪を平然と汚しながら思索に没する天才少女を、横目で見つめながら疲労の吐息を漏らしていると、テーブルにカップが置かれ、芳《かんば》しい香りが鼻腔《びくう》をくすぐった。

「どうぞ、シュナウファーさん。この一月、お疲れさまでした」

メリエルが労《ねぎら》いの言葉を口にしながらコーヒーを置いた。隙《すき》を見せられない相手と分かっていても、それなりの容姿を持った女性から繰り出される微笑付きの労いは効果絶大で、クラウゼの頬《ほお》が大きく緩《ゆる》む。

「ありがとうございます、メリエルさん」

クラウゼは男って単純だよなあ、と自嘲的《じちょうてき》な感慨を覚えつつカップを口元へ運ぶ。

「シュナウファーさん。今回の開発は概《おおむ》ね完了、と見てよろしいのでしょうか？」

「そうですね、だいたいは」

カップを置きながらクラウゼは答えた。

「操作マニュアルや資料の作成などの書類仕事はまだまだ多いですし、技術班は運用者への教育に行くかもしれませんが、ドクトルが実作業をすることはもうないでしょう」

「そうですか」

メリエルが嬉《うれ》しそうに顔を柔らかくする様子に、

「何かあるんですか？」

「あ、いえ、大したことではないんですが、これで御嬢様《おじょうさま》と『お出かけ』ができるなあって」

ふふふ、と気恥ずかしげに頬《ほお》を染めるメリエルの可愛《かわい》らしさときたら、さっさと帰って寝たかったクラウゼに不埒《ふらち》な元気を掻《か》き立てるほどであった。

「メリエル～、お茶ちょ～だ～い」

「はい、ただいま」

アンナリーサに呼ばれたメリエルがぱたぱたと走って行く。

髪をぐしゃぐしゃに掻き乱した天才少女は、ミルクと砂糖がたっぷり加えられたコーヒーと、クラウゼの煙草《たばこ》よりずっと値が張るケーキを存分に嗜《たしな》むと、コーヒーブレイクの仕上げとしてメリエルの太ももを枕《まくら》にソファへ寝そべる。

メリエルに手櫛《てぐし》で髪を梳《す》かれ、心地良さそうに目を細めていたアンナリーサは「あ、そうだ」と思い出したように口を開く。

「ねえ、シュナウファーさん、チンチリヤダムって知ってる？」

密《ひそ》かに羨《うらや》ましそうな目を向けていたクラウゼは唐突な問いに訝《いぶか》りながら、

「ええ。存じてます。サピアのアンカラ川上流にある大規模コンビナート群ですが……急にどうしたんですか？」

「軍は私の作った大砲をそこの攻撃に投入したいんだって」

「えっ？」明後日《あさって》の方向から湧《わ》いた事態に、息を呑《の》みつつ「あ、あそこに投入するって……誰《だれ》が言ってるんですか？」

「視察に来てたお偉いさんが言ってた。本家と関《かか》わりがあるみたいで聞きもしないことぺらぺらとよく喋《しゃべ》ってたわね。あの人、多分あれ以上出世できないと思うな。口が軽すぎるもの」

クラウゼが驚く理由を知らないアンナリーサは、のん気に応じながら心地良さそうに目を細める。その姿はまるで喉元《のどもと》を撫《な》でられている猫のようで、今にもゴロゴロと言い出しそうだ。

完全にくつろいでいるアンナリーサとは対照的に、クラウゼは顔を強張《こわば》らせていた。

「ドクトル、本当に軍の人間がチンチリヤダムに投入すると言っていたんですか？」

「うん。言ってたよ。この大砲の精度はどれほどのものですか？　って聞いてきたから、六〇キロ以内ならどう撃っても一メートル以内に収まるって言ったの。そしたら、それならチンチリヤダムの攻略に使えるかもしれないって」

クラウゼは頭痛を覚え、額《ひたい》を押さえて盛大に嘆息を吐き出した。

「……無茶苦茶《むちゃくちゃ》だ。昨日今日できたばかりの兵器をあんな所に投入するなんて無謀すぎる」

その様子に、アンナリーサが不服そうにぷくりと頬《ほお》を膨《ふく》らませる。

「何よ、わたしの作った大砲じゃチンチリャダムを攻略できないとでも言いたいの？」

「いえ、ドクトルの成果が如何《いか》に優《すぐ》れたものであるかは、御一緒に働かせて頂いて充分存じ上げております。これは兵器の能力ではなく運用の話です。チンチリャダムの防御態勢は尋常ではありません。アドラー軍団も攻略の糸口が摑《つか》めていないのです。そこへ試験運用の段階の兵器を投入するというのはいくらなんでも無茶ではないか、というのが、私が抱《いだ》いた危惧《きぐ》でして」

クラウゼは軍人生活で習得した、何が正しいかではなく誰《だれ》が正しいかに主眼を置いたマニュアル的な喋《しゃべ》り方、を用いて言った。出向して三週間、『狐《きつね》』とあだ名されるだけあって、クラウゼは実に如才《じょさい》なく最適な接し方を見抜いていた。この気難しい御嬢様《おじょうさま》は権力を持ったオッサンの相手をするのと同じだ。つまり臍《へそ》を曲げさせないことが肝心。

アンナリーサはむーと唸《うな》り、

「そういう事情なら、確かに無茶かもしれないね」

と頷《うなず》きながらも、

「でも、この件に関してわたしは口を挟《はさ》めないよ。道具を作るのがわたしの仕事であって、作ったトンカチで釘《くぎ》を叩《たた》くか、人の頭を叩くかは、購入した人間が決めることだもの」

他人事のように言い放ち、自身の頭上にたたずむ双丘《そうきゅう》を突いた。

「きゃっ」

メリエルの小さな悲鳴を聞きながらクラウゼは瞑目《めいもく》し、

——誰《だれ》が乗るのか知らないが、気の毒に。苦労するだろうな……

新兵器を与えられて戦場へ行く顔も名前も知らない戦友を思い、同情と憐憫《れんびん》を抱いた。

●

レヴェトリア皇国で『電磁加速飛翔体発射砲』の開発が進められていた頃《ころ》、ヴェストニア共和国の片田舎《かたいなか》でも活気に溢《あふ》れていた。

「軍曹《ぐんそう》、あのガラクタをどかせ」「は、大尉殿、重機に空きがありません」「そんなこと俺《おれ》が知るか。爆薬《ばくやく》でもトンカチでも何でも使ってとにかくどかせ。今日中に用地を確保せねばならんのだ！」「は、分かりました！　二等兵！　爆薬持ってこい！」

ジェヴォーダン研究所の隣にある軍のスクラップヤードでは、将兵達が声を張り上げながらガラクタ同然の飛行機や戦車などを乱暴に片づけている。余りの閑暇《かんか》に首を吊《つ》りそうだった将兵達は、安賃金でこき使われる労働者がするような仕事でも大いに歓迎していた。

——あたしも外で作業したい……。

エマ・フォンクは研究所の応接室まで届く喧騒《けんそう》に、空軍の制服の裾《すそ》を握りながら内心でぼやき、来客用ソファに座っている二人の中年男をちらりと見る。

「順調に進んでいるようだな」

ダークの高級スーツに身を包んだ禿頭《とくとう》の中年男が言うと、

「順調だとも。ここで貴様の相手をしていなければ、進みはもっとよくなる」

質は良いがくたびれた服を着ているアジャンクールはなじるように言った。

「遠路はるばる訪れた客に向かって酷《ひど》い言い草だな、ルイ」

禿頭の中年男が強面《こわもて》に皺《しわ》を刻んで笑えば、

「気安く呼ぶな。そもそも貴様と友誼《ゆうぎ》を結んだ覚えはない」

アジャンクールは渋面《じゅうめん》を強めて吐き捨てる。

——……相手が誰《だれ》か分かってんのかよ、おっさん。

応接室に充満する緊迫した空気に、エマは胃がきりきりと締めつけられる。

アジャンクールと対峙《たいじ》しているこの禿頭の五十男は、ジャン・フランソワ・ラ・イールといって国防省次官補だった。

文官統制を敷くヴェストニア共和国では、国防省は軍統合司令部よりも上に位置しているため、軍参謀総長より国防省の下《した》っ端《ぱ》職員の方が立場上は格上になる。その国防省のナンバー2に当たる国防省次官補と言ったら、ヴェストニア軍ヒエラルキーの底辺にいるエマからすれば雲の上の存在に他《ほか》ならない。

そんな『超』大物がこんなド田舎《いなか》の研究所に訪れること自体、異例だったが、軍属の人間がその『超』大物に向かって貴様と言い捨て、嫌悪感を露骨《ろこつ》に表すことも異常だった。さらに付け加えれば、大物の来訪に瀕《ひん》してなお、所長が姿を見せないことも、また、異常であった。

――どういう関係なんだろう。

エマが芸能人のゴシップをほじくる暇人のような野次馬《やじうま》根性を抱《いだ》いている脇《わき》で、中年男達の険悪な会話は続く。

「それで？　呼んでもないのに何しに来た？」

アジャンクールの棘《とげ》だらけの言葉に、ラ・イールは唇の端を釣り上げ、

「三十年前の大戦以来、沈黙《ちんもく》を保ってきた天才科学者が突然、兵器開発の提案書を送りつけてくれば、誰だって何を考えているのか、知りたくなるだろう？」

翠色《みどりいろ》の目をぎろりと鋭くし、アジャンクールを見据える。

「何を考えてる？」

その辺のチンピラより遥《はる》かに迫力のある眼光に晒《さら》されても、アジャンクールは平然としたまま不遜《ふそん》な態度を崩さない。

「私の動機など瑣末《さまつ》な問題だし、貴様らに話す必要性も存在しない。だいたい、貴様らにとっての関心事は私の動機ではなく、私の頭が錆《さ》びついていないかどうかの筈《はず》だ」

小馬鹿《こばか》にするように言い放ち、アジャンクールは窓の外の喧騒《けんそう》へ顔を向けた。

「そのことを確認するためにあのガラクタを送りつけてきたのだろう」

視線の先には、この一月《ひとつき》の間に建てられた小学校の体育館ほどありそうな掘立《ほったて》小屋があり、その中には巨大な砲が鎮座《ちんざ》している。

アジャンクールが兵器開発の提案書を送ると、国防省はその回答に軍の倉庫で埃《ほこり》を被《かぶ》っていた『電磁加速飛翔体発射砲《レールガン》』をスクラップヤードに送りつけ、再開発を命じた。

提案書とは異なる命令にも拘《かかわ》らず、アジャンクールは素直に従い、開発にジェヴォーダン研究所に居た科学者や技術者とスクラップヤードの兵士達を労働力として半ば強制的に動員していた。外の喧騒は開発に必要な制作所の拡張と試験用地を確保するための大掃除と大整理で、暇を持て余していたスクラップヤードの将兵達が嬉々《きき》として従事している。

見透かしたような言い草に、ラ・イールはかすれた笑い声をこぼした。

「お見通し、というかわけか。目玉の方は錆《さ》びついていないようだな」

アジャンクールは不快そうに舌を打ちし、

「それにしても、あんなものをまだ研究していたのか」

「技術研究の一環、というのは建前で、予算獲得《かくとく》の名目だ。実のところ、この十年くらい誰《だれ》も触っていなかった」

「道理で。おかげで一から作り直した方が早かった」

　小馬鹿にするように鼻を鳴らすが、ラ・イールは特に気にした様子を見せない。

「完成はいつ頃《ごろ》になる？」

「アレ自体はほぼ完成している。問題はどこで使うかだ。据える場所で微調整と運用体制を作る必要がある。どこに置く？　レヴェトリアとの国境か？」

「チンチリャダムだ。あそこには大量の対空部隊を置いてあるんだが、まだ欲しいらしい」

「チンチラ？」

　目をぱちくりさせ、小首を傾《かし》げるアジャンクールにエマが小声で言った。

「サピアのチンチリャダムです、博士。サピア北部の電力供給を担《にな》ってる重要拠点です」

「知っておるとも。とぼけただけだ」

　嘯《うそぶ》くアジャンクールに、エマは心の中で、嘘《うそ》だ絶対に嘘だ、と断じる。

　アジャンクールとエマのやり取りを興味深そうに眺めていたラ・イールが口を挟《はさ》む。

「あそこならエネルギーの確保も容易だからな。しかし……曰《いわ》く付きのシロモノを一月で完成させるとは、流石《さすが》だな、ルイ」

　称賛に対し、アジャンクールは露骨《ろこつ》なほど不快感を込めた舌打ちをして腰を上げた。

「貴様の賛辞など要らん。そろそろ失礼する。凡人の尻《しり》を叩《たた》かねばならんのでな」

「ああ、そっちの彼女は残ってくれ、君にも話がある」

「え？」呼び止められたエマは、なんであたしが？　と言わんばかりに目を丸くする。

「フォンク研究員に何の用がある」

「簡単な事務手続きの話だ。それともお前が聞くか？」

訝《いぶか》るアジャンクールに、ラ・イールは鷹揚《おうよう》に微笑《ほほえ》み、からかうように言った。

「後は任せたぞ、フォンク研究員」

と言うが早いか、アジャンクールはさっさと応接室を出て行った。

——薄情者《はくじょうもの》め……。

残されたエマは恨みがましい眼《め》をドアに向け、そろそろと息を吐く。

ラ・イールは眉《まゆ》を下げながら顔を強張《こわば》らせているエマに、

「気楽にしたまえ。別に取って食ったりはせん。君を残したのは、少し話がしたいだけだ」

「あの、それは、どういう……？」

親しげな言葉に、エマの表情も身もますます硬くなる。

「先程も言ったが、長く沈黙《ちんもく》していた科学者が突然、兵器を作りたいと言い出せば、誰《だれ》でも理由を知りたくなる。まして、私はルイとは古い付き合いでな。まあ、見ての通りの関係だが」

ラ・イールにとっては面白い冗談だったらしくごろごろと擦《かす》れた笑い声を洩《も》らすが、やはりエマは笑えず、曖昧《あいまい》な笑みを浮かべるに留《とど》めた。

「ともかく、私はどうしてルイがそんなことを言い出したのか調べた。そして、その理由が空軍のはねっ返り娘にあると知り、こうして首実験をしているという訳だ」

「私は、何もしてません」

エマが俯《うつむ》き加減に言ったが、

「それが謙遜《けんそん》から出た言葉でなくとも、事実は事実。ルイを動かしたのは君だ」

ラ・イールはにやりと微笑み片眉を上げる。

「フォンク少尉、君がここへ送られた経緯を調べさせてもらった。兄上の事は理解するが、少々やり方が荒っぽ過ぎる。もう少し頭を使いたまえ。ゲンコツを振り回すだけでは望みは叶《かな》えられん。目的を果たしたいのなら狐《きつね》のように狡猾《こうかつ》にやることだ」

的確過ぎる諫言《かんげん》にエマが唇を噛《か》んで項垂《うなだ》れると、ラ・イールは禿《は》げあがった頭をつるりと撫《な》で、こほんと小さく咳《せき》をついて仕切り直す。

「率直に言おう。我々が求めているのはルイが作り出す新兵器ではない。ルイ・シャルル・ド・アジャンクール博士本人だ。彼が再び創造的な才能を取り戻すためなら、軍はもちろん政府も協力は惜しまないし、開発の成否なども問題にしない」

「そんな、それでは今の開発は」

「もちろん成功するに越したことはない。だが、それ以上にルイが寛解《かんかい》することの方が重要なのだ。君はルイが現在の状態……精神を病む前は何を研究していたか知っているか？」

「いえ、詳しいことは何も」

エマは正直に答えた。実際、アジャンクールの詳しいことは全く知らない。エマにとって重要だったのはあくまで兄の仇《かたき》を討つことで、イカレたオッサンのことなど眼中になかった。

その事実を見抜いたのか、ラ・イールは口元を歪《ゆが》めて苦笑し、そして真顔《まがお》に戻って、

「ルイの専門は数学だ。彼が二十歳《はたち》そこそこの時に発表した『戦略の均衡《きんこう》』という概念は、経済学の古典として各国の戦略方針に用いられている。現在我が国で使用されている暗号コードの基礎も、三十年前の戦争中、彼を中心とした研究開発班が作り上げたものだ。もし心を病まなければ、どれだけ我が国、いや、人類と科学に貢献していたか……想像もつかんよ」

「なぜ、博士は、その」

——どうして心を病んだのか、エマが最後まで口にする前に、ラ・イールが被《かぶ》せるように、

「彼から息子の話は聞いているか？」

「え？　ええ。何度か伺っています」

唐突な質問にエマは首肯《しゅこう》を返す。アジャンクールは度々息子の話をしていた。溺愛《できあい》とまでは言わないが、相当可愛《かわい》がっているようだが、そういえば、写真を見せられた記憶は、

「彼に息子はいない」

バリトンの美声で告げられた内容に、思考が一瞬《いっしゅん》止まる。

「は……？　あの、それはどういう」

困惑するエマを余所《よそ》に、ラ・イールは淡々と話を続けた。

「彼の細君《さいくん》は空襲《くうしゅう》のショックで流産したが、ルイがそのことを知ったのは半月も経《た》ってからだ

った。新型暗号コードの開発という非常に重要かつ機密性の高い計画の中枢にいたためだ」

非道な話だが、暗号の持つ戦略的重要性とその秘匿《ひとく》性を考えればおかしくはない。戦時中、西方領域中の数学者が祖国の暗号開発と解読のために動員され、たとえ相手が家族だろうと研究内容を一言でも漏らしたら銃殺にすると脅されていた。

「当時の国防省と軍の担当官達は救いようのないバカ共《ども》でね」

ラ・イールは吐き捨て、

「そのバカ共は計画の進捗《しんちょく》に影響《えいきょう》が出ることを恐れ、ぎりぎりまで流産のことをルイに知らせなかった。その結果、事実を知ったルイは絶望のあまり心を病んだ。すると、バカ共は機密保持のためと称してルイを精神病院に閉じ込めた。信じられるか？　我が国、いや西方領域を代表する才能を狂人製造工場に放り込んだのだ。まったく、国家反逆罪に匹敵する行為だ」

どこか他人事を呆《あき》れるように言い放つ。

「事態を知った私は、バカ共に報《むく》いを与え、ルイと細君を少々不便だが、平穏な田舎《いなか》に送った。彼らの傷ついた心を癒《いや》すためには穏やかな環境が何よりも必要だったからだ」

言葉の意味を精確《せいかく》に把握し、エマは目を丸くした。

「！　そ、それじゃ、ジェヴォーダン研究所は」

「今では役立たずの収容所になってしまったが、本来は彼と細君のために作った療養所だ」

仰天《ぎょうてん》しているエマに、ラ・イールはあっさりと裏事情を口にする。

「人より早く走れるといった天才は腐るほどいるが、ト短調フーガのように歴史を超えて伝えられる偉業を為《な》す天才は稀《まれ》だ。それほどの才能を潰《つぶ》した人間は無能を通り過ぎて有害。駆除して然《しか》るべきだろう。そして、その才能を回復させるために努力を払うのは、国に忠を尽くす人間として当然のことだ。三十年ほど掛かってようやくその努力が実を結びつつある」

衝撃《しょうげき》的な内容にエマは言葉を失っていた。先程のラ・イールの諫言《かんげん》を思い出し、身を震わせる。あれは単なる一般論でも大人の説諭でもない。あれは、経験者の忠告だったのだ。

ラ・イールは動揺するエマに気を払うことなく、冷たい双眸《そうぼう》で真《ま》っ直《す》ぐ見据え、

「フォンク少尉。ルイ・シャルル・ド・アジャンクール博士が寛解《かんかい》するなら、兵器開発の成否などどうでもいい。どんな大量破壊兵器が生まれようがガラクタが生まれようが構わんし、その結果として、サピア人が何人死のうが知ったことではない」

大国の官僚らしい傲慢《ごうまん》なまでのエゴをあらわにする。

「事が上手《うま》く回れば……君が不満を抱いているドクトリンに、例外を見ても良い」

西方領域の軍隊には女性の兵士がいるが、規則的、倫理的事情で前線に送られない。この事情というのは女性が捕虜《ほりょ》になると、筆舌に尽くし難い体験に遭《あ》う可能性が非常に高いこと、自軍の女性兵士がそのような目に遭ったと聞いた仲間の兵士達が命令を無視して『狂ったように』報復へ走ることが統計学的に証明されているからだ。例外は歴史的に女性兵士が活躍してきたレヴェトリア皇国と、男女が『平等』のゼラバニア連邦くらいだろう。

「そうはおっしゃられても、どうすればいいのか、」

「それを考えるのは私ではなく君の仕事だ、少尉。だが、覚えておきたまえ。君の願いはルイの回復によって叶《かな》うということを」

戸惑うエマに、ラ・イールは命令することに慣れた高級官僚らしく一方的に告げて腰を上げた。ドアに向かって歩くその背に、エマは声をかける。

「あの、次官補殿、一つ伺っても良いでしょうか？」

「なんだ？」

「どうして、博士にこれほどの便宜《べんぎ》を図られるのですか？」

「決まっているだろう」

ラ・イールはごろごろとノドを鳴らして恐縮するエマに向かって告げた。

冷ややかな笑みと共に。

「国益のためだ」

●

晩秋と初冬の狭間《はざま》の、静かな夜だった。

サピアの森は冬が近くなっても葉を落とさない。一年中、花粉を吐き出し『緑の霧《きり》』と呼ばれる独特な電波妨害現象を引き起こす。レーダー管制官や飛行機乗り達が口をそろえて「こんな森、焼き払っちまえ」と愚痴《ぐち》をこぼす自然現象。

その『緑の霧《きり》』が濃い夜、戦史に残る戦いが行われた。


戦いの舞台となったのは、サピア中央部を流れるアンカラ川上流のチンチリヤダムだ。

革命前にレヴェトリア皇国が官民の大資本を注いで作ったこのコンビナート群は、サピア北部で消費される電力の大半を賄《まかな》う最重要拠点で、現在はヴェストニア軍に鍛えられたサピア共和国軍の防空部隊がハリネズミのように対空兵器を張り巡らせている。この要塞《ようさい》は、物理的防御力に加えて政治的な防御力も有していた。数億ガロンの水を湛《たた》えるこのダムを破壊すれば、下流に暮らす数万人の市民を殺傷してしまい、最悪の政治問題を引き起こす。それに、レヴェトリア皇国は莫大《ばくだい》な金と労力を掛けて作ったこの一大施設を傷つけることを恐れて攻撃に踏み切れなかった。

レヴェトリアがまごまごしている間に、ヴェストニアはさらなる防御兵器をチンチリヤダムに投入した。

アジャンクールの『電磁加速飛翔体発射砲《レールガン》』である。

この『電磁加速飛翔体発射砲』には『雷神の鉄槌《てっつい》』という雄々しい名前が付けられていたが、現地の将兵達は例外なく『巨人のチンコ』と呼んでいた。

理由は単純。砲口《ほうこう》を空に向けてそそり立つ『雷神の鉄槌』のシルエットが起立した男性器にしか見えないからだ。開発者のアジャンクールはこの話を聞いて「はっはっは、それはいい。では、放たれる弾丸は（以下略）」と大笑いし、脇《わき》でエマが害虫を見るような表情を浮かべていたという。

噴飯《ふんぱん》もののあだ名をつけられたが、この巨砲の性能は決してバカにできない。

口径一八〇ミリ砲身長十八メートルに達する『雷神の鉄槌』は回転式砲座に据えられ、全方位、成層圏《せいそうけん》の天井まで射界に収め、砲弾は一定高度を過ぎると炸裂《さくれつ》して散弾に変化する、というとんでもない性能を有していた。そして、『雷神の鉄槌』の周囲には堅牢《けんろう》な指揮管制所と射撃管制用レーダー、捜索レーダー、赤外線捜索器、電子戦部隊、三基の大型コンデンサーが置かれ、総勢四〇〇名強からなる巨大な砲台陣地となっている。

妄執《もうしゅう》的な重層防空網に得体《えたい》のしれない最新鋭兵器。今やチンチリャダムは世界で最も固い要塞と化していた。

この難攻不落の要塞への攻撃に、レヴェトリア軍はターボプロップエンジンを四発も搭載《とうさい》した大型輸送機を基《もと》にした新型ガンシップを投入した。

ヘカトンケイルという古代神の名前を持つこの大型輸送機はレヴェトリア製ではない。レヴェトリアに匹敵する科学力を誇るアナトリアが生み出したモノで、ずんぐりした垢抜《あかぬ》けない姿をしているものの、その名に恥じぬ巨大な積載量を誇り、なおかつ頑健な構造をしていて実に使い勝手が良かった。国産機に過剰なまでの自信を持つレヴェトリア空軍でさえ、国内メーカーを差し置いて採用した傑作機だ。まあ、その使い勝手の良さに目を付けられ、アンナリーサの『電磁加速飛翔体発射砲《レールガン》』を搭載《とうさい》され、『矢が刺さった豚』などという恥辱的なあだ名を付けられた訳だが。

はっきり言って、この作戦はかなり危険、いや無謀だった。Ｈｅ-21四機が護衛《ごえい》に付いていたとはいえ、鈍足のガンシップは戦闘機《せんとうき》や対空火器に捕捉《ほそく》されたらまず助からない。ガンシップは本来、完全な航空優勢下で運用するのが基本、というかその状態でしか運用できないのだが、神に等しい何者かの意向によって危険な敵要塞《ようさい》の鼻先まで出張ることになってしまった。

不満顔の搭乗員達にアドラー軍団の作戦参謀は「行って撃って帰ってくるだけの簡単な任務だ」と告げ、搭乗員達はノート三冊分の不平不満と愚痴《ぐち》と悪態を吐《つ》いて任務に赴《おもむ》いた。

午後十一時過ぎ。チンチリャダムから六〇キロほど離れた森の上空八〇〇メートルで、ガンシップは左旋回《せんかい》を始め、左脇腹《わきばら》から生えた『電磁加速飛翔体発射砲』を獲物《えもの》へ向けた。

目標は発電中枢施設。地方の公民館ほどしかない大きさの標的は空から見ると、豆粒程度の大きさしかなく、夜闇《よやみ》の中では影すら把握《はあく》できない。しかし、最先端の捜索追尾システムを装備したガンシップにとっては望遠鏡で覗《のぞ》いたようによく見えただろう。

機内に積まれた二つの巨大なタンクから二種類の化学剤が反応炉に流し込まれ、化学反応によって莫大《ばくだい》なエネルギーが発生し、生じたエネルギーはすぐさま電力に転換されて、業務用冷蔵庫みたいなコンデンサーに注がれ、大電流が砲身に送られる。三・二キロの砲弾が砲口初速八四〇〇メートルという速度でかっ飛び、砲口からはプラズマが粉雪のように舞い、次いで冷却の湯気《ゆげ》が盛大に噴き出す。ゆうに五〇メガジュールを超える大エネルギーを帯びた砲弾の被膜が化学反応を起こし、碧光《へきこう》を曳《ひ》きながら飛翔して真っ暗な地平線上に灯火を発生させた。

ガンシップの搭乗員が喝采《かっさい》を上げる間もなく、チンチリヤダムから反撃が行われる。

一八〇ミリ散弾によってＨｅ－21が一機、瞬時《しゅんじ》に粉砕されたが、その威力と速度は凄《すさ》まじく、撃破されたＨｅ－21が爆発《ばくはつ》したのは、機体が砕け散って地上に降り注ぎ始めてからだった。

護衛機達が慌てて高度を下げる中、ガンシップは同高度に留《とど》まり戦い続けることを選んだ。

戦史に残る死闘の始まりである。

ガンシップと『雷神の鉄槌《てっつい》』は互いに未知の攻撃とその威力に慄《おのの》き、完全に混乱した状態に陥《おちい》りながら訓練通りに電子妨害を行い、互いに相手のレーダーを欺瞞《ぎまん》した。そのおかげで彼らは赤外線捜索機器による目視《もくし》砲戦を始める。

この時代、兵器の誘導精度は『六〇メートル先のコップにボールをぶちこめる』レベルだったが、熱赤外線捜索機器の精度には限界があった。六〇キロ前後となると見えないよりマシ程度の効果しかない。彼らはお互いが最先端であるがゆえに、暗闇の中で石ころを投げ合う様《よう》な戦いをすることになった訳だ。笑うしかない。

ガンシップはアウトボクサーのように回避することも可能だが、チンチリヤの陣地はインフアイターのように耐えながら戦うしかない。だが、砲口初速八〇〇〇メートルを超す大口径砲同士の砲撃戦はヘビー級ボクサーがノーガードで殴り合うのと同じだ。まともな一撃が入れば、即座に勝敗は決する。

ところが、戦女神は底意地が悪かった。決着はなかなかつかず、ブラックジョークのような戦いが延々と続く。

ただし、戦いがブラックジョークのようでも、そこで戦う者が直面する現実は峻厳《しゅんげん》だ。

『雷神の鉄槌《てっつい》』の陣地は地獄だった。指揮管制所は被弾し、三基あったコンデンサーは二基が破壊され、そこら中に死体と負傷者が横たわり、地獄絵図《えず》と化していたが、『雷神の鉄槌』そのものは未《いま》だ無事で、コンデンサーの出力が低下したため巨大な散弾は撃てなくなっていたものの、兵士達は生きるために弾道計測用の装弾筒付翼安定徹甲弾《APFSDS》でひたすら戦い続けた。

ガンシップが後退した時、陣地は死と苦悶《くもん》に溢《あふ》れており、屍山血河《しざんけつが》の中心で屹立《きつりつ》する『雷神の鉄槌』は熱膨張《ぼうちょう》で張り裂けて修復不可能だった。

一方、ガンシップもズタボロだった。

散弾の弾子を食らって右主翼のエンジン二発が沈黙《ちんもく》しており、三発も徹甲弾《APFSDS》が当たっていたが、貫徹力があり過ぎて胴体部を貫通してしまい、致命傷には至らなかった。だが、搭乗員は莫大《ばくだい》な運動エネルギーを受けて飛散した金属片に切り刻まれ、機内は血の海だった。

そのうえ、ガンシップは帰途にゼラバニアの迎撃機に襲《おそ》われ、護衛機《ごえいき》の助けを借りて何とか逃げ延びて基地まで辿《たど》り着くも、車輪が出ずに胴体着陸を果たし、その際、『電磁加速飛翔体《レール》発射砲《ガン》』の砲身がもげた。言うまでもなく、ガンシップは再起不能だ。


戦いの翌日。

両国の兵器開発部署の総責任者は既《すで》に準備してあった書類にサインを記した。

『見事な成果を上げるも、現状の技術水準及び運用コストを鑑《かんが》みるに、正式採用に能《あた》わず』

内容は両国とも完全に同一で、総責任者達が報告書に目を通していないことも同じだった。

●

喜劇的な惨劇から三日後。奇《く》しくも時を同じくしてチンチリヤダムで行われた戦いの記録と報告書が、両国の制作者の許《もと》へ届けられた。

ベルリヒンゲンとジェヴォーダンは一〇〇〇キロ以上離れ、ちょっとした時差もあったが、

「これを作ったのは誰《だれ》!?」「これを作ったのは誰だ!?」

アンナリーサとアジャンクールはコンマ一秒の誤差もなく完全に同時に叫んでいた。

そして、

「この発想、わたし並みの天才かもしれない……!!　ヴェストニアにこれほどの天才が!?」

アンナリーサは『雷神の鉄槌《てっつい》』に関する報告書を読んで、

「この独創性……私のような才人がレヴェトリアなんぞにいるというのかっ⁉」

アジャンクールはガンシップに関する報告を読んで、同時に吃驚《きっきょう》を上げる。

二人とも自身の才能に対して青天井の自信を持っていただけに、自身の発想を凌《しの》ぐ（かもしれない）才能の持ち主の存在に戦慄《せんりつ》にも似た衝撃《しょうげき》を受けていた。

この時、二人には同じようにアンナリーサにはクラウゼが、アジャンクールにはエマが傍《そば》に控えていて、クラウゼとエマもこれまた同じように書類仕事に従事していて、しつこいようだが同じように突然大声を上げて驚愕《きょうがく》している科学者に何事かと目を丸くし、くどいようだが同じように「突然、何事ですか？」「な、何？　どうしたの？」と尋ねたが、
うんざりするくらい同じように科学者達の耳には届かず、

「シュナウファーッ！　すぐ調べて！　こいつを作った奴《やつ》を、今すぐ！」

アンナリーサはクラウゼに向かって、

「フォンク研究員！　電話だ！　電話を持ってこい！　すぐに調べさせねば！」

アジャンクールはエマに向かって、泡食ったように叫んだのだった。

慌てふためく天才科学者達とは対照的に、クラウゼもエマも怪訝《けげん》そうに眉《まゆ》をひそめながら、脇《わき》にあった電話を手にした。

かくして、二人の希望はすぐに実行に移された。

レヴェトリアの情報総局とヴェストニアの対外治安総局、双方共に情報収集能力が極めて高く、必要なら平然と非公式作戦を実施することで知られている。二つの冷徹な情報機関はけっして示し合わせた訳ではなかったが、諜報成果を上げたのがほぼ同時で、一週間後、これまた依頼者の手元に渡ったのも同時だった。

そのうえ、

「アジャンクールですって⁉ そんな馬鹿《ばか》な⁉ あの気狂《きぐる》いジジイにこんな仕事が出来たというのっ⁉」

「ラムシュタインだと⁉ あの小便娘がこの私を瞠目《どうもく》させたというのかっ！ 気に入らん！気に入らんぞ！」

アンナリーサとアジャンクールが報告書を読み、相手が知っている人間だと分かって罵声《ばせい》と怒声を上げ、報告書をデスクに叩《たた》きつけた瞬間《しゅんかん》まで完全に同じだった。

神は時折このような稚戯を見せ、当事者に面倒を引き起こす。

報告書をデスクに叩きつけたアンナリーサに対し、クラウゼが顎先《あごさき》を撫《な》でながら、

「御親戚《ごしんせき》ですか？」

「鳥肌が立つようなこと言わないで！」

クラウゼの軽口にアンナリーサはわざとらしく両肩を抱き、露骨《ろこつ》な嫌悪感を示す。そして、

「あれはわたしが十四歳の、超可愛《かわい》かった時のこと……」

唐突に話し始めた、と思うとすぐに黙《だま》りこくり、クラウゼをジトッと見つめる。

クラウゼはアンナリーサがなぜ黙ったのかわからず、話の再開を待っていたが、やがて、アンナリーサが痺《しび》れを切らしたように罵声を張り上げた。

「なんで今はもっと可愛《かわい》いですよって言わないのよ、シュナウファーッ！」

数秒の瞑目《めいもく》に入ったクラウゼは、最近呼び捨てにされることが多いなあ、五つも年上なんだけどなあ、と内心でぼやき、眉間《みけん》を押さえながらおもむろに口を開いた。

「凡人の私に、そのような洗練された返しを求められても困ります」

アンナリーサは機微を読まないクラウゼに向かって盛大に舌打ちし、仕切り直すようにこほんと小さく咳《せき》をした。

「あれは、アナトリアで開かれた国際数学シンポジウムでわたしが講演した時のこと……」

「今ハモット可愛イデスヨ」

とクラウゼが機械音声の方がまだ人間らしい棒読みで合の手を入れる。アンナリーサは銃声のような舌打ちをして睨《にら》みつけ、ふん、と鼻息をつき、口元をへの字に曲げた。不機嫌全開なのに何となく愛らしく見えるのは、美少女の特権だろう。

「その時、小汚い格好したあのジジイが現れたのよ……っ！」

同じ頃《ころ》、アジャンクールはぷりぷりと怒りながら、エマに国際数学シンポジウムの時の出来事を語っていた。

「十四歳で……すげー。超天才少女ってやつですね」

感嘆を上げたエマに、アジャンクールは不満そうに、

「私だって十四の時にゼータ関数の論文を発表したぞ」

と拗《す》ねたように言い、小さく咳《せき》をして仕切り直し、「あの小娘、何を言い出すかと思ったら」

はん、と鼻で笑い、

「多様体の埋め込み問題についてぬかし始めたのだ。フォンク研究員、君はもちろん埋め込み問題について知っているな?」

「聞いたこともねーよ」

エマの回答にアジャンクールは顔に大袈裟《おおげさ》なまでの失望を表現した。

「まあいい。ともかく、多様体の埋め込み問題は洟《はな》タレのガキンチョに語れるようなものではない。だからこの私が数学の奥深さを親切心から教えてやったのだ」

アジャンクールの傲慢《ごうまん》な言い草に、エマは絡まれた少女を思って、気の毒に、と同情した。

「あのジジイ、突然壇上に上がってきて私に難癖つけたのよ? 信じらんない!」

アンナリーサはエマの想像通りの文句をぶちまけていた。

国際数学シンポジウムは格式と伝統を備えた由緒ある催事で、多くの数学者が全世界から集まり、純粋数学についてひたすら語り合う。そのシンポジウムにおいて十四歳の少女が研究成果を発表する場を与えられたことは稀有《けう》な出来事だったが、その講演の席で発表者と聴講者が罵声《ばせい》を浴びせ合うという出来事の方がさらに珍しかった。

二人の天才科学者が公衆の面前で怒鳴《どな》り合った『多様体の埋め込み問題』とは、幾何学の根底に関わる深遠な哲学的命題で、古典的ながら多くの天才の挑戦を退けてきた難問である。

「多様体なんてモノは、高次元のユークリッド空間の部分多様体に過ぎないんだから、ややこしい手法をとる必要は一切ないのよ」

アンナリーサは黒板に数式と円をがりがりと書いて話し始めた。

もっとも、高等数学の難問について突然話されても、クラウゼには理解が追いつかない。困惑を深めるだけだ。脇《わき》にいたメリエルはニコニコしながら拝聴していたが、彼女は理解うんぬんより潑剌《はつらつ》と語るアンナリーサに魅入《みい》っているだけのようだ。二人とも実に教え甲斐《がい》の無い生徒である。

「そこでわたしはずっと単純な方法を考えたの」

「——そこで、あの小娘、何を言うかと思えば、導関数を使わずにアプリオリ評価すれば良いと言ったのだ。幾何学の図形や解析学の手法を使わず、微分法で解けるとな。たしかに斬新《ざんしん》なアイディアだ。だが、その実はバカ話と変わらん。検討に値《あたい》しない。君もそう思うだろう、フォンク研究員」

怒濤《どとう》の勢いでアジャンクールはまくし立て、エマに同意を求めた。

「だから、あたしにはさっぱり分からないってば」

が、エマが返したのは大きな溜息《ためいき》だけ。

「近頃《ちかごろ》の学校では何を教えているのか……」

アジャンクールは現代教育を嘆き、不満そうなエマを無視して話を再開する。

「ともかく、だ。あの小娘が口にしたのはそれっぽいごまかしにすぎんということだ。それを指摘したら、あの小娘、老耄《ろうもう》の証《あかし》とぬかしおって！」

歳《とし》が二回り以上離れている二人の科学者は公衆の面前で見事なまでに口汚く罵《ののし》り合った。アンナリーサは年長者に対する敬意を一切払わず、アジャンクールは大人げの欠片《かけら》もなく、二人は実に低次元な悪口合戦を行った。このみっともない罵り合い、もとい激しい論戦は国際数学シンポジウムきっての珍事として今も語り継がれている。

なお、アンナリーサの発表した定理は、第三者によって正しいとも間違っているとも証明されていない。後にある天才が登場するまで、アンナリーサの定理は正否がはっきりしないままだった。

ひとしきり話を済ませて最後に、

「——というわけなの。酷《ひど》いでしょう?」

とアンナリーサはクラウゼに同意を求め、

「——というわけなのだ。無礼にも程《ほど》があるだろう?」

とアジャンクールはエマに理解を求めた。

しかし、

「何言ってるのか、全く理解できませんが、年長者には敬意を払った方が良いですよ」

とクラウゼは年若い少女に年少者の礼儀を忠告し、

「何言ってんのか、全然分かんないけど、子供相手にムキにならないで下さいよ」

とエマは年長者の態度に諫言《かんげん》を呈した。

第三者の立場としては至極《しごく》当然の反応だったが、天才に凡人の常識は通用しない。

「何で賛同しないのよ、シュナウファーッ!」

アンナリーサは眉目《びもく》を釣り上げ怒鳴《どな》り散らし、

「嘆かわしい、実に嘆かわしいぞ、フォンク研究員!」

アジャンクールは憤懣《ふんまん》をぶちまける。

そして、クラウゼとエマも同時に肩を落として嘆息を漏らした。

二人の天才は同じように二人の助手の反応を無視して腕を組み、鼻息をついて、

「まあいいわ」「まあいい」

と完全に同じように呟《つぶや》くと、

「あのジジイ、引導《いんどう》を渡しやるわ！」「小娘が、目に物見せてくれる！」

気持ち悪いくらい同じように、宿敵に向かって宣戦布告し、

「あはははは！　あーはっはっはっは――――っ！」

「ふはははは！　ふうーはっはっはっは――――っ！」

もはや親子と思えるほど同じように不敵に笑った。

●

歴史的に見た場合、サピア内戦には現代兵器の試験場という側面があった。

レヴェトリアの小さな魔女とヴェストニアの気狂《きぐる》い賢者。二人の稀有《けう》な天才以外にも、多くの優秀な科学者達がその才能を惜しみなく兵器開発に注ぎ込んでいたが、この二人がもたらした影響は非常に大きい。なにせ、ブレイクスルーを待っていた兵器達がこの二人の『最後の一押し』によって、次々に産声《うぶごえ》を上げていったからだ。

一つの戦いを例にあげよう。

激戦地の一つ、サン・ソベラノで共和政府の第二三一歩兵連隊（兵の多くが十代の少年だった）は対戦車ランチャーと対戦車地雷で反乱軍の機甲《きこう》部隊と死闘《しとう》を繰り広げた。

この戦いに際し、反乱軍の戦車や装甲車には爆発《ばくはつ》反応装甲と呼ばれる新型装甲が追加《アップデート》されていた。アンナリーサが片手間で作り上げたこの爆発反応装甲は、大型の弁当箱に薄板《うすいた》の炸薬《さくやく》を入れただけの単純な構造だったが、傑作兵器であるゼラバニア製携帯式ロケットランチャー《RPG》を代表とする成形炸薬弾を無力化する驚くべき代物だった。

ところが僅《わず》か二週間後、この爆発反応装甲に対し、アジャンクールが鼻をほじりながら作った二重弾頭《タンデム》が前線に投入され、再び火力と装甲の戦いは拮抗《きっこう》する。

この時期、このような矛《ほこ》と盾《たて》の競争が数多く繰り広げられた。

多連装ロケットシステム《MLRS》、無線誘導無人航空機、赤外線画像誘導ミサイル……今まで開発中だった大型兵器や重火器が続々と完成していった。兵器以外も、フェイズド・アレイ・レーダー、光ジャイロ、凝視型赤外線センサー、パルス圧縮通信、三次元複合素材……他にも、極めて能率的な治療キット《トラウマセット》、熱い所でも溶けないチョコレート、はては性病予防薬付きコンドームと、小さな魔女と気狂い賢者が関与したテクノロジーのカタログは延々と続く。

もちろん、こうした急激な進化を可能としたのは、各国の基礎科学力と技術力が極めて高かったためだが、その点を差し置いても科学者達の、特にアンナリーサ・フォン・ラムシュタインとルイ・シャルル・ド・アジャンクールの功績は称賛して然《しか》るべきものだった。

しかし、この功績に対してアンナリーサとアジャンクール、二人とも自らの仕事に大きな不満を抱いていた。理由は実に簡単で、自分達の作りたいものを作らせて貰《もら》えなかったからだ。軍にしてみれば、得体《えたい》のしれない珍兵器より、完成待ちの新兵器を仕上げてもらいたいと希望するのは当然のことであろう。なにせ軍人というのは味気ない現実主義者で、即物的な実用主義者で、頑固な保守派だから、ま、無理からぬ話である。

結果。アンナリーサはイングリッドやクラウゼの口車に乗せられて、アジャンクールはいろいろ理由をつけられて、他の開発計画に従事させられており、二人のフラストレーションは溜《た》まっていく一方だった。

さて、古来より人の間に立って仕事をする者は、板挟《いたばさ》みにあって割を食うのが通り相場であるから、イングリッドとアンナリーサの狭間《はざま》で働くクラウゼが苦労を強いられるのは、至極《しごく》当然の成り行きだった。が、クラウゼがその事実を許容できるかは別の話である。

「あのジジイに引導《いんどう》を渡してやる！」と意気込むアンナリーサは次から次へと計画書をブチ上げたが、どれもこれもSF小説のネタとしか思えない奇抜な、悪く言えば荒唐無稽《こうとうむけい》なものばかりで、そんなものを冷徹な現実主義かつ実用主義者のイングリッドに持っていけば、

「却下」

と、計画書をデスクに放り出して冷やかに言われるのは、当然の帰結だった。そして、その

後に小言《こごと》を食らうのも、数学の定理のように決まりきっていた。

「クラウゼ。我々は兵器開発を依頼したのであって、あの子の趣味に付き合う気は無い。そもそも、あの御嬢様《おじょうさま》は何を考えてるわけ？　こんな計画が本気で実現できると思ってるの？」

イングリッドは白く綺麗《きれい》な指で計画書をコツコツと突きながら、嘆息混じりに問いかける。

クラウゼも困り顔で応じた。

「ドクトルはそうお考えのようです」

「わからないわね」とイングリッドは煩《わずら》わしそうに髪を掻《か》きあげ、「実現可能であることと、実用化可能であることは別物。それと、有効であるかは全く違う。あの御嬢様がその程度のことも分からないとは思えないのだけど」

艶《つや》やかな唇から洩《も》れる嘆息には、辟易《へきえき》している、という無言の声がはっきりと含まれていた。

クラウゼもその嘆息には同意する。イングリッドやクラウゼがアンナリーサの要求を退け、他の開発計画に従事させているのは、アンナリーサの提出する計画があまりにも実現性に欠けているからで、本人にもこの点を口が酸《す》っぱくなるほど言っているのだが、改善される気配が全く見られない。イングリッドもクラウゼも、少々うんざりしていた。

「報告書で読んだけど、ドクトル・アジャンクールを見返すためにこんな開発計画を連発しているそうね。事実なの？」

仮想敵国の科学者にさえ丁寧な敬称を用いてしまう辺りが、実にレヴェトリア的だ。

「はい、少佐殿。その件ですが、」

「少佐と呼ぶな、姉様と呼べ。何度も言わせるな」

ぴしゃりと言われ、クラウゼは棒を呑《の》みこんだように背筋を伸ばした。

「申し訳ありません、リード姉様」

第三者が居たら気の毒に思うほどクラウゼは委縮した。洟《はな》タレの頃《ころ》に叩《たた》きこまれた上下関係は今も健在で、クラウゼはとことんイングリッドに弱かった。

イングリッドは泣き出しそうなクラウゼの様子にささやかな苦笑を浮かべ、腰を上げてクラウゼの元に歩み寄る。そして、徹底的に鍛え上げられたにも拘《かかわ》らず、ピアニストのような麗《うるわ》しさを維持している指でクラウゼの頬《ほお》を撫《な》で始めた。

「続きを聞かせなさい」

「は、リード姉様。フラウ・ドクトルの開発への情熱は、全《すべ》てドクトル・アジャンクールへの対抗心に因《よ》っておられます」

悪魔に嬲《ねぶ》られているような顔つきになったクラウゼに、イングリッドは満足げに口元を緩《ゆる》め、クラウゼから離れてデスクの上に腰を下ろす。

「呆《あき》れた」

大袈裟《おおげさ》なほど盛大な嘆息を吐いたイングリッドは、ぼやくように言葉を続ける。

「戦争を利用して喧嘩《けんか》してるってわけ。大したタマだわ。自覚してるのかしら、その遊びで人

がばかすか死んでるってこと」

イングリッドの指摘は、しばしば聞かれる科学者の倫理に対する疑問だった。兵器開発は戦場に行かないだけで充分立派な戦争参加だ。しかも、現地で戦う兵士より何万倍もの殺人と破壊に関与する。ところが、不思議な事に歴史上多くの科学者が、戦争協力に対して全く罪悪感を抱《いだ》いていなかった。少なくとも、後悔しているという記述は殆《ほとん》ど見つかっていない。

「頭では分かっているでしょうが、」

解放されてどこか安堵《あんど》した顔つきのクラウゼも釣られるように嘆息を吐いて、

「自覚はしていないでしょう。あの子は我々のような目をしていませんから」

「あら、面白いこと言うわね。それってどんな目？」

くすりと微笑《ほほえ》むイングリッドの問いに答えた。

「我々の目にはここまで行きついてしまったという諦《あきら》めの色がある。だからこそ、我々は恨みも憎しみもない相手に向かって引き金を引ける。相手を殺す時の動きに」

「勝手に殺意がこもる。教育隊で何度も言われたけど、実感できたのは実戦を経験してから」

クラウゼの言葉尻《じり》を継ぎ、イングリッドはほっそりとした顎先《あごさき》に指を添える。

「あの子が我々と同じ境地に立ったら……それはそれで恐ろしいわね。諦観《ていかん》を抱いた天才科学者がどんな兵器を作るのか、想像もつかないわ」

「あるいは科学から身を引くかも」

罪の意識を覚える科学者も少なからずいる。そうした科学者の多くはペシミズムの深淵《しんえん》に沈み、それまでの研究を捨ててしまう。

だが、そんなクラウゼの憂慮をイングリッドは蹴飛《けと》ばすように否定する。

「それはないわね。あの子が科学から身を引くことはない。絶対に」

「？　それは、どういう意味でしょうか？」

言下《げんか》に否定されたクラウゼは目をぱちくりさせ、怪訝《けげん》そうに尋ねるが、

「女の事情を探るものではないわ、クラウゼ」

迂遠《うえん》に回答を断られて渋面《じゅうめん》を浮かべる。

しかめ面を浮かべたクラウゼに、イングリッドは柔らかく微笑み、

「ところで、親衛隊《うち》が送った技術者と揉《も》めているようだけど、和解できたの？」

クラウゼの顔がぎくり、と強張《こわば》るのを見て喉《のど》をコロコロと鳴らす。が、目は笑っていない。

氷のような冷たさを湛《たた》えた碧眼《へきがん》は雛《ひな》を見つめる蛇のように無機質だった。

「貴方《あなた》が私に隠し事をするとは。本当《ホント》、素直で可愛《かわい》い私のクラウゼはどこに行ったのかしら」

「隠した訳では――」

クラウゼが動揺をねじ伏せながら口を開くが、イングリッドは遮《さえぎ》るように言った。

「まあ、なんであれ、貴方が私の期待を裏切ることはない。そうでしょう、クラウゼ？」

「はい、リード姉様。お任せ下さい。速やかに解決いたします」

顔を蒼《あお》くしながら直立不動の姿勢を取って敬礼し、足早に部屋を出ていくクラウゼの背中を見つめながら、イングリッドは艶《つや》やかな唇を優雅に吊《つ》り上げる。まるで悪魔のように。

親衛隊ベルリヒンゲン試験場を出たクラウゼは隣接するヴィルヘルミナ記念研究所の研究室に戻る前、嫌がらせのように禁煙推奨のポスターがべたべたと貼《は》られた喫煙所のベンチで、クラウゼは嘆息混じりに紫煙《しえん》を吐き出す。

——不味《まず》いな、これは早いトコ何とかしないと……

開発の進捗《しんちょく》を巡ってアンナリーサと技術班が衝突《しょうとつ》したのは、昨日のことだった。事の発端は、技術班長が過労で貧血を起こしてぶっ倒れたことに始まる。

現在、アンナリーサは生化学兵器の開発を行っていた。といっても毒ガスや細菌兵器ではない。ある種の眼潰《めつぶ》しのようなものだ。例によって、モノそのものは廊下の窓ガラス八枚に書き殴られた珍妙な化学式とDNA構造図を基《もと》に開発され、既《すで》に完成している。ただし、運用の肝《きも》となる生化学剤を搭載《とうさい》する新型弾頭の散布機構は未完成で、技術班は不断の努力を払っていたものの、完成の目処《めど》が立っていなかった。

このことに痺《しび》れを切らしたアンナリーサが技術班の尻《しり》を叩《たた》いている時に、班長が倒れたのだが、これをきっかけに、天才少女科学者と技術班副班長の感情に駆られた壮絶な罵《ののし》り合いが始まった。傍《はた》から見れば小学生の口喧嘩《くちげんか》と大差なく、何も知らなければ微笑《ほほえ》ましいとさえ思えただろう。しかし、事はそれほどのん気なものではない。なにせ、上下関係が厳しく定められたレヴェトリア科学界において、超一流の認定を受けた科学者の方針や決定に反抗することは（慣習上）許されていないのだから。

このレヴェトリア科学界の病弊というべき絶対的慣習に背くことは、キャリアの終焉《しゅうえん》を招きかねない危険な行為なのだが、その危険へ深く踏みこみ、副班長がアンナリーサを糾弾したことの意味は大きい。まして、副班長の罵倒《ばとう》に含まれていたアンナリーサの誤謬《ごびゅう》が正しいとなれば、これはもう、笑い話では済まされない。

この件だけでも重大な問題だが、さらに問題なのは、イングリッドがこの騒動《そうどう》に気付いている、という点だ。開発総責任者であるイングリッドが、自身の失点につながるような問題を放置するなど、ありえない。問題は根こそぎ刈り取るのがイングリッドのやり方だから、アンナリーサにとっても、技術班にとっても、厳しい処置が下されるだろう。

クラウゼは短くなった煙草《たばこ》を灰皿代わりのバケツに放り込む。バケツ内の水に着水した煙草がジッと微《かす》かな音を立てて熱量を喪失した。

——どうするか。

二本目の煙草をくわえながらクラウゼは考える。

技術班の人員を入れ替えるか——無理だ。

『電磁加速飛翔体発射砲《レールガン》』を一月《ひとつき》で組み上げる人材だ。これ以上は望むべくもないし、人員の入れ替えは時間が掛かり、開発の停滞が発生する。これをイングリッドが認める筈《はず》がない。

アンナリーサを説得する——厳しい。

おそらく、あの聡明《そうめい》な少女は技術班に指摘された誤謬《ごびゅう》が事実だとは分かっている。感情が先行して認められないだけだろう。あの御嬢様《おじょうさま》は才能に対して反比例したように人間性がとても未成熟だし、天才だ天才だと周囲に持ちあげられ、自身もそうした周囲の評価に応《こた》えるべく研鑽と実績を重ねてきただけに才能同様、プライドが非常に高い。理性では自分の過《あやま》ちを認めても感情が受容を拒絶してしまう。

感情の熱が冷めれば、渋々ながらも誤りを認めるだろうが、悠長に待っている暇はない。

——この問題を解決する方法はそれほど多くないな。となると……

煙草《たばこ》に火を点《つ》け、紫煙《しえん》をくゆらせながら『最適戦略』を模索する。夜闇《よやみ》を駆けながら敵を狩る時のように、冷徹な数学的合理性を以《もっ》て論理的に最良の選択肢を探す。

優先すべきものは何か。護《まも》るべきものは何か。どうすれば最大効果を上げられるか。

——これしかないか。

クラウゼは綺麗《きれい》に刈り上げられた襟足《えりあし》を揉《も》み、紫煙交じりの嘆息を盛大に吐き出した。

気付けば半分にまで減っていた煙草をバケツに放る。紫煙を曳《ひ》いてバケツへ落ちていく煙草は撃墜《げきつい》された戦闘機《せんとうき》と同じようだった。

研究室に戻ったクラウゼが、能《あた》う限りの迂遠《うえん》な言い回しでイングリッドとのやりとりを報告すると、

「なによ、それ――――――――――――――――っ！」

メリエルの膝枕《ひざまくら》でソファに寝そべっていたアンナリーサは体を起して怒号を飛ばし、レヴェトリア人が神聖視する女王と同じ色の髪を掻《か》き乱してクラウゼを睨《にら》みつけ、

「なんでダメなのよっ！　軍人のくせに人工衛星の有効性が分からないの」

「有効性は認められましたが、打ち上げ用ロケットの開発の説得に三年はかかるそうです」

宇宙ロケットの開発はどこの国でも停滞している。世界の裏側まで届く攻撃兵器は非常に魅力的だったが、そこに搭載《とうさい》できる弾頭に問題があった。たかだか数百キロ、数トンの爆薬《ばくやく》を落とすために、莫大《ばくだい》な金と資材を投じるのは対費用効果が悪すぎる。かといって生物《B》化学《C》兵器弾頭を用いれば、同様の報復を受けてしまうことを歴史が証明している。一撃で敵を打倒するだけの弾頭が開発できない限り、軍や政府は必要以上に巨大なロケットの有効性を見出《みいだ》せない。人工衛星の通信、偵察利用も、対費用効果が疑わしいと一蹴《いっしゅう》されていた。というわけで宇宙ロケット開発は衰退し、今では民間が『宇宙旅行』を夢見て細々と研究しているだけだ。

「それじゃ、核分裂兵器は何でダメなのよ！　文字通り最終兵器になるのよ！」

「実証実験は軍の仕事ではない、と」

原子核を分割すると連鎖反応が発生して莫大《ばくだい》なエネルギーが放出される――相対性理論を実

現するこの研究は世界中の物理学者によって行われていた。実際にその鍵《かぎ》となる原子核の分裂を実現できた科学者は一人もいないため、本当に可能なのか分かっていない。そんな実証実験に金を出すほど、軍は理解がよくない。

アンナリーサは髪をわしわしと掻《か》き乱しながらムキ――――――ッと叫び、

「これだから凡愚《ぼんぐ》は！　先行投資って言葉を知らないのっ⁉　どれも革新的な兵器になるのに！」

シュナウファーさんはそのことをちゃんと説明してるんでしょうねっ」

「もちろんです。ですが、軍が求めているのは、サピア内戦で使える兵器です。開発に何年もかかるような兵器ではありません。ドクトルだってお分かりでしょう」

「普通のじゃ、あのイカレジジイの度肝《どぎも》を抜けないじゃない！」

「……そういう個人的な動機も大事ですが、ほどほどにして下さい。ドクトルはやることが極端すぎます」

老教師が問題児を諭すようなクラウゼの言葉に、盛大に鼻息と激しい悪態で応《こた》える。

「どいつもこいつもわたしをバカにしてっ！」

「誰《だれ》も貴女《あなた》をバカになどしてませんよ。とりあえず、今の開発を完了させましょう」

クラウゼが嘆息を圧殺して建設的な意見を口にするものの、軍事技術の革新を促したわずか十六歳の未《いま》だBカップにもならない小娘は、お付きのメイドをソファに押し倒し、たわわな胸元に顔を埋めてばたばたと足を振りながら喚《わめ》き出す。

「やだっ！　あんな奴《やつ》らと仕事するのやだっ！　やだやだやだや――だ――――っ！」

その駄々《だだ》のこねっぷりは実に見事で、幼稚園児だって真似《まね》できそうにない。

「……そうわがまま言わないで。アレだってドクトルの発案でしょう？」

クラウゼが頭痛を堪《こら》えながら、辛抱強く諭そうと試みる。も、

「や――――――だ――――――――――ッ！」

聞く耳なんぞ持ちゃあしなかった。

「お、御嬢様《おじょうさま》、くすぐったいですぅ」

豊かな胸元から漏れ出す絶叫とメリエルの艶《つや》やかな困惑を聞きながら、クラウゼは妬《ねた》ましい、いや、はしたない様子から努力して目を背けつつ、部屋の隅っこにある席に腰を降ろす。そして、視界の端でちらちらと見え隠れする水色と白の縞々《しましま》パンツについて進言した。

「ドクトル、はしたないですよ」

「うっさい！」

相当血が頭に上っているらしい。アンナリーサの啖呵《たんか》にクラウゼは眉間《みけん》に深い縦皺《たてじわ》を刻み、目元を揉《も》みつつ、艶《なまめ》かしい曲線美と露《あら》わになっているシックな下着についても言及した。

「それと、メリエルさんの下着が丸見えになってます」

「キャ――――――――――――――――――ッ！」

つんざくような悲鳴を聞いて、クラウゼは何となく安心した。

——これでひとまず収まるかな。

確かに収まった。メリエルがアンナリーサを引っぺがして騒《さわ》ぎは収まった。収まったが、

「解《げ》せない。どうして私が頬《ほお》を張られねばならないのか、全く解せない」

半べそ掻《か》いたメリエルから貰《もら》ったビンタの跡が奇跡的なほどくっきりと残る右頬をさすりながら、クラウゼは不満げにぼやいた。

「よかったわね。タダでメリエルみたいな美人にビンタしてもらえて」

アンナリーサのこまっしゃくれた一言に、思わずカチンときて毒舌がこぼれた。

「生娘《きむすめ》のくせに」

「何ですって？」

美少女に怖い顔を向けられたが、クラウゼは聞こえなかった振りをして、

「仕事を始めましょう。こうしている間にもドクトル・アジャンクールは着々と開発を進めてますよ」

「だから私のやりたいようにやらせなさいよ！」

「実現可能なものなら、すぐにでもやらせてくれますよ。でも、基礎研究だけで何年かかるか分からないようなものはダメです」

「ケチ！」

アンナリーサの的確な罵声《ばせい》に、クラウゼはふっと韜晦《とうかい》気味に笑う。

「その通り、軍はケチです。ですので、ケチが財布の口を開け易《やす》いものにして下さい」

「財布の口を開き易くする努力を払うのが貴方《あなた》の仕事でしょ！　ちゃんと仕事しろ、シュナウファーッ！」

　またさん付けが取れてしまった。呼び捨てにされるのも随分と慣れてきたなあ、と達観気味に思うクラウゼ・シュナウファー二十一の冬だった。

「そうですね。では私が仕事しやすいように、まずは今の仕事を片づけましょう」

「そんなのやりたくな――――――いっ！」

　いいようにあしらわれている『鬼才』アンナリーサ・フォン・ラムシュタイン十六歳の絶叫が研究室にこだまする。

　ひとしきり喚《わめ》き散らしてストレスを強制排出して冷静さを取り戻したアンナリーサと、どこか疲れた顔のクラウゼは、来客用テーブルに大量の資料を並べて開発の進捗《しんちょく》と問題を確認していく。話に一段落着き、クラウゼはボールペンを指の間でくるくると舞わせながら、

「――副班長の言っていた散布機構の不備について考えてみましょうか」

　ずばりと確信に斬《き》り込んだ。

　アンナリーサは不愉快気《げ》に口元をへの字に曲げた。

「不備なんてない！」

　拗《す》ねるように言われたが、クラウゼは気にすることなく言葉を重ねる。

「今までドクトルの開発を根本的に支えてきたスタッフが、作れないとまで言ったんです。その点について考えないわけにはいきません。何が問題なのか、考察すべきでしょう」

ソファの背もたれに深々と体を預け、アンナリーサは白金色の髪をわしわしと掻《か》き乱し、そして、天井を見上げながら、

「作れないっていうなら、もう開発を中止すればいいのよ」

不貞腐《ふてくさ》れたように言った。

クラウゼはふっと息を吐き、ある種の決心を固めて、

「つまり、逃げるんですね」

室内の空気に緊張が走り、室内温度が微《かす》かに下がった。

「……何ですって」

アンナリーサは眉目《びもく》を釣り上げ、アイスブルーの瞳《ひとみ》で凍らせようとクラウゼを睨《にら》みつける。

「ドクトルはご自分の誤りを認めるのが嫌《いや》で御逃げになるんですね、と申し上げました」

射るような視線を平然と受け止め、クラウゼはさらなる一撃を加えた。

「わたしに間違いなんてないっ！」

腰を浮かせて声を張るアンナリーサに、

「では、『電磁加速飛翔体発射砲《レールガン》』を一月《ひとつき》で組み上げるほどのスタッフが作れないと言うだけでなく、公然とドクトルを非難したのはなぜだと思われますか？」

クラウゼは機械のように一切表情も態度も口調も変えず、冷たく感じるほど淡白に尋ね、

「……それは、」返答に詰まるアンナリーサを真《ま》っ直《す》ぐ見据えて言った。

「はっきり申し上げましょう。フラウ・ドクトル、ラムシュタイン。今回の件は貴女《あなた》の全責任です。貴女のミスで開発が停滞している」

「そんな、こと」

「今までの成功もドクトルの才能だけでなく、技術班の方々が陰でドクトルの過《あやま》ちを修正してきたからだ。その点を知らないとは言いませんよね？」

「……それは」

アンナリーサがレヴェトリア科学界の慣習を知らない訳がない。悔しげに下唇を噛《か》む。

「ドクトル。兵器開発は科学者の才能が大半を担《にな》います。なぜなら、兵器を作るためには多くの科学的問題を解決する必要があるからです。そして、同様に多くの工学的諸問題を解決する必要があることは分かっている筈《はず》です。科学的問題に対してドクトルの才能を疑う者はおりません。ですが、大変失礼ながらドクトルは工学的問題をあまり御存知ない」

クラウゼがアンナリーサを真っ直ぐに見つめながら、何の感情も含まない機械的な声で言葉を重ねる。

「幸い、我々には優秀な技術者達がいます。ドクトルの素晴らしいアイディアを実現してきた才能ある専門家達です。彼らに非礼を詫《わ》び、意見を求めては如何《いかが》でしょうか。もちろん簡単な

選択肢ではありません。ですが、彼らから教えを受ければ、ドクトルは今後、科学的問題だけでなく工学的問題も解決できるようになります。対価は非常に大きいですよ」

「……必要ないもん！　わたしに凡人の教えなんか必要ない！」

アンナリーサは駄々《だだ》をこねるように喚《わめ》いた。

もちろん、完璧《かんぺき》なバランスを誇る彼女の知性は、クラウゼの言い分が正しいことを全面的に認めていた。

だが、幼い頃《ころ》から周囲の期待に応《こた》え、日進月歩の発展を遂げる科学界で最先端を走り続ける重圧に耐えるべく形成された人格と、人格に付随して増大したプライドが理性的な判断をねじ伏せていた。そして、レヴェトリアでは慣習上、高名な科学者が技術者如きに教えを請いたりすれば、笑い者になってしまう。なにより、アンナリーサは自らが抱《かか》える事情から自身の弱さを認める訳にはいかなかった。唇を嚙《か》んで理性が囁《ささや》く声に耳を塞《ふさ》ぐ。

目尻《めじり》に涙を滲《にじ》ませ始めたアンナリーサに対し、彼女の抱える事情を知らないクラウゼが敵にトドメを刺す時のように冷徹なまでの平静さで、

「ドクトル、技術班はドクトルの素晴らしい才能に匹敵する技術と経験を持っています。彼らを凡人と断じるのは、ドクトルに重大な損失をもたらすだけです。どうか、塾考《じゅっこう》下さい」

淡々と告げ、優しげな目線を送る。

「……そんなことない。そんなことないもん！　要らないもん！」

アンナリーサは怒りとは違った意味で顔を赤く染め、脱兎《だつと》のごとく研究室を飛び出し全力で走り去っていった。

天才少女が蹴破《けやぶ》って行ったドアを見つめながら、

「クビかなー……」

とクラウゼはぼやいた。クラウゼが辛辣《しんらつ》な諫言《かんげん》を呈したのは、イングリッドの介入を防ぎアンナリーサと技術班双方を守るには、アンナリーサに誤謬《ごびゅう》を認めさせることが最善だと判断したためだ。まだ若く一パイロットに過ぎないクラウゼは技術班と違って科学界の慣習とは無縁だし、仮にラムシュタイン家の反感を買っても一番被害が少なく済む。

それに、自分の仕事はこういう事態が起きた際、一番割を食うことだと理解もしていた。

――左遷《させん》なら前線送りかド田舎送りってとこか。前と同じだな。クビになったらなったで除隊できたと思えばいい。問題は……大学の入学拒否とか就職活動阻害とかされるかもしれないってことか。そうなると親父の跡を継ぐしかないなあ。

クラウゼが将来を憂いながら、エクトプラズムを吐き出しそうな嘆息を吐いていると、

「シュナウファーさん」

メリエルがやってきてコーヒーを差し出した。表情が少し硬い。

当然か、とクラウゼは思う。主人を泣かされて笑っていたらメイドとして問題アリだ。

「もう少し言葉を選んで頂けませんか？」

咎《とが》めるように言いながら、メリエルはクラウゼの隣に腰を下ろし、

「シュナウファーさんの仰《おっしゃ》ることはその通りでしたが、御嬢様《おじょうさま》は気が強そうに見えても、本当はとても傷つきやすく繊細《せんさい》な方なのです。もう少しご配慮下さい」

口早に、そして静かながら強い語気で抗議した。

「……ひょっとして、物凄《ものすご》く怒ってません？」

クラウゼが恐る恐る指摘すると、

「ええ。怒《いか》り心頭《しんとう》ですわ。御嬢様の名誉を損ねた咎《とが》で喉《のど》を掻《か》き切ろうか迷いました」

メリエルは微笑《ほほえ》みながらそれ以上の回答を口にした。クラウゼが顔を引きつらせたが、メリエルは微塵《みじん》も気にせず言葉を続けた。

「同時に、御嬢様には貴方《あなた》の協力が必要だと認識しております」

クラウゼが怪訝《けげん》そうに眉根《まゆね》を寄せると、

「御嬢様は今、大変難しい立場にあります。ですので、大切な事をはっきりと指摘し、なおかつ問題を上手《うま》く処理できる人間が必要なのです。この二つの点において、私はシュナウファーさんの存在はとても有益だと考えます。今のことも、ヴィッツレーベン少佐の介入を防いで御嬢様と技術者両方を救うために自ら嫌われ役を引き受けたのでしょう？　さすが狐《きつね》と呼ばれる戦闘巧者《エクスパルテン》。判断と選択が実に合理的ですわ」

目を丸くするクラウゼにメリエルは腰を上げ、にっこりと酷薄《こくはく》でとても美しい微笑を浮かべ

て丁寧に頭《こうべ》を垂《た》れる。

「私は御嬢様と合流して技術班の方々にご挨拶《あいさつ》に行って参りますので失礼します、シュナウファーさん」

「ぎ、技術班の所に行かれるのですか？　しかし、」

クラウゼがおずおずと尋ねると、

「我が主《あるじ》はあそこまで言われ、逃げるような真似《まね》はいたしません」

当然というように応じ、メリエルはコツコツと軽やかな足音を立てて部屋を去っていった。

残されたクラウゼは放心したようにドアを見つめ、ふっと息を吐き、思い出したようにコーヒーを口元へ運ぶ。

「……苦《にが》」

●

「――ふざけたことをぬかすな。我々は我々で独自の開発を抱《かか》えてるんだ。これ以上しょーもないことにかかずらわっていられるか！」

アンナリーサの開発が停滞していた時、ヴェストニアのジェヴォーダン研究所でも似たような問題を抱えていた。こちらはこちらで『電磁加速飛翔体発射砲《レールガン》』の後、アジャンクールの計画をずっと進めていたが、計画の中枢を担《にな》うアジャンクールがいろいろな理由で他の開発協力に従事させられていたため、計画の進捗《しんちょく》具合が亀《かめ》の歩み並みだった。

「――なに？　予算だと？　金が無いなら軍需産業のハゲタカ共《ども》を脅すなり何なりして掻《か》き集めろ！　奴《やつ》らにこの戦《いくさ》でたらふく儲《もう》けた分を吐き出させればいいだろう！」

「何事ですか？　オッシュ博士」

訓練飛行から帰ってきたエマは事務室の隣にある執務室から響《ひび》く怒声に目を丸くしながら、ソファで新聞を読んでいる私服姿の三十男に尋ねた。

「おお、帰ってきたか、お嬢《じょう》ちゃん。空の散歩は楽しかったか？」

オッシュは不精《ぶしょう》ヒゲの浮いた顔を上げ、逆に反問を寄せる。

研究所勤務のエマは戦闘機《せんとうき》乗りとしての資格と練度を維持するため、定期的に練度維持飛行をする必要があった。スクラップヤードにも飛行機はごろごろ転がっていたが、実際に飛べるのはフリスビーしかないので、訓練の度《たび》に余所《よそ》の基地に出向いている。

その訓練飛行から帰ってきたら、アジャンクールが部屋で怒鳴り散らしていた。

「快適でしたよ。それより何を騒《さわ》いでるんですか？」

エマが答えながら再度尋ねると、オッシュは新聞を畳み、アジャンクールの執務室に顔を向けて言った。

「余所の開発協力に嫌気が差したんだとよ。相手は知らんが、さっきからずっと怒鳴りっぱなしさ。大将、奥様《リュシエンヌ》が出てってからずっと機嫌悪かったし、ついにキレたってとこだな」

「奥様は出て行ったんじゃなくて一時的に帰省しただけでしょう」

リュシエンヌは実家のある首都に行っていた。何でも母親の具合が悪いらしい。その結果、アジャンクールの機嫌がすこぶる悪くなり、現在、アジャンクールの舵取《かじと》りを出来るのはエマ一人という有様《ありさま》だった。

「一時かどうかなんてのは瑣末《さまつ》な問題さ。今問題なのは計画がまるで進んでねえってことだ。俺達としても大将の仕事をさっさと仕上げて自分の仕事に戻りてーんだよ」

髭《ひげ》を撫《な》でながらぼやく様《よう》に発せられたオッシュの発言に、エマは内心でそっと罵倒《ばとう》する。

——オメエらの仕事は趣味じゃねーか。

ジェヴォーダン研究所にはアジャンクールの他《ほか》にも数名の科学者がいる。軍での居場所を無くしながらも、民間に下る気の無い科学者、いや、給料泥棒だ。彼らが住みついている第二研究棟を兵士達は揶揄《やゆ》して『ホテル・ジェヴォーダン』と呼んでいる。

この『ホテル・ジェヴォーダン』の住人達は税金を使って、濡《ぬ》れると透ける水着や最高性能のゲーム機などの開発を目指すろくでもない連中で、空飛ぶ円盤を作ろうとしているデブに至っては、着任のあいさつに来たエマに股間《こかん》を押さえて身悶《みもだ》えしていた。最悪である。

「連中は国家や民族などの大義、倫理、道徳といった規範には何の関心も示さんが、自分の、主に趣味的な意味において大切なものを守るためなら死力を尽くす。究極的な意味において人間の本質に忠実と言える。まあ、精神が未熟な自体愛者ともいえるがね」とは『ホテル・ジェヴォーダン』に対するアジャンクールの評だ。

「――寝言は寝て言え！　ともかく、これ以上は一切付き合わんからな！」

隣室から一際大きな怒声が響《ひび》き、不機嫌顔のアジャンクールが姿を見せた。

「む？　フォンク研究員、帰っていたのか」

「ええ。随分大声を上げてましたけど、相手は誰《だれ》です？」

「相手？　ラ・イールの奴《やつ》に決まっているだろう」

アジャンクールがしれっと放った言葉に、エマとオッシュがぶっと噴き出した。

「じ、次官補にあんな酷《ひど》い言葉を使ってたのかよ！」「た、大将、冗談ですよね？」

顔を蒼《あお》くして動揺する二人にアジャンクールは仏頂面《ぶっちょうづら》を向けながら、

「何が冗談なものか。この手の問題は一番上に言わねば意味が無いのだ。鼻をほじりながら電話番をしているような安月給の下《した》っ端《ぱ》に文句言っても何も解決せん。特に役所の場合はな。部署が違うだの何だのと小理屈を付けて何もしようとしない。無駄飯《むだめし》ぐらいのバカ共《ども》め。何もせんで飯が食えるのは檻《おり》の中のクズ共と役人共だけだな！」

ぶちぶちと文句を重ねる。

「うわ、ヒデエ言い草。大将、役人に恨みでもあるんか？」

――恨みは、ある。

アジャンクールの過去を聞かされているエマは心当たりがあったが、アジャンクールの怒りに同情を寄せようとは思わない。どう見てもリュシエンヌがいないことに対する八つ当たりに他《ほか》ならないからだ。

――いろいろネジは飛んでるけど、奥様への愛はあるんだなあ。

エマが妙な感心をしていると、アジャンクールはオッシュをじろりと睨《にら》みつけ、

「ところで、オッシュ君。君はこんな所で何をしているのかね？　君にはペロー君と共にアレのシステム構築を命じた筈《はず》だが？」

「その件でお嬢《じよう》ちゃんに用があったんですよ。帰ってくるの待ってたんです」

「え？　あたし？」

急に話を振られて訝《いぶか》るエマに、オッシュは首肯《しゆこう》を返す。

「ペローが嬢ちゃんの協力を必要としてるんだとさ」

「協力って、何をすればいいですか？」

エマが不信感全開でペローを思い浮かべる。エマは基本的に『ホテル・ジェヴォーダン』の科学者達と関《かか》わり合いたくないと思っていたが、ペローはその筆頭だった。理由は、ペローがUFOオタクでも、ズボンの内股《うちまた》が擦《す》り切れるようなデブだからでも、吃音《きつおん》に加えていつも息切れ気味で何言っているかよく分からないからでもなく、初対面の時に勃起《ぼつき》していたからだ。

ペローを弁護しておくと、彼はその時寝起きだった。男には誤解を避けられない時がある。

「身体データを取りたいんだとよ。身長体重、スリーサイズ、腕の長さに股下《またした》の長さ。バストはトップとアンダーの数値も」

「何でだよ！」

エマの罵声《ばせい》は凄《すさ》まじかった。その声量たるや事務室内で残響《ざんきょう》が発生したほどである。

怒鳴《どな》りつけられたヒゲ面の三十男はひっと悲鳴さえ漏らし、

「し、知らねえよ。制御周りはペローの担当なんだから」

慄《おのの》くオッシュにアジャンクールが助け船を出す。

「良いじゃないか、フォンク研究員。生娘《きむすめ》でもあるまいし、身体データくらい大したことではなかろう」

「き、きむ……セ、セクハラで訴えんぞ！　クソジジイ！」

エマが顔を真《ま》っ赤《か》にして罵声を浴びせるが、アジャンクールははっはっはと高笑いを上げた。

どうやら機嫌が直ったらしい。

「さあ、諸君。バカ話はここまでだ、仕事にかかれ」

「バカ話じゃねーよ！　立派なセクハラだよ！　セクシュアルハラスメントだよ！」

アジャンクールとエマのやりとりを見て、オッシュは深く深く感心していた。

アジャンクールとアンナリーサ、二人の天才科学者は紆余《うよ》曲折《きょくせつ》を経ながら開発を進めている間、冬は深まり西方領域の多くが白雪に包まれた。そして、年の瀬《せ》を迎えても、新年を迎えても、サピアの惨劇が休まることはない。

介入している各国の軍隊が自国と仮想敵国の新兵器に気を向け、各国の政府がこの内戦で生じる莫大《ばくだい》な利益の勘定に気を取られている頃《ころ》、共和政府側も、反乱軍側も、人民戦線側も、王党派も、全《すべ》てのサピア人達が自分達の国を試験場にしている諸大国に、自分達を食い潰《つぶ》している諸外国に、真っ暗な目を向けている。

サピア人達の置かれた状況は戦場でも銃後でも凄惨《せいさん》だった。

戦場では最新鋭兵器を駆使する諸大国の軍隊が、サピアの正規兵や民兵達を害虫のように踏み潰していた。圧倒的テクノロジーの前では、勇気だの気合いだの信念だの、その手のシロモンがハナクソほどの役にも立たない事が証明されている。

難民キャンプは絶望が支配していた。致命的なほどの物資の欠乏。骨まで沁《し》みる寒さ、防ぎようのない疾患と飢餓。難民達は磨《す》り減るように死んでいく。毎日のように、そこかしこで母親が冷たくなった子供を抱きしめながら張り裂けるような慟哭《どうこく》を上げている。神は難聴を患っているのだろう。救いを求める数多《あまた》の声を聞き入れる気配すら見せないのだから。

各地の都市やインフラは破壊され、国土のあちこちに地雷と不発弾がばら撒《ま》かれている一方で、資源地帯や地政学上の要衝《ようしょう》では各国の軍隊によって手厚く守られ傷一つ付いていない。

生臭いほどの現実。サピアでは戦争の本質が、戦争とは経済活動における政治的手段の一つに過ぎないという本質が、醜悪《しゅうあく》なまでに表面化している。

ただ、この峻厳《しゅんげん》な事実を受容できるかどうかは、全く別の問題だ。

未来を賭《か》けた血みどろの死闘《しとう》が諸大国にとってはパイの奪い合いに過ぎず、自分達の国が実験場にされ、都合の良い消費市場として扱われている現実を、サピア人達が許容できるかどうかは別次元の話だ。

難民キャンプで、戦場で、同じサピア人がばたばたと死んでいる中、サピアを破壊している連中は暖かい部屋で安穏とこの冬を過ごしている。この憂鬱《ゆううつ》になるほどありふれた現実を受け入れられるか、という話は、戦争や政治や経済などとは全く関係ない。

●

「演習？　いつもの練度維持飛行じゃないの？」

「ええ。空軍から参加命令が出まして。申し訳ありませんが少しの間、留守にします」

就業時間が終わり、アンナリーサが帰り支度を始めているところへクラウゼが数日の休みを取ると告げると、アンナリーサはなぜか不満そうに眉《まゆ》を曲げ、

「ふうん。それじゃあ、わたしも久しぶりに皇都にでも行ってこよう。この所いろいろあってうんざりしてるから、気分転換したいし」

じろり、と一瞥《いちべつ》をくれてきた。

「それは良い考えですね」

対して、クラウゼは微笑《ほほえ》みを返す。

アンナリーサが眉目《びもく》を釣り上げて棘《とげ》を刺すように、

「嫌みだって分からないの？」

「そうだったんですか？」

クラウゼがしれっと言い返すと、アンナリーサはぷくりと頬《ほお》を膨《ふく》らませそっぽを向いた。

「いじわる」

どこか拗《す》ねるような響《ひび》きにクラウゼは困惑するように眉を下げる。

少し前に一悶着《ひともんちゃく》あってから関係は悪化するかと思われたが、むしろ良好な状態になっていた。

クラウゼはこの状態の理由を図りかねている。狐《きつね》と呼ばれるほど洞察力のある人間だが、半ベそ掻《か》かせて親交が深まるなどという事態は想定と五四〇度くらいズレがあった。

――嫌われるとばかり思っていたのだが……わからん。さっぱりわからん。

「お土産《みやげ》を買ってきてあげますから。何が良いですか？」

クラウゼは気遣うように言ったつもりだが、アンナリーサ・フォン・ラムシュタイン十六歳の耳にはチビッ子に対する言い草のように聞こえ、きりりと眉目の角度を厳しくした。

「変なもの買ってくるより、わたしの計画案を通すよう努力して欲しいんだけど」

レヴェトリア軍が投入している多くの新兵器、新機材の開発に多大な貢献を果たしていたもののの、自分の開発計画は思うように採用されず、不満が溜《た》まっているアンナリーサは露骨《ろこつ》な嫌みを口にしたが、

「それは計画の中身次第ですね」

クラウゼはすまし顔でさらりと受け流す。

アンナリーサは歯を剥《む》いて唸《うな》った。

「いじわる！」

「シュナウファーさんってほんっとうに意地悪よね。もっと優しくできないのかしら！」

日が変わってもアンナリーサはぷりぷりと怒っていた。ぶつくさと文句を言いながら皇都ラベンティアのベアトリス通りを歩き、ブティックなどをひやかしていく。

アンナリーサは相変わらずの学生服にオーダーメイドの赤いコートを着込み、長い髪を揺らしている。その美貌《びぼう》に加えて皇室と同じ白金色の髪に、すれ違った人々が思わず足を止めて振り返っていたが、本人は一切関知していない。

一方、隣を歩くメリエルはビジネスーツに黒コートと相変わらずOLのような装いのため、アンナリーサと並ぶと、学校をさぼった女学生とそれを捕まえた女教師に見えた。

そんな二人が歩くレヴェトリア皇国の首都、皇都ラベンティアは華美な街だ。

レヴェトリアに黄金時代をもたらした『魔女王』ヴァランティーナが溺愛《できあい》していた妹の皇女ラベンティーナの名を冠《かん》して作り上げたこの街は、その溺愛ぶりを示すように壮麗《そうれい》で、歴史上一度として敵の軍靴《ぐんか》に汚された事が無いという稀有《けう》な存在であり、レヴェトリア人の誇りだ。

新古典主義的様式美を追求したコンクリ製のビルや煉瓦《れんが》造りのアパルトメントは時をかけて育《はぐく》んだ抒情《じょじょう》的美観に溢《あふ》れている。街路樹や街灯は数学的精確《せいかく》さで配置され、毎朝必ず掃《は》き水洗いされる石畳の道路は化粧石のようにピカピカだった。

商業区域であるベアトリス通りには高級店から量販店、老舗《しにせ》からフランチャイズのチェーン店まで並んでおり、厳寒最中の良好な天候の下、アンナリーサは渡り鳥のように店を巡り歩く。

いつもなら、着せ替え人形のようにあれこれ試着して「素敵過ぎます御嬢様《おじょうさま》」とメリエルが陶酔《とうすい》状態に陥《おちい》るのだが、買い物の目的が鬱憤《うっぷん》を解消するためだけとあっては、あれこれと薦める店員を「欲しい物は自分で探す」と追い払い、目についた服やアクセサリーを次から次へと買い込み、片っ端からベルリヒンゲンの自宅に郵送していた。

「言い回しも皮肉っぽいし、どうしてあんなにヤサグレてんのかしら！」

四軒目の店を出てもぐちぐちと不満を言い続けるアンナリーサに、メリエルがどこか寂しげに薄《うす》い唇を開いて、非常に濃い吐息を漏らした。

「御嬢様は随分とシュナウファーさんのことが気に入られたようですね」

思いがけない指摘にアンナリーサはぎょっと目を開く。

「えっ⁉　な、なんでそうなるの？」

「だって、ずっとシュナウファーさんの話ばかりされてるじゃありませんか」

「そ、それは、それだけ鬱憤《うっぷん》が溜《た》まってるって証拠じゃない！」

「本当に嫌いな人の話をするなら、その人に対して改善点を口にしませんよ。その人に好意を持っているから、直して欲しいところを口にするのです」

アンナリーサは動揺しつつ、

「そ、その意見には筋が通ってるわね、で、でも違う！　わたしのは違うの！」

断固否定し、深呼吸を繰り返して、いつものように冷静になってから反論を口にする。

「気に入ってるとか、そう言うのじゃない。だって、あの人わたしのこと最初からずっと子供扱いしてるもの。わたし、ちゃんと独《ひと》り立ちした科学者なのに。失礼極まりないわ」

「でも、シュナウファーさんとお仕事をされるようになってから、御嬢様《おじようさま》は御髪《おぐし》を乱されることが減りました。御存じでしょうか、御嬢様はお仕事や研究が順調に進んでいる時は御髪を乱されないんですよ」

「そ、そんなことは」

メリエルから伏せ気味の目でジトっとした視線を送られたアンナリーサは思わずたじろぎ、科学者特有の客観的思考と鋭い洞察眼でメリエルにある感情の中心を見抜く。

「ひょっとしてヤキモチ焼いてる？」

「当然ですわ、御嬢様が乱された御髪を整えるのは、私の大切な楽しみだったのですから」

指摘にメリエルが頬《ほお》を膨《ふく》らませると、アンナリーサは本日最初の笑顔を浮かべた。

「それじゃあ、ヤキモチ焼いたメリエルの御機嫌直しにプレゼントをしてあげるわ。欲しいものを買ってあげる」

今度はメリエルがたじろいだ。

「い、いえ結構です、御嬢様。そのようなお気遣いは身に余ります」

「いいからいいから。元手はヘンネフェルトからの謝礼金だもの。こんな験《げん》の悪いお金は使って社会に還元した方がいいわ」

悪戯《いたずら》っぽく口元を釣り上げるアンナリーサに、メリエルは折れた。メリエルが命を捧《ささ》げても良いと思っているこの少女は、必要以上の謙虚を好まない。

「ありがとうございます、御嬢様」

合意の言葉にアンナリーサは花が咲いたように笑みを大きくして、

「何が良い？　服？　アクセサリー？　そうだ、リシエールの腕時計なんてどう？　この前、新作が発表されたでしょう？」

メリエルの顔がさっと蒼《あお》くなった。リシエールと言えば、西方領域屈指の高級ブランドで、一番安い商品でも新卒会社員の初任給を上回るというとんでもない店だった。

「そんなお高い物を頂く訳にはいきません！」

悲鳴を上げるメリエルに、アンナリーサはますます機嫌を良くしてずんずんと歩き始める。

「決めた。リシエールの腕時計。さ、行きましょう。たしか、少し先に専門店があったわ」

「お、御嬢様《おじようさま》」

追いすがるメリエルに笑顔を向けるべく振り返ったアンナリーサの視界の端に、ささやかな違和感が湧《わ》いた。

荘厳《そうごん》な石造りの街並み、華やかな看板の画廊、行き交う人の群れ、その光景にそぐわぬ、小汚いワンボックスが駐車禁止の標識の真下に停《と》められていて、駐車禁止を取り締まる婦人警官達が窓越しに中を覗《のぞ》いている。

「あの車、なんか、おかしくない?」

「は?」

アンナリーサの指摘に、追いついたメリエルが目を瞬《まばた》かせ、ゆっくりと振り返る。アンナリーサには小さな違和感を生じさせただけだったが、アンナリーサのメイドとしてだけでなく、盾《たて》としての役割を果たせるよう教育を受けたメリエルの直感を激しく刺激した。

婦人警官の一人が何気《なにげ》なく車のドアに手を伸ばした瞬間《しゅんかん》、

「御嬢様!」

「え?」

メリエルがアンナリーサを押し倒す刹那《せつな》に、それは起きた。

閃光《せんこう》。

ワンボックスが風船のように膨《ふく》らみ、内に秘めていた暴力を解き放つ。

婦人警官達を始めとするワンボックスのすぐ傍《そば》にいた者達は車の破片で体を寸断され、爆圧《ばくあつ》で骨や筋肉を砕かれ、炎で肉を焼かれ、衝撃波《しょうげきは》で天高く撒《ま》き上げられる。

車内に積んでいたらしい大量のネジ釘《くぎ》、瓦礫片《がれきへん》や犠牲者《ぎせいしゃ》の骨片《こっぺん》の嵐《あらし》が通りの人々を片っ端から呑《の》みこみ、弾丸のように穿《うが》ち、鉤爪《かぎづめ》のように抉《えぐ》り、草刈り鎌《がま》で斬《き》り払うように薙《な》ぎ倒す。裂けた車内から噴き出した衝撃の波は通りを駆け抜けていく際、通りに面していた窓を次々と割っていき、割れたガラスが刃《やいば》の雨となって通りに降り注ぎ、運の悪い者達を切り刻む。

強力な爆風圧は標識の脇《わき》にあったビルを砕いた。四階部分までの壁と壁際にあった全《すべ》てのものを破壊し、破砕し、吹き飛ばす。ビルの内部では多くの人々が突然発生した瓦礫の暴風に為《な》す術《すべ》なく蹂躙《じゅうりん》された。

爆発の火球が消え去ると共に、天高く巻き上げられていた瓦礫や肉片が降り始める。肉体は路面に叩《たた》きつけられてぐちゃりと潰《つぶ》れ、瓦礫片などが倒された人々を押し潰《つぶ》し、肉を引き裂き、骨を砕く。石畳の道路が真《ま》っ赤《か》に染められ、側溝《そっこう》に血と肉片が流れこむ。

道路に倒れながら、アンナリーサは全てを見ていた。

商店の前にいた店員が、可愛《かわい》らしい老婦人が、焼き菓子を頬張《ほおば》っていた親子が、吹き飛ばされる様《さま》を、砕かれる様を、四肢《しし》を引きちぎられる様を、臓器を抉《えぐ》られる様を、ぶちまけられた血液が世界を赤く染める様《さま》を、多くの人が理不尽に不条理に強制的に人生を終結させられる様を見た。慈悲の無い暴力を、許容の無い暴力を、容赦の無い暴力を、害意の塊《かたまり》のような鉄片の嵐《あらし》を、悪意の塊のような炎の光を、殺意の塊のような衝撃波《しようげきは》を、一瞬《いっしゅん》の間に全《すべ》てを見た。

そして、アンナリーサは衝撃で意識を混濁《こんだく》させながら、惨状を見続ける。

——ここは、どこ？　ここは……？

全てを見ていたのに、何が起きたのかさっぱり分からない。ただ、満足に息ができない。体が痺《しび》れている。魚眼レンズをはめたように視界が歪《ゆが》んでいる。耳なりが酷《ひど》い。まるで頭の中で鐘が鳴り響《ひび》いているようだ。火薬と血、臓器の臭《にお》いが鼻につく。そして、温《ぬく》もりを感じる。

——温かい……

アンナリーサはゆっくりと目を動かして、覆《おお》い被《かぶ》さっているメリエルの横顔を見つめた。頭部から流れる血が愛らしい顔を紅《あか》く汚していた。家族のように無条件の信頼を寄せている横顔を見つめていると、意識を包み込んでいた霧《きり》が急速に晴れていく。静止していた時の鼓動が再び脈打ち始める。

聡明《そうめい》かつ明晰《めいせき》な知性が爆発《ばくはつ》的速度で活動を回復し、アンナリーサは慌てて身を起こす。全身が激しく軋《きし》み、肺が悲鳴を上げる。辺りを包み込む粉塵《ふんじん》に激しく咳込《せきこ》む度《たび》に体が砕けそうな痛みに襲《おそ》われたが、それでも、アンナリーサは体を起してメリエルに向かって叫んだ。

「メリエル!?　メリエル！　メリエル！」

取り乱す意識とは別に、アンナリーサの体はどこまでも科学者として冷静な反応を引き起こした。

無意識に右手が脈や外傷を確認し、科学者の目がメリエルを観察する。外傷は少ない。頭部の流血以外確認できない。頭部に軽度の第II爆創。第III、第IV爆創はなし、第I爆創は？　メリエルの胸部を調べ、骨折の有無を確認。骨折は無い。でも、油断できない。一見怪我《けが》がなくても、衝撃の圧縮波と反射波で内臓を破壊されていることは珍しくない。爆薬の量は何キロだ？　爆心地からここまで何メートルだ？　発生圧力は何キロパスカルに達していた？　それさえ分かれば、メリエルや自分の状態に『安心』が抱ける。

だが、分からない。何も分からない。何も考えられない。思考が働かない。

科学者の仮面を剝ぎ取られた十六歳の少女にできたことは、メリエルの頭を太ももに乗せて、煤塗《すすまみ》れの顔を大粒の涙で汚しながら叫ぶことだけだった。

「誰《だれ》か、誰か、助けて！」

粉塵の中から誰も返事を返さず、救いの御手も差し伸べられない。代わりに一陣のビル風が通りを走り抜け、粉塵が覆い隠していた地獄をアンナリーサに晒《さら》した。

崩落寸前のビルに、黒こげの車、瓦礫《がれき》とガラス、雑多なガラクタがそこら中に散らばり、累々《るいるい》と横たわる死体の多くは原型を留めておらず、周囲でか弱い呻《うめ》き声を漏らす負傷者達も大半が四肢《しし》の一部を欠損し、臓器と血を流している。

生命という名の神秘はそう簡単に死の安息を与えない。科学的に死に至る条件を満たさない者は、どれだけ凄惨《せいさん》な外傷を負っていても、死ぬことを許されず、ひたすら苦痛に身をよじり、もがき叫び、助けを求めてすすり泣く。

悲鳴と絶叫のオーケストラに巨大な不安と恐怖、絶望感が押し寄せ、アンナリーサの心は枯れ木のようにへし折れた。

「誰《だれ》か、助けてよう、誰か、」

顔を真っ平らに削られた女性が夢遊病のようにふらつきながら、アンナリーサの脇《わき》を通り過ぎてどさりと倒れる。ビルの四階に空いた穴から両腕を無くした壮年男性が落ちて、水を詰めたゴム袋が破裂するような恐ろしい音を鳴らす。あちこちから弱々しい呻《うめ》き声と狼《おおかみ》の鳴き声のような叫び声が上がる中、背後から母親を呼び続ける子供の声が聞こえ出す。

幼子《おさなご》の悲痛な叫びが心の奥底に閉じ込めていた記憶の蓋《ふた》をこじ開けた。煙を上げる車、動かない両親、割れたバックミラーに映るのは物言わぬ両親に縋《すが》りついて泣き叫ぶ十歳の自分。

アンナリーサはメリエルを抱きかかえるように体を屈《かが》めて、耳を塞《ふさ》ぎながらすすり泣く。

「やだよう、こんなのやだぁ」

ぼとぼとと大粒の涙がこぼれてメリエルの顔を濡《ぬ》らすが、メリエルは意識を取り戻さない。それでも、太ももの上で眠り続けるメリエルの温《ぬく》もりは暗闇《くらやみ》で輝く小さな松明《たいまつ》同然だった。アンナリーサはメリエルにしがみつきながら、不意に脳裏を横切った影へ救いを求める。

「助けて、助けてよぅシュナウファーさん」

阿鼻《あび》叫喚《きようかん》の中心で、アンナリーサはただ震えながら泣き続ける。

ずたずたに引き裂かれた婦人警官の亡骸《なきがら》が、折れ曲がった標識に引っ掛かって逆さ吊《づ》りになっていたが、誰も降ろそうとはしなかった。当然だ。死者は文句を言わない。

●

ヴェストニア共和国ジェヴォーダン研究所の食堂では、全《すべ》ての人間が手を止めてブラウン管の大型テレビに目を向けていた。

どのチャンネルを回しても、映るのは噴煙を上げる街並みと悲鳴を上げる市民の姿。生放送で流される惨劇の舞台は、祖国ヴェストニアの中枢、首都ランノイエだった。

「第四次大戦でも始まったのか」

誰かが呻くように呟《つぶや》くが、誰も反応しない。誰もがブラウン管が映す映像に目を釘《くぎ》づけにしていた。

『——爆発《ばくはつ》は事故ではなく人為的に起こされた可能性が極めて高く、また、イラストリア、レヴェトリア、プロシア、ゼラバニアなど各国の首都でも同様の爆発が確認されており、政府筋では世界同時多発テロではないかとの声が上がっています』

興奮気味のキャスターが上げる甲高《かんだか》い裏声を聞きながらエマが呆《ほう》けていると、若い兵士が慌てた様子で食堂に駆け込んできた。

「フォンク少尉ッ！　フォンク少尉はいるかっ」

「どうした？」

エマが声を上げると、兵士は「ああ、良かった、居た」と強張《こわば》った顔に一瞬《いっしゅん》だけ、地獄の底で天使を見つけたような安堵《あんど》を浮かべ、

「少尉殿、付いて来て下さい！　お願いします！」

すぐさま表情を硬くして大声を張る。

エマはブラウン管から流れる情報が気になったが、兵の様子に只《ただ》ならぬ事態を察して立ち上がり、若い兵士に続いた。

廊下を駆け、若い兵士と共に玄関前に出ると、

「博士、落ち着いて下さい！」「離せ！　離せぇ！」「大将、落ち着いて！」

真冬だというのに男達が大汗を掻《か》いて騒《さわ》いでいる。よく見ると兵士や科学者達が数人がかりで暴れるアジャンクールを押さえつけていた。

「な、何をしている！」

血相を変えて駆け寄るエマの姿に、兵士や科学者達がほっと胸を撫《な》で下ろしながら、

「何とかして下さい、フォンク少尉！」「なんとかしてくれ、少尉！」

口々に助けを求めた。

「離せ、離さんかっ！」

怒号を飛ばすアジャンクールの鬼気迫る目つきにエマは思わず息を呑《の》む。

体全体から焦燥感《しょうそうかん》と不安を溢《あふ》れさせ、髪を振り乱し、汗まみれにながら拘束を振り払おうとあがくアジャンクールの姿は手負いの狂獣《きょうじゅう》そのもので、普段の気難しくも陽気なオヤジの姿は一片も存在していない。

「ど、どうしたんですか、博士！」

「離せ！　離せえええええええええええええええええええっ!?」

アジャンクールに言葉が届かなかった。大の男が数人がかりでも難儀するほどひたすら強く暴れ続ける。

「何があったんですか!?」

エマが『ホテル・ジェヴォーダン』の住人であるオッシュへ怒鳴《どな》るように尋ねると、

「知らねえよ！　会議室のテレビを見てたら大将に電話が掛かってきて、そしたらこのざまだ！　何が何だか俺達《おれ》にはさっぱり分からん！」

オッシュは負けじと怒声を上げた。

混乱の極みだ、とエマは思った。世界も、ここも、何か得体《えたい》のしれない流れに呑まれている。

エマは額《ひたい》を押さえて深呼吸し、必死に冷静であろうと努める。どんな時も冷静に周囲を把握《はあく》すること——兄が戦闘機乗り《せんとうき》の先輩として遺《のこ》した数少ない教えを実践する。頰《ほお》を両手でパンと張り、気合いを入れてアジャンクールに歩み寄って襟元《えりもと》を摑《つか》み上げ、

「落ち着けジジイッ!!」

スクラップヤードの隅々まで届きそうな大音声《だいおんじょう》を張り上げた。

音響兵器《おんきょう》のような一喝《いっかつ》に、アジャンクールも、押さえつけていた男達も機能不全を起こしたように動きを止める。エマは静寂に合わせるように声を抑え、アジャンクールに問う。

「何があったんですか、博士。説明して下さい」

エマの真剣な眼差《まなざ》しが矢の如《ごと》くアジャンクールの翠眼《すいがん》を射る。

アジャンクールは酸素を求めるように口を喘《あえ》がせ、濃密な白い吐息を吐きながら、

「首都に、ランノイエに行かねばならんのだ。今すぐに」

「なぜですか？　どうしてランノイエに行かなければいけないんですか？　教えて下さい」

エマの言葉にアジャンクールは耐え難い痛みに身《み》を斬《き》られているように、巨大な不安に心を削られているように顔を歪《ゆが》ませて血を吐くように、言った。

「リュシエンヌが、私のリュシエンヌが」

言葉を吐き終えたアジャンクールは今までの暴れようが嘘《うそ》のように力が抜け、今にも泣き出しそうな顔つきになった。アジャンクールの言葉と様子にこの場の全員が事態を察する。

各国の首都を襲《おそ》った爆弾《ばくだん》テロ。首都にある実家に帰省していたリュシエンヌ。そして、取り

乱すアジャンクール。

全《すべ》ての点が容易につながる。

「そんな、まさか、」

エマは最後まで言葉を告げられない。仇《かたき》の帰国を知って悲嘆にくれた時、抱き締め、嗚咽《おえつ》を受け止めてくれたあの聖母のような笑顔が脳裏に浮かぶ。その瞬間《しゅんかん》、巨大な不安が襲《おそ》って来て、心が圧殺されそうになる。体に力が入らず、アジャンクールの襟元を掴み上げていた両の腕が力なく垂れ下がった。

誰《だれ》もが言葉を吐けない。聡明《そうめい》な科学者達も、豪放磊落《ごうほうらいらく》な兵士達も、断崖《だんがい》の淵《ふち》に立たされているような顔つきのアジャンクールを前に言葉が見つからない。絶望感に満ちた空気が周囲の冷気を浸食していく。

気休めの言葉を吐くことなど許されない。そんな緊迫した沈黙《ちんもく》を打ち破ったのは、限界まで膨《ふく》らませた風船に手足をひっ付けたような姿をした科学者ペローだった。その背後にはエマの大音声を聞きつけた兵士や職員達が何事かとぞろぞろ続いている。

ペローは転がった方が早そうな体で必死に駆けてきて、アジャンクールに叫んだ。

「プ、プ、プロフェ、プロフェッサーッ！　こ、ここく、こ、国防省かられ、連絡です！　むか、む、迎えのヘリが、す、すすぐに来るのでじゅ、準備して待てってて！」

アジャンクールは白い吐息を吐くだけだった。なので代わりにエマが口を開く。

「博士、準備しましょう。奥様の所へ行くんです」

茫洋《ぼうよう》としているアジャンクールに、エマは眉《まゆ》を釣り上げ、

「ジジイッ！　奥様の所へ行くんだろ⁉　それとも行かねえのかよ‼」

怒鳴《どな》りつけられたアジャンクールは目を瞬《またた》かせた後、翠色《みどりいろ》の瞳《ひとみ》をぎらつかせて叫んだ。

「何を言ってるのかね、フォンク研究員！　行くに決まっているだろう！　私のリュシエンヌへの愛は宇宙の深淵《しんえん》より深いのだ！」

アジャンクールはペローとオッシュに顔を向け、

「ペロー君、オッシュ君、全員に伝えたまえ。私は愛《いと》しのリュシエンヌの元へ行かねばならん。が、君達は開発を続行せよ。国防省や軍が何を言ってきても無視だ。良いな？」

「わ、わ分かりました、プロフェッサー」「了解です、大将」

二人の返事に首肯《しゅこう》し、アジャンクールは冷気を肺いっぱいに取り込み、叫んだ。

「今行くぞリュシエエエエエエエエエエエエエエエエンヌゥウウ！」

どこかユーモアのある光景を、その叫びが不安に屈しそうな己を叱咤《しった》するためだと分かっているエマ達は、硬い表情で見守っていた。

清潔感を通り越して病的なほど白い天井、温かみに欠ける控えめな照明。快い温《ぬく》もり。目覚めたアンナリーサはぼんやりとした頭で天井を見つめながら、自分は死んで霊安室かどこかに安置されているのかと思っていると、

「気付かれましたか」

聞き覚えのある声が降ってきた。

アンナリーサは首を曲げて声の方向へ顔を向けると、濃緑色の飛行服に黒い飛行装具を着こんだクラウゼがこちらを覗《のぞ》きこんで、胸を撫《な》で下ろしていた。

「良かった、御無事で何よりです」

クラウゼは安堵《あんど》の息を吐いてベッド脇《わき》の丸椅子《まるいす》に腰を降ろし、

「メリエルさんも御無事ですよ。大事をとって今晩はドクトル同様入院してもらいました。今は鎮静剤《ちんせいざい》を打たれて隣室で眠っています」

メリエルの安危を話し、そして、顔に少し翳《かげ》を差した。

「先程まで御親類の方が居られていたのですが……お忙しいそうで帰られました」

アンナリーサは虚《うつ》ろな顔つきでクラウゼの話をただ鼓膜で受け止めていた。脳が活性化し、

事態を認識すると、抑えようのない衝動《しょうどう》に駆られ、胸に顔を埋《うず》め、声を押し殺して泣き始める。

がばっと体を起こしてクラウゼに抱きつき、胸に顔を埋め、声を押し殺して泣き始める。

息が詰まりそうなほど強く締めつけられたが、声を押し殺して嗚咽《おえつ》をこぼす少女を引き離せるわけが無い。クラウゼは抱き返しこそしなかったが、アンナリーサの頭をゆっくりと撫《な》でながら、空いた手で背中をぽんぽんと優しく叩《たた》く。

「怖かったでしょう。もう大丈夫、大丈夫です」

アンナリーサがクラウゼの声に反応を返さず、体を震わせながら無言で泣き続けていると、こんこん、とドアが鳴り、イングリッドが顔を見せた。

「クラウゼ、ちょっと良い？　空軍が来てるの」

「もう少し待ってもらえませんか？」

「そうしてあげたいけど、行った方が良い。私が付いててあげるから行ってきなさい」

小さく肩をすくめながら言ったイングリッドに、クラウゼは大きく息を吐いて、「わかりました」と応じると、しがみついているアンナリーサを何とか引き離す。飛行装具はアンナリーサの涙と鼻水で汚れていたが、クラウゼは気にすることなく、縋《すが》るものを失《な》くした子犬のような顔をしているアンナリーサに微笑《ほほえ》んだ。

「大丈夫、すぐ戻ってきますから」

クラウゼが室外に出ると、代わりにイングリッドが丸椅子《まるいす》に腰を降ろし、懐《ふところ》からハンカチを取り出してアンナリーサの目元と鼻を優しく拭《ぬぐ》い始めた。

「無事で良かったわ。本当に。これはいろんな事情抜きの正直な言葉よ、アニー」

「メリ、エルは本当に、大丈、夫？」

アンナリーサは涙をぽろぽろこぼしながら尋ねる。

「大丈夫よ。貴女《あなた》と一緒に退院できるわ」

「シュナウ、ファーさんは、なんで、あんな格好してるの？」

「演習で空に上がっていた時に、テロの通報を聞いてそのままこっちに飛んできたからよ。演習を抜け出して戦闘機《せんとうき》で皇都に駆けつけるなんて、レヴェトリア国防軍《ヴェアマハト》開闢《かいびゃく》以来の珍事だわ」

イングリッドはアンナリーサにハンカチを渡しながらくすりと笑う。

皇都を襲《おそ》ったテロの陰で、前代未聞の出来事が起きていた。演習中の最新鋭戦闘機が演習空域からかっ飛んで来て、そのまま皇都近郊にある陸軍の基地に緊急着陸し、パイロットが戸惑う陸軍関係者を振り切り、野戦用バイクを奪ってテロ現場に駆けつけたのである。むろん、大問題だったが、国防軍総司令部作戦部長ヴィッツレーベン大将の口利きと、事件の表面化を恐れた空軍によって公式的には『上空からの偵察監視任務』ということになった。

「今、外でたっぷり絞られてるでしょうね」

が、本当にただで済ませるほど世の中甘くない。一ケ月の飛行停止と半年間の大幅減俸。ただし、如何《いか》なる神の配慮か、考課表に処罰が記されることはなかった。

「わたしのせいで？」

アンナリーサの涙に濡《ぬ》れる目が不安に染まると、

「クラウゼが望んでしたことよ。あの子はね、いつだって何かあればどんな時でも一番に駆けつけてくれるの。子供の頃《ころ》、私が困っていた時もそうだったわ。良い男でしょ？」

イングリッドは自慢と茶目《ちゃめ》っ気《け》が混じった悪戯《いたずら》っぽい微笑を浮かべた。あらゆる不安や心配を蹴飛《けと》ばすような頼もしさと慈愛の込められた笑みに、アンナリーサは目元を擦《こす》りながらこくりと頷《うなず》く。

「うん」

「今はゆっくり眠りなさい。大丈夫。もう怖いことは起きないから」

「うん」

イングリッドに促され、アンナリーサはゆっくりとベッドに体を倒す。イングリッドに布団を掛けられ、丁寧に髪を撫《な》でられると、アンナリーサは静かに目を瞑《つむ》った。

アンナリーサが夢を見始めた時、ヴェストニア共和国の首都ランノイエにある国立病院の緊急手術室の前にある待合ベンチに、エマは一人で座っていた。医者の制止を振り切り、アジャンクールは手術室の中に入っている。今頃《いまごろ》、リュシエンヌの手を握りながら神に救いを祈っているに違いない。

すっかり冷たくなった紙コップのコーヒーを口元に運びながら、エマはここに来るまでに見た光景に思いを馳《は》せる。

——あんな酷《ひど》い光景、見たことが無い。

首都は大混乱だった。道路は渋滞し、街の上空にはマスコミと政府関係のヘリがひっきりなしに飛び回り、辻《つじ》という辻に武装した警官が立っていた。首都内にある主要な病院はほとんど野戦病院のような有様《ありさま》で、この国立病院も玄関ロビーにまで負傷者が溢《あふ》れ、全《すべ》ての医者と看護師が治療に当たっている。

戦場を知らないエマにとって、これほどの混乱と惨禍《さんか》は見たことがなく、リュシエンヌの安危を案ずる一方で、今回の凶行を行った者に対する巨大な怒りと復讐《ふくしゅう》心が心の中でとぐろを巻いていた。

苦味のある泥水のようなコーヒーをすすっている所へ、こつこつと複数の硬い靴音が近づいて来て、エマは顔を上げる。

ラ・イールと若い男、そして、屈強そうな二人の男だった。おそらく補佐官と護衛《ごえい》だろう。

「容態《ようだい》は？」

開口一番にラ・イールは言った。強面《こわもて》には疲労が色濃く浮かんでいる。疲労の理由はもちろん今回のテロ騒ぎ以外無い。

「頭部に重傷を負ったとしか……博士は中で立ち会っています」

「……そうか」

ラ・イールは眉間《みけん》に深い皺《しわ》を刻み、歯を軋《きし》ませた。苦悶《くもん》、と評しても良いその表情に、エマは冷徹な高級官僚の仮面の下にある素顔を見た気がした。

「次官補殿、いったい、何が起きてるんですか？　どこの奴《やつ》がこんな——」

「聞きたいことが山ほどあるのは分かる。だが、我々が摑《つか》んでいる事はそれほど多くない。今回の件は完全な不意討ちだ。我々だけが被害を受けているならともかく、イラストリアやレヴエトリア、プロシア、ゼラバニア、アナトリアまで攻撃を受けたとなると、かなり大規模な組織が絡んでる。だが、そんな情報は一切なかった。少なくとも私の耳に届く範囲ではな」

ラ・イールはまくし立て、エマの隣に腰を降ろし、両手を組んで長く息を吐いた。

「確実なのは一つだけだ。下手《へた》をすれば第四次西方大戦が起きる。これだけだ」

「そんな、」

エマが二の句を告げる前に、ラ・イールは言葉を被《かぶ》せた。

「第一次大戦は一発の銃弾から始まった。背景は別にしても、第二次も、第三次も、起爆剤《きばくざい》自体はささやかなものだった。それが、これほど大きな花火が上がって何も起きずに済むなどあり得ない。特に双頭の獅子《レヴエトリア》だ。ラベンティアを傷つけられて黙《だま》っている訳が無い」

安全保障の専門家が吐露《とろ》した心情は果てしなく深刻で、また対象が大きすぎてエマの想像も思考も追いつかない。

「次官補、あまり御時間が……」

若い補佐官が遠慮がちに、それでいてしっかりとした声で忠言する。ラ・イールは煩《わずら》わしそうに手を振り、

「分かっている。だが、ルイに会わない訳にはいかんのだ」

ラ・イールが顔を上げると同時に、手術室の使用中を告げるランプが消えた。そして、しばらくして扉が開き、医者とアジャンクールが姿を見せた。

エマとラ・イールは腰を上げ、

「博士、奥様は……」

エマが不安げに尋ねると、アジャンクールは憔悴《しょうすい》しきった顔をエマに向け、次いでラ・イールに向けると、沸騰したかのように顔を憤怒《ふんぬ》で染め上げ、ラ・イールに飛びかかり、襟首《えりくび》を締め上げながら壁に叩《たた》きつけた。重量物が板壁にぶつかる響《ひび》きが残る中、

「次官補！」「博士！」「ムッシュ・アジャンクール！」

補佐官とエマと医者の鋭い声が飛び、二人の護衛《ごえい》がアジャンクールを押さえつけようとしたが、ラ・イールが無言のまま手を上げて制す。

アジャンクールは殺意と評してもおかしくない程の激情で目をぎらつかせながら、

「知っていたのかっ」

「何のことだ、ルイ」

「とぼけるなっ！」

怒号が廊下に残響《ざんきょう》する。

「貴様らは三十年前、私から我が子の最後を看取《みと》る機会を奪った。悲しみにくれる妻を支える機会を奪った。今度は私から妻を奪うつもりかっ！」

「それは誤解だ、ルイ。今回の件は、我々も寝耳に水だった」

「その言葉を信じるほど、私は甘くない」

アジャンクールは今にも法を踏み越えそうな目つきでラ・イールを締め上げる。

「博士、やめて下さい」「ムッシュ、落ち着いて下さい」

エマと医者がアジャンクールの肩を摑《つか》み、ラ・イールから引き離そうとするが、根でも生えたかのようにアジャンクールはびくともしない。

過去に遺恨を抱いた男達が無言で睨《にら》み合っていると、再び手術室のドアが開き、看護師と共にストレッチャーに乗せられたリュシエンヌが姿を見せる。髪の毛を全《すべ》て剃《そ》られた頭部には包帯がぐるぐると巻かれており、その顔は眠っているかのように穏やかだった。

「集中治療室に搬送します。ムッシュも御一緒に来て下さい」

「ドクトゥル。先に行っててくれ。私はこの男とどうしても話しておかねばならんのだ」

鉛のように重たい声音《こわね》に、医者は大きな嘆息を吐き、

「乱暴だけはしないでください。怪我人《けがにん》はもうたくさんだ」

ストレッチャーに乗せられたリュシエンヌと共に集中治療室へ向かっていった。

医者が去り、アジャンクールが底冷えしそうな声でラ・イールに問う。

「どこの奴《やつ》だ。どこのクズが私の妻を傷つけた？」

「それが分かっていれば苦労しない。レヴェトリアで犯人の一味らしきサピア人を捕らえたという情報もあるが、詳細は未確認だ」

「サピア人だと？　内戦でボロボロの連中がこれだけの事をしでかしたとでも？」

「言いたいことは分かる。おそらくは単なる実行犯。規模から考えてもどこかの国家機関か、それに属する組織が背後に居るのは間違いない。だが、我々としては犯人探しよりこれからが問題なんだ。四次大戦が起きかねない。いや、おそらく起きる。サピアを舞台にレヴェトリア人達が前哨戦《ぜんしょうせん》を始めるだろう」

ラ・イールの重たい声音《こわね》が浸透したかのように空気が沈んでいく。水銀のように沈澱《ちんでん》していく空気は息がつまるような沈黙《ちんもく》を生み、耳が痛くなるほどの静寂が訪れる。張りつめたような緊張感に、エマや補佐官達は生唾《なまつば》を飲み込むことさえできずにいた。

永遠に続きそうな静謐《せいひつ》を、アジャンクールがおもむろに切り裂く。

「これから、私の要求する人員と資材をジェヴォーダンに掻《か》き集めろ」

「なに？」

怪訝《けげん》そうに顔を歪《ゆが》めるラ・イールに、アジャンクールは薄笑《うすわら》いを浮かべた。

「四次大戦が起きても良いように、私がとって、お、き、を作ってやる。それもすぐにな。その後はレヴェトリアでもプロシアでもゼラバニアでも好きな相手を滅ぼせば良い。だが、今は私の報復が優先だ。リュシエンヌを傷つけた罪をサピア人の血で償わせる」

純粋を暗愚と断じる悪魔のような笑みは、生き馬の目を抜く官界に生きる高級官僚をしてたじろがせる。

「何を言ってるんだ、ルイ。お前が今すべきなのは開発ではなく彼女の傍《そば》に居ることだろう。手術は成功したんじゃないのか？　彼女に付き添うのがお前のやるべきことだろう？」

ラ・イールの至極《しごく》真っ当な進言を、アジャンクールは嘲罵《ちょうば》するように鼻を鳴らして笑った。

「貴様が人並みの倫理を持ち合わせていたとは驚きだな。だが、貴様は一つ忘れている」

薄笑《うすわら》いを唇の端が耳元まで届きそうな狂笑に変え、

「私は狂っているんだよ。お前達が狂わせたんだ」

嘲《あざけ》るように言い放つ。

そして、寂寥感《せきりょうかん》に満ちた目で天井を見上げ、

「彼女は、脳に深いダメージを負った。目を覚ますのは、明日か、半年後か、それとも、死ぬまで覚まさないのか、天才の私にも分からない。三十年前の私なら何の躊躇《ちゅうちょ》もなく、彼女の傍に居ることを決めただろう。たとえ、私にできることが何一つ無くても、だ。彼女のベッドの脇《わき》で一日中過ごしただろう」

何かに懺悔《ざんげ》するように述べた後、ゆっくりと視線をラ・イールに戻して言った。

「だが、今の私は違う。私にできることが無いなら、まずはやるべきことをする。リュシエンヌを傷つけた罪を全サピア人に償わせる。同じ目の色、同じ肌の色、同じ土地に生まれ、同じ水を呑《の》み、同じ物を食い、同じ文化で育ち、同じ言葉を話す者、男にも女にも子供にも年寄にも、今生きている者にもこれから生まれてくる者にも、サピアに類する者全《すべ》てにリュシエンヌの味わった恐怖と苦痛を一京倍《けい》にして味わわせる」

その翠《みどりいろ》色の目から理性以外の全ての感情が抜け落ちていた。

感情ではなく理性によって研《と》ぎ澄《す》まされた鋭利な憤怒《ふんぬ》と憎悪、磨きあげられた狂気の獰猛《どうもう》な輝きは、エマ達を戦慄《せんりつ》させる。兄の復讐《ふくしゅう》のために全てを駆けてきたエマでさえ、これほど濃密な憎しみを抱いた自覚は無い。エマは今、本当の憎悪というもの目の当《ま》たりにし、その恐ろしさに身を震わせていた。天才の孕《はら》んだ狂気と憎悪は、凡人の抱く恨みと憎しみを遥《はる》かに凌駕《りょうが》することを思い知っていた。

誰《だれ》もが言葉を失《な》くしている中、ラ・イールだけは痛みを堪《こら》えるように顔を歪《ゆが》めていた。なぜなら、アジャンクールを悪魔に換えたのは他《ほか》ではない自分だから。三十年前のあの日、祖国を押し潰《つぶ》さんとする外敵の脅威に抗《あらが》うためにアジャンクールを戦争へ引きずり込んだことを、今ほど後悔したことは無かった。

「……開発とリュシエンヌの治療に関しては、国防省が全力で支援しよう。だが、サピアに対

する お前の復讐《ふくしゅう》は確約できん。お前がどれだけサピア人に対する報復を望んでいても、我々は四次大戦を防ぐことを優先する」

ラ・イールが呻《うめ》くように言うと、

「好きにしろ。私はやりたいようにやるだけだ」

アジャンクールはラ・イールを解放し、せせら笑った。

悪魔が正直者を愚弄《ぐろう》するような邪悪な笑みを浮かべたアジャンクールは集中治療室に向かって歩き出す。その背中を見つめながらラ・イールは首回りを撫《な》でつつ補佐官に怒鳴《どな》った。

「すぐに戻るぞ、次官に連絡して緊急会議を開くよう伝えろ。最重要案件だと言え！」

慌てふためくラ・イール達を横目に、エマはぼんやりと小さくなっていくアジャンクールの背中を見つめる。

憎悪に身を焼く気狂《きぐる》い賢者が凄惨《せいさん》な選択を下す場に居合わせた若き戦闘機《せんとうき》乗りは、ただただその背中を見つめることしかできない。

●

夢の中で不安と安心が交互に訪れる。

惨《むご》たらしい光景と、温かな光景が順番に映され、恐怖と安堵《あんど》を味わわされた。

死者達の虚《うつ》ろな視線が、負傷達のおぞましい悲鳴が、血塗《ちまみ》れの声が、焼け焦げた手がアンナリーサを暗闇《くらやみ》に引きずりこもうと追ってくる。

死者達の怨嗟《えんさ》に、アンナリーサは泣きながら逃げ惑う。メリエルの柔らかな微笑《ほほえ》みを、クラウゼの優しげな微苦笑を求めて、不安と恐怖から逃れ、安心と安堵を掴《つか》むために、アンナリーサは足が千切《ちぎ》れそうになっても走り続ける。

夢の中でも。

現実でも。


真冬の切るような冷気を求めて、アンナリーサは激しく喘《あえ》ぐ。

ヴィルヘルミナ記念研究所の近くにある親衛隊の試験場には、駐屯《ちゅうとん》する兵士達のために運動場があったが、灰色の冬空の下に居るのはアンナリーサとメリエルだけだ。

頭に包帯を巻いたメリエルが見守る先で、ジャージを着こんだアンナリーサがひたすらトラックを回っている。動きを止めたら息絶えてしまう回遊魚のように、肺や足が限界の声を上げていても、強固な意志力で筋肉と臓器を奮い立たせて走り続けていた。脳内麻薬物質が脳漿《のうしょう》を満たすまで、結《ゆ》った白金色の髪を大きく揺らしながら延々と駆け続ける。

凄惨《せいさん》な世界同時多発テロから三日が過ぎていた。

国の内も外も大騒《おおさわ》ぎになっていたが、全《すべ》ての情報を遮断してアンナリーサは走っている。親衛隊が寄こしたカウンセラーを叩《たた》き返し、科学協会の療養休暇の勧めを蹴《け》り、ラムシュタイン本家の連絡を無視して、アンナリーサは走り続ける。逃げるように。

科学者としての冷徹な客観性によって、自分がPTSDに罹《かか》っている事を自覚していたが、博覧強記《はくらんきょうき》であるアンナリーサは精神的損害に対する根本的な対処は、時間をかけて自分なりの受け止め方を見出《みいだ》すか、薬漬けになるしかない事を知っていた。

どちらも願い下げだった。特にラムシュタイン本家などとは関《かか》わりたくもない。

問題に対して独力での解決を図る。

天才少女として生きてきたアンナリーサ・フォン・ラムシュタインゆえの陥穽《かんせい》だった。

絶えず好奇の目と評価に晒《さら》されてきたアンナリーサに、人の手を借りることは許されなかった。一度でも手を借りてしまえば、その若さゆえに、自身の努力を、本当は手助けした人間の成果ではないのか、という疑念を抱《いだ》かれ、邪推されてしまう。

だから、アンナリーサはここぞという時ほど孤高であろうとする。

家族同然のメリエルにも甘えこそすれ、アンナリーサは恃《たの》まない。

アンナリーサの陥穽を誤謬《ごびゅう》として指摘して蒙《もう》を啓《ひら》き、テロの際は文字通り飛んで駆けつけたクラウゼにも、メリエルに匹敵するほどの信頼を抱いていたが、やはり恃まない。

もっとも、如何《いか》に聡明とはいえ、十六歳の少女には限界がある。どんなに長く駆けたところで、心の奥底に宿った闇《やみ》からは逃げられない。心の最奥《さいおう》に刻まれた恐怖は埋め潰《つぶ》せない。

ランナーズ・ハイを迎える前に体が限界を迎え、アンナリーサは速度を落とさざるをえなかった。一度落ち始めた足の回転数はあっという間にゼロになり、最終的に運動場の地べたに腰を着けてしまう。

歩みを止めた瞬間《しゅんかん》に、堪《こら》え切れない疲労感に襲《おそ》われる。全身から噴き出している汗を吸った着衣が鉛のように重く感じた。息を整えようと深呼吸を繰り返すと、大きく収縮する肺につられて胃が震えた。空っぽの胃袋から胃液が這《は》い上がり、からからに渇《かわ》いた口の中にすっぱ苦い胃液が満ちる。アンナリーサは胃液を吐き捨て、喘息《ぜんそく》気味に空《から》えずきを繰り返す。

見守っていたメリエルが慌てて駆け寄り、アンナリーサの背中をさすり始める。

「大丈夫ですか、御嬢様《おじようさま》」

「だい、じょうぶ」

袖口《そでぐち》で口元を拭《ぬぐ》いながらアンナリーサは応じた。強烈な疲労感にその場に寝転がりたい誘惑に駆られるが、流石《さすが》に土の上に寝転がるのは止《や》めた。

「まだ体調が完全ではないのです。あまりご無理は」

メリエルが衷心《ちゆうしん》から具申したが、アンナリーサは首を振る。

「わたしは、大丈夫、メリエルこそ、まだ休んでていいのよ」

主《あるじ》の気遣いに、メリエルは真剣な眼差《まなざ》しで、

「私が至らぬせいで御嬢様を危険に晒《さら》してしまいました。二度とあのような失態は繰り返しません。我が身に代えても――」

「やめて！」

アンナリーサは金切り声を上げてメリエルにしがみつく。

「そういうのは、やめて。メリエルまでいなくなったら、わたし、本当に一人になっちゃう」

「……申し訳ありません、御嬢様。浅慮《せんりよ》でした。私は必ずお傍《そば》に居ります」

主《あるじ》の抱擁《ほうよう》と言葉にメリエルは身が震え出しそうな歓喜を抑えつつ、アンナリーサをそっと抱きしめ返して背中を摩《さす》りながら言った。

「そろそろ戻りましょう、お風邪を召してしまいます」

「……うん」

親衛隊のシャワー室で汗を流し着替えを済ませ、アンナリーサはメリエルと共にヴィルヘルミナ記念研究所の研究室へ戻った。

がちゃりとドアを開けると、

「――それなら、なおのこと……あ、お帰りなさい」

マグカップを手にしてソファ脇《わき》に立つクラウゼと、

「お帰りなさい。二人とも御加減の方は如何《いかが》？」

ソファに悠然と座っているイングリッドが迎えた。

「何しに来たの?」

眉《まゆ》をひそめながらアンナリーサは自分のデスクに向かっていく。

「心外ですわ。様子を見に来たのですよ。電話に出ない程、具合が悪いのかと思いましてね」

その背中にイングリッドが薄《うす》い苦笑を浮かべながら、じわりと毒を滲《にじ》ませた。

「……調子が悪いの。嫌みに付き合う気はないです、ヴィッツレーベン少佐」

アンナリーサがイングリッドを睨《にら》みつけた時、表から大きなクラクションが鳴り、アンナリーサは大袈裟《おおげさ》なほど身を震わせる。

その様子に、イングリッドは気の毒そうに眉をひそめ、すぐに冷笑の仮面をつけ直す。

「確かに調子が悪そうですね。過度の神経過敏と不安。典型的なPTSDの症状」

「ヴィッツレーベン様。大変失礼ですが、本日はお引き取り頂けませんでしょうか。御嬢様《おじょうさま》は体調が優《すぐ》れません」

先程からイングリッドの言葉と声音《こわね》、そして、脇《わき》に立つクラウゼの困り切った顔に不吉な物を嗅《か》ぎ取ったメリエルが脅威の排除に動くと、

「あら、ごめんなさい。そうね、じゃあ、さっさと用を済ませて退散しましょう」

イングリッドは悠揚に頷《うなず》き、微笑《ほほえ》みを消して、言った。

「開発に戻る気がないなら、さっさとそう言いなさい。戻る気があるなら、すぐに計画書を上

げなさい。実現可能なものを早急《さつきゅう》に。冥界《めいかい》の門が開くまで時間が無いの」

「？　何、それ……？　どういう意味？」

戸惑うアンナリーサに、イングリッドはふっと鼻で笑い、

「新聞も読んでないの？　この間のテロ以来、西方領域中が敵も分からないまま戦争寸前まで沸騰してる。各国の強硬派はテロの全責任をサピアに押しつけて正規軍を大規模投入するために工作してるわ。どこの国の国民も大多数がテロに対する懲罰《ちょうばつ》を求めているから、おそらく強硬派の主張は通って、数万人の若者が失敗国家の劣等人種《ウンターメンシュ》相手に血を流すことになる。たかがあれっぱかしの犠牲のために」

冷酷な軍人の顔と差別意識を覗《のぞ》かせ、口調から薄っぺらな敬意が消えた。が、アンナリーサにとって重要だったのは、最後の言葉。『あれっぱかしの犠牲《ぎせい》』その一言に血が沸騰した。

「何人死んだと思ってるのよ！　現場を見てきなさいよ！」

残響《ざんきょう》する叫びにも、イングリッドは冷笑を崩さない。

「あの惨劇がサピア中で起きるのよ。ラベンティアでテロなんてふざけた真似《まね》をされた以上、我が軍はサピアを徹底的に叩《たた》き潰《つぶ》す。見せしめに地方都市を一つ二つ、完全に抹殺する。男も女も老人も子供も殲滅《せんめつ》して建物は一つ残らず破壊する。最後に地均《じなら》しして地図から消滅させる。大袈裟に言ってるんじゃない。過去に何度もやったことよ」

事実だ。レヴェトリア皇国の過剰報復方針は『魔女王』ヴァランティーナ時代以来の伝統で、

第二次西方大戦で占領地総督が暗殺された時など、ある村は暗殺者を匿《かくま》ったという噂《うわさ》だけで、住人から家畜に飼い猫まで殺し尽くし、家屋から皿一枚に至るまで破壊し尽くし、ありとあらゆる痕跡《こんせき》を抹殺した。その場所は三十年経《た》った現在も、造成地のような更地《さらち》のままだ。

「狂ってる」

アンナリーサが吐き捨てると、イングリッドは冷笑を大きくして、

「まさしく。ああ、私は反対よ。バカげてるもの。でもどうやって止める？ 世界の大半が復《ふく》讐《しゅう》を望んでる。どこの国も首都を標的にされて完全に頭に血が昇ってる。貴女《あなた》も報復を求めてない？ 殺されかけたお返しがしたいと思ってない？」

「……私に何を作らせたいの？」

問いかけに顔を歪《ゆが》ませたアンナリーサが反問すると、

「強力な奴《やつ》」

イングリッドは簡潔に答え、言葉を足す。

「どんなものでも良い。頭に昇った血を一発で下げるような奴を、この冬が終わるまでに」

アンナリーサは思わず目を剝《む》いた。

「この冬って、あと二ケ月しかないじゃない！ そんなの無理よ！」

「少佐殿、いくらなんでも二ケ月は不可能です。試験段階に進むだけでも一月《ひとつき》はかかります」

クラウゼも体を屈《かが》めてイングリッドに耳打ちするように言った。その仕草が何となくアンナ

リーサには気に入らなかった。

イングリッドは足を組み替えながら、

「時間が無い」

クラウゼの進言を跳《は》ね退《の》けた。

「足並みが整うまでに、頭に血を昇らせたバカ共《ども》が冷静になるくらい衝撃《しょうげき》的な武器が要る。必要なものは何でも使っていい。あらゆる要請に応じられるようこちらも努力する。とにかく、決定打を作りなさい。それも早急《さっきゅう》に。他《ほか》に悲劇を回避する方法は無い」

「兵器で、人を殺すための道具で悲劇が回避できる訳ない」

「回避するのは我が国が直面する危機だけで良い。サピア人もヴェストニア人もゼラバニア人も勘定に入れる必要はない。むしろ、連中を叩《たた》き潰《つぶ》せるものがいいわね。そうすれば、国民の溜飲《りゅういん》も下げられる。問題をまとめて一掃できるわ」

せせら笑い、ふっと息を吐いてアンナリーサを真正面から見据えて問うた。

「さあ、どうする？　やるの？　やらないの？　今、ここで言いなさい」

「……やるわよ、やればいいんでしょう。作るわよ。だから、今すぐ、ここから、出てって！」

敵意を剝き出しにしたアンナリーサがびっと出口を指差す。

「はいはい。計画書は今週中に出して。それ以上は待てない。良いわね？」

　イングリッドはゆっくりと立ち上がると、イングリッドのデスク前に歩み寄り、

「あ、あと、これ。お見舞いの品」

　腰から拳銃《けんじゆう》を抜き、くるりと回して銃把《グリップ》を前にしてアンナリーサに差し出す。

　眼前に差し出されたのはプロシアの銃器メーカー、グローン社の新型自動拳銃。強化ポリマーフレームのため、玩具《おもちゃ》のような印象を受けるが、れっきとした殺傷兵器だ。

「そ、それ、な、なんのつもり」

　差し出された拳銃を凝視しながら動揺するアンナリーサに、イングリッドは涼しい顔で、

「グローン社の新型。弾《たま》は九ミリを十七発装塡できる。軽くて扱い易い。使い方は簡単。スライドを引いて――」

「やめて！　そんな物持ちたくない！」

「あら、武器を持つと安心できるのよ？」

「いらない！」

「……そう。まあ、欲しくなったらいつでも言いなさい」

　気の毒なほど怯《おび》えながら全身で拒絶するアンナリーサに、イングリッドは小さく息を吐いて、拳銃を再びくるりと回し、流れるように腰のホルスターへ戻す。

「気分が悪い。わたし、帰る」

　顔を真っ青にしたアンナリーサは吐くように呟《つぶや》き、そして、脱兎《だつと》の如《ごと》く駆けて部屋を飛び出

していった。「御嬢様《おじょうさま》！」とメリエルはイングリッドを睨《にら》みつけ、後を追って部屋を出て行く。

残ったクラウゼは嘆息を吐いて、イングリッドにジトついた目を向ける。

「やりすぎです。いくらなんでも追い込み過ぎでしょう。テロに遭《あ》ったばかりなんですから、少しくらい労《いたわ》ってあげましょうよ、人として」

「それは貴方《あなた》がしてあげれば良い」

イングリッドはしれっと応じる。

「怖い人だ」とクラウゼは呆《あき》れた。

長い付き合いであるクラウゼにはイングリッドの冷徹さがある種の計算の下に行われている事を見抜いていた。が、それでも今のやり取りはあんまりだろうとは思う。もっとも、思うだけで止めない。狐《きつね》は何手も先を読んで合理的な、ある意味冷酷な判断を下すものだ。

「それにしても……姉様が穏健派とは思いませんでした。てっきり強硬派かと」

クラウゼが空気を変えるべく言うと、イングリッドはくすりと笑う。

「特殊任務《ZbV》戦闘団に居た頃《ころ》なら、強硬派だったかもね。でも、今は穏健派」

「？　どういうことです？」

「戦争になっても今の部署じゃ出世の機会がないもの。私が出世できる部署にいる時でなきゃ戦争が起きても意味無いでしょう？　それに、今回は戦争をやるより止める方が得点は高いわ。あの子の仕事如何《いかん》によっては昇進に加えて、獅子《しし》十字章に柏葉《はくよう》が追加されるかもしれない」

イングリッドらしい考え方だった。

「……そんなことだから『鉄の意思を持つ女』なんて言われるんですよ」

「失礼なあだ名よね。せめて乙女って言って欲しいわ」

クラウゼが見せた毒舌をあっさりと嚥下《えんげ》し、イングリッドは片眼《かため》をぱちりと瞬《まばた》きさせて、

「後は貴方《あなた》が上手《うま》くやりなさい」

かつかつと軽快な足音を立てて部屋を出て行った。

一人残ったクラウゼは、「上手く、ねえ」と呟《つぶや》き、手にしていたマグカップを口元に運ぶ。

同じコーヒー豆を同じ道具で同じように淹《い》れたのに、メリエルが淹れたものほど美味《うま》くない。

「苦いな」

●

時間は平等だ。金持ちにも貧乏人にも時計の針は平等に進んでいく。

悩み惑う者のために時間は歩みを止めたりしない。そして、世界のあらゆる事象は時の流れに合わせて推移している。

レヴェトリア皇国はテロをサピア共和政府によるもの、と一方的に断じ、公式に『テロリストを絶滅する』と宣言した。宣戦布告に至らなかったのは高度な政治的判断によるものだが、

各国の耳には宣戦布告と同じに聞こえたし、事実、サピア共和政府は恐慌状態になった。

もっとも、勇ましいことを言ってはいたが、レヴェトリアはすぐには動けなかった。大規模な軍事活動はそう簡単には起こせない。弾薬の増産、医薬品の買い付け、燃料と資材の確保、予備役《よびえき》の召集……踏まねばならない段取りは腐るほどあった。おまけに、だ。大軍の運用を言い出されても予算には限りがある。「はい分かりましたすぐ行かせましょう」という訳にもいかず、かといって「仕返しするにはお金が足りないので赤字国債を出します」なんて懐《ふところ》事情を知られる訳にもいかず、財務省は困り果てていた。

また、頭を悩ませているのは行けと言われた軍も同様だった。

前大戦後、再編されたレヴェトリア国防軍の海外展開は航空戦力と特殊部隊の派遣が中心で、一個軍団相当の陸上戦力と付随する数万トンの物資を短期間で移送する能力を喪失していたからだ。分割して運ぶにしても、四週間から六週間、これも重装備を含まない数値で、実際には倍以上かかる見積もりが出ており、政府や政治家が要求する三ケ月でサピア全土を制圧するという計画は机上の段階で達成不可能だという結論に達している。

早い話、国民や政治家達がサピアに対して劇的な懲罰《ちょうばつ》を求めても、如何《いか》に議会が裁決を下す前から裏で準備を進めていたとしても、現実的問題として時間が必要だった。

もっとも、このおかげで実戦経験者として真っ先に再派遣される筈《はず》だったクラウゼ・シュナウファーのサピア送りが延ばされていたから、何がどう作用するか分からないものである。

ただ、時間は誰《だれ》にも平等だ。

レヴェトリアがまごついている間、各国、各方面も自分達のすべきことを着実に進めており、特にヴェストニア共和国南部の片田舎《かたいなか》、ジェヴォーダンにあるスクラップヤードに優秀な科学者と技術者、大量の最新機材と資材が搬入され、憎悪によって天賦《てんぷ》の才をさらに研《と》ぎ澄《す》ましたルイ・シャルル・ド・アジャンクールの兵器開発が爆発《ばくはつ》的進展を見せていた。

そしてテロから一月《ひとつき》後。それは、誕生した。


真冬でもサピアにはあまり雪が見られない。代わりに長雨がよく続き、肌に沁《し》み込むような寒気を呼び込んで、未明ともなると痛みを覚えるほどの冷気が大地を包んでいる。

そんな骨の髄《ずい》まで凍《い》てつかせるような中でも、人は戦うことを止《や》めない。

緊急指令を受けたアドラー軍団第八八夜間戦闘飛行隊《NJG》第二中隊隷下《れいか》『ノロ鹿《レーア》』隊のHe‐21Aが、アホみたいに強力なエンジンを最大までぶん回して戦場へかっ飛んでいく。

『またサピア野郎の尻拭《しりぬぐ》いかよ。あのテロをやった連中なのに』

『やったのは共和政府側の奴《やつ》だ。余計な事言ってないで仕事に集中しろ』

『ノロ鹿』のパイロット達は少しばかり荒れていた。

名目上、レヴェトリアが与《くみ》する反政府軍はテロとは無関係、とされていた。もちろんそんな証拠は無い。これは、そういうことにしておかねばならない『政治的事情』という奴だ。

加えて、大規模派兵の話が予算やら移送やらに手間取って結局春先にならねば来ないらしいと分かると、空軍総司令部《ＯＫＬ》は陸軍《ウサギ》が来るまでにカタを付けると言わんばかりの作戦計画を立てた。軍内部の勢力争いでアドラー軍団の人員は連日朝から晩まで大忙し、という訳だ。

他方、レヴェトリアが与する反政府軍に属するサピア人達は、そんな事情知ったことかと言うように、アドラー軍団を便利屋扱いしている。自分達の国を食い物にしている連中を自分達も利用してやろうという論理は真《まこと》に正論である。しかし、パイロット達のような末端の現場要員にしてみれば、ふざけた話だとしか思えない。今やレヴェトリア人にとって全サピア人が敵に等しいのだから。『皆まとめてやっつけちまえばいい』そう思っている者は、多い。

ただ、この日はいつもと少しばかり事情が違っていた。

『緑の霧《きり》』だけでなく、戦場に得体《えたい》のしれない強力な電子妨害が行われていて、Ｈｅ－21のレーダーがしょっちゅう瞬《まばた》きしている。こうなると信用できるのは赤外線捜索追尾装置《ＩＲＳＴ》だけだ。今日は雲が少なくＩＲＳＴは最大捜索距離で使用可能だが、これはこれでレヴェトリア夜間戦《せん》闘《とう》機隊が得意とする雲を利用した奇襲《きしゅう》と遊撃が難しい。

諸々の要素に不穏なものが滲《にじ》んでいる、そんな日だった。

レヴェトリア人達が『希望の光《ジルバー・シュトライプ》』と呼ぶ暁光《ぎょうこう》が地平線を照らす中、『ノロ鹿』隊が戦場となるＦＮ地区に差し掛かった時、ＩＲＳＴのスコープに光点が浮かぶ。

編隊長は考えた。雲はないがサピア名物『緑の霧』はいつも以上に濃厚だ。電子妨害と組み合わせて低高度から接近すれば、まず捕捉《ほそく》されないだろう。敵の戦闘機《せんとうき》はいつもと同じシュペルオラージュだろうし、アレの相手なら、中距離でミサイルを撃ち合うより格闘戦に持ち込み、機体の性能差でねじ伏せる方が安全だ。

かくして、『ノロ鹿』達は戦闘機乗り特有の勇敢さで目立つことも恐れず、エンジンノズルから美しい排気炎を噴き上げながら、敵に向かって全速で接近していった。

相変わらずレーダーは役立たずだが、ＩＲＳＴは敵を捕捉し続けている。僚機《りょうき》との連携で、三角測量によって敵機の詳細な位置情報が判明する。

──数は一六機。こちらの倍か。上を取られているが、やれないことはない。

編隊長は倍の数の敵を前にしても動じない。それは仲間達も同じだ。アドラー軍団に限らず、レヴェトリア軍では歴史的経験から数的優勢の敵と戦うことを前提に訓練している。二対一程度の戦力差は考慮に値《あたい》しない。

『神と女王陛下の御加護があらんことを！』と編隊長の号令を下に戦闘が始まる。

Ｈｅ－21の群れは、主翼に下げていた中距離ミサイルを二発切り離す。重量が二五〇キロもある大柄なミサイル達は一瞬《いっしゅん》、物理法則に従って自由落下運動を取るが、すぐに安定翼を展張し、ロケットモーターを点火させて、肉眼では見えぬ彼方《かなた》の獲物《えもの》めがけて疾走していく。

八機のＨｅ－21から放たれた十六発のミサイルが航跡を残して姿を消すと同時に『ノロ鹿』達のコックピットに警告音が鳴り響《ひび》く。

中距離ミサイルの射程はどこの国も似たようなもの。こちらが射程に捉《とら》えたということは敵の射程に入ったということに他《ほか》ならない。『ノロ鹿』達は弾《はじ》かれたように回避行動を取った。尻尾《しっぽ》のように伸びているテイルコーンから囮熱源《フレア》と欺瞞用金属塗膜片《チャフ》が盛大にばらまかれ、明け方の空にフレアが白煙を引きながら流れ星のように落ち、チャフがきらきらと雪のように流れ降る。そこへレーダー誘導式中距離ミサイルの群れが襲《おそ》いかかる。『緑の霧《きり》』の電子妨害効果も相成《あいな》って、全《すべ》てのミサイルが大地に向かってそのまま突き進んでいった。

ミサイルに吹き飛ばされずに済み、『ノロ鹿』達が胸を撫《な》で下ろしている中、編隊長がいち早く体勢を立て直し、自分の発射したミサイルが駆けて行った先に目を向ける。同じように向こうの空でもチャフとフレアが雪のように舞っていて、命中の爆発《ばくはつ》が確認できない。

対抗手段の発達によるミサイルの命中率低下を嘆きつつ、編隊長は仲間と共に敵へ向かって一気に上昇していく。上昇の負担に眉《まゆ》をひそめながら睨《にら》みつける先に、黒い斑点《はんてん》が浮かび上がった。考えることは同じらしい。相手もこちらに向かって突っ込んできていた。

総勢二二機の戦闘機が未明の空で交錯《こうさく》し、格闘戦の幕が開く。

機械仕掛けの猛禽《もうきん》達は即座に反転し、大昔のレシプロ機達がやったように相手の尻《しり》や背中、腹を狙《ねら》って複雑な機動を取り始めた。命を賭《か》けた舞踏会の始まりである。

『デルタ翼機。オラージュⅢかっ？』

敵機の姿を間近で見たパイロットが叫ぶ。脇《わき》を飛び抜けていった、ロケットに三角定規を貼《は》

りつけたような小型の戦闘機《せんとうき》はヴェストニアの古い戦闘機に似ていた。だが、

『違う、オラージュⅢより速い！　こいつら新型だ、オラージュⅢじゃない！』

別のパイロットが否定した。その通りだった。一世代前のオラージュⅢに良く似ているが、空気流入口の脇《わき》に小さな安定翼《ベントラルフィン》があり、主翼前縁部にはスラットが追加されている。なによりエンジン出力が桁《けた》違いに高く、低速域での機動性が鋭い。それらの高性能は明らかに旧世代機のものではなく、つまりはヴェストニア伝統のデルタ翼機の最新鋭モデルに他《ほか》ならない。

『あいつも、新型機だ！』

そこには見たこともない姿をした戦闘機が飛んでいた。

ブーメランのように湾曲した主翼と平べったい胴体の真ん中から尻尾《しっぽ》が一本伸びるその姿はエイか、蝙蝠《こうもり》を思わせる。全翼機と呼ばれるその形状を持った戦闘機が実戦に姿を見せたことは、歴史上例が無かった。

新型機と未知の敵、それでも『ノロ鹿』達は戦う以外の選択肢を選ばない。

曙光《しょこう》が夜闇《よやみ》を拭《ぬぐ》い去っていく中、猛禽《もうきん》達の舞踏会は続く。敵味方が混交しているにも拘《かかわ》らず、決して統制が崩れず、優雅に、華麗《かれい》に、獰猛《どうもう》に、勇敢に、食らいつくように、襲《おそ》いかかるように、殺意と恐怖と闘志と怯懦《きょうだ》を抱《いだ》いて延々と踊る。現代航空戦では滅多《めった》に見られない編隊同士の正面格闘戦。傍《はた》から見れば、それは見事なほど美しい。翼端から曳《ひ》かれる飛行機雲が描く幾何学《きかがく》模様、放たれるフレアやチャフの煌《きら》めき、ミサイルの流れ星に、曳光弾《えいこうだん》の雨。とってお

きは血を流すように炎を噴き出し、黒煙を上げながら落ちて行く猛禽達の姿。洗練された美貌《びぼう》が傷つけられ死んでいくその悲壮美は名だたる芸術家の筆でも再現できないだろう。死神《しにがみ》と戦乙女《いくさおとめ》だけが観賞することを許された舞踏が佳境に入った時――

ふっと地平線上から届く陽光が陰り、何事かと『ノロ鹿』の生き残り達が顔を上げ、

『なんだ、ありゃあ』

度肝《どぎも》を抜かれて感嘆の叫びを上げる。

昔から重爆撃機は空飛ぶ要塞《ようさい》と呼ばれてきたが、それは全長二二一メートル弱の大型戦闘機He－21が小鳥に見えるほどの巨大な図体《ずうたい》をしていて、まさに要塞と評す以外ない。

異常な巨体に加えて、その挙句《あげく》、

『高度三〇〇〇〇《ハンニ三〇〇》はあるぞ、あの図体でどうやって上がったんだ』

最新鋭戦闘機でさえ到達困難な高高度を泰然《たいぜん》と飛んでいる。

何もかもが常識の規格外にある存在を目の当《ま》たりにして、『ノロ鹿』のパイロット達が動揺しているうちに、護衛機《ごえいき》部隊が反転して高高度に上がって行く。

奇妙な行動だった。機体の総合性能差はHe－21に軍配が上がるが、格闘戦での優劣は機体の性能差だけでなくパイロットに負うところも大きい。その点において、ヴェストニアのパイロット達は、戦い慣れたアドラー軍団パイロットに引けを取らないほどの腕利《き》き揃《ぞろ》いで、実際、互角に戦っていた。その彼らがここで引く理由は見当たらない。

『ノロ鹿』達が不審感を抱き、追撃すべきか逡巡していると、遥か頭上を飛んでいた巨人機の腹がパカッと開いて、何か大きな塊《かたまり》を投下した。

『なんか落とした！』『何かヤバイ！　高度を取れ、退避しろ！　急げ！』

直観的に危険を嗅《か》ぎ取った『ノロ鹿』達は慌てて急上昇に入る。その判断の正否はすぐに分かることとなった。

巨人機が投下した全長約八メートル、直径約一・五メートル、重量約一〇トン強というとてつもなく巨大な爆弾《ばくだん》は、約四〇〇〇名の住民が暮らし、サピア反乱軍の歩兵大隊が陣地を構築している田舎《いなか》町に向かって落ちていった。

『天国までイッちまいな』と書かれた爆弾は、胴体と尻《しり》に付けられた誘導翼で町に向かって姿勢を制御しながら自由落下していき、街の中心部上空二〇メートルに達すると電気信号で信管を起爆させ、そして、数百万分の一秒後、歴史上かつてない力を放出した。

紫色の閃光《せんこう》が曙光《しょこう》を跳ね返し、夜闇《よやみ》の残滓《ざんし》を吹き払う。

頭の上で行われている騒々《そうぞう》しい戦いに、住民達は警戒どころか迷惑程度にしか受け止めておらず、駐屯《ちゅうとん》している兵士達も未明の空で行われている戦いを他人事のように眺めていた。そんな住人と兵士達を、巨大な力が丸呑《まるの》みにした。人間も建物も分け隔てなく爆圧と爆熱によって破壊され、焼かれ、薙《な》ぎ払われ、撒《ま》き餌《え》のように細かく砕かれながら大地にばら撒かれた。

紫色の閃光と共に発生した強烈な衝撃波《しょうげき》と上昇気流は、高度八〇〇〇メートルに退避していた『ノロ鹿』と護衛機《ごえいき》部隊はおろか、高度三〇〇〇〇メートルの高みにいた超大型機さえ激しく揺さぶった。

暴れる機体を安定させた戦闘機《せんとうき》乗り達が眼下に目を向け、息を呑む。

爆発で発生した上昇気流に巻き上げられた爆煙や粉塵《ふんじん》がキノコのように立ち昇っていた。

『神よ……』

清涼な夜明け生まれたあまりにも禍々《まがまが》しい光景に、死と破壊を見つめることに慣れた戦闘機乗りをして神に祈らずにはいられない。戦場を駆け、幾多の惨劇、悲劇、衝撃《しょうげき》的な光景を目にしてきた歴戦の戦闘機乗り達でさえ、こんな光景は見たことが無く、敵が近くにいることも忘れ、誰《だれ》もが言葉を失《な》くしながらただ見つめていた。

あまりに衝撃的な光景に全《すべ》てのパイロット達が放心状態に陥《おちい》っていた中、

「……美しい」

ただ一人、満足げにキノコ雲を睥睨《へいげい》して悦《えつ》に入《い》っている人間がいた。

高空に浮かぶ大型機に同乗していた一人の科学者が自らの成功に歓喜し、昂奮《こうふん》し、喝采《かっさい》を上げている。

「ふ、ふふ、ふはは、ふはははははははははははは！　やっぱり私は天才だな！」

自画自賛するルイ・シャルル・ド・アジャンクールの顔に後悔も恐怖もない。そこにあるのは純粋に成功に対する喜びだけ。狂気に侵された彼の心は懺悔《ざんげ》を求めない。

アジャンクールの高笑いが聞こえた訳ではないだろうが、パイロット達は放心状態からゆっくりと意識を戦場へ引き戻していった。互いに敵の存在を思い出し、戦闘《せんとう》を再開しようとするが、率先して敵に嚙《か》みつこうとせず、双方共に相手の出方を窺《うかが》うだけに留《とど》まる。

無理もない。筆舌に尽くし難い破壊に圧倒されて、両軍はそろって完全に戦意を失っていた。そのため、互いを牽制《けんせい》するようにキノコ雲の上を旋回《せんかい》し続け、巨人機と共にヴェストニア軍機の群れが去っていくと、そのまま戦闘はお開きとなった。

破壊され尽くした街で不幸にも生き延びた人々の苦悶《くもん》は、誰《だれ》にも聞こえない。

●

『まだ見つからないの?』

電話から伝わるイングリッドの声は不機嫌の極みだった。

だからやりすぎだって言ったんだ、とクラウゼは内心で思ったが、黙《だま》って何も言わなかった自分に言えることではないし、何より今そのことを指摘したら、殺されかねない。

「は、メリエルさんに伺った場所は一通り当たりましたが、まだ」

『小娘が、余計な事に才能を発揮して』

盛大な舌打ちが聞こえてくる。相当苛立《いらだ》っているようだ。

「親衛隊を動員すればすぐに見つかるかと思いますが、」

打開案を奏上するも、

『クラウゼ、私にガキのお守りもできない無能者の烙印《らくいん》を押したいの？』

「やはり私個人で速《すみ》やかに発見します」

機械音声の方がまだ温《ぬく》もりを感じられる声音《こわね》の返しに、あっさり取り下げる。

『なんとしても今日中に発見して明後日《あさって》までに計画書を出させなさい』

がちゃん！　と叩《たた》きつけるように電話が切られ、クラウゼは嘆息を吐く。

「やれやれ、言わんこっちゃない」

「ああ、御嬢様《おじょうさま》、いったいどこへ」

背後では、包帯の取れたメリエルが頭を抱えていた。もちろん、傷の後遺症ではない。アンナリーサ・フォン・ラムシュタインが三日前に失踪《しっそう》したからだ。

「落ち着いて下さい、メリエルさん」

「やはり警察に届けましょう！　御嬢様に何かあったら……ああああああああああああ」

メリエルはクラウゼの言うことに耳を貸すことなく煩悶《はんもん》し懊悩《おうのう》する。その心配ぶりは今にもストレスで髪を白くしそうな勢いだ。

クラウゼはメリエルを落ち着かせることを諦《あきら》め、天才少女の行き先を推測し始める。

「個人が持つ縄張り内に姿が無いとなると、統計学的に見た方が良いか。家出した子供が行く場所は、繁華街か家の物置が通り相場。前者はない。ドクトルは目立つ。後者は既《すで》に確認済み。なおかつ、対象は持ち合わせが少なく、自活能力に欠ける。となれば」

クラウゼが不精《ぶしょう》ヒゲの浮かび始めた顎先《あごさき》を撫《な》でながら、声に出して考えをまとめると、

「誘拐かも！」

メリエルが素晴らしい回答を叫んだ。初めて子供に家出された母親ならば満点の不安ぶりだが、クラウゼは無視して経験則と児童心理の法則に当てはめてぶつぶつと独《ひと》りごちて、

「悩める天才少女が行きそうな場所。ＰＴＳＤ。視点の切り替え……視点の切り替え、か」

窓際に近づいて外の様子に目を走らせる。

夕闇《ゆうやみ》の帳《とばり》が下りきって、ベルリヒンゲンの街には電気の灯《あか》りが灯っている。空から見れば星と同じように輝く美しい科学の灯火。

梟《ふくろう》並みに夜闇を見通すクラウゼの瞳《ひとみ》は、ベルリヒンゲンの街並みを舐《な》めるように観察し、そして、周囲から頭一つ抜け出している建築物を捕捉《ほそく》する。

学園都市ベルリヒンゲン最高の教育機関ベルリヒンゲン理工大学の時計塔。

「メリエルさん。ちょっと散歩してきます」

「へ？」

「……寒い」

アンナリーサは洟《はな》をすすった。

とはいえ、殆《ほとん》ど何も持たずに逃げ出した身となれば、多少の窮乏に耐えねばなるまい。三日間も同じ服を着続けることも、運動部用シャワー室のお湯がぬるいことも、購買部のサンドイッチとコーヒーが最低の代物《しろもの》であることも、大学の研究室から拝借した毛布がカビ臭いことも、そのカビ臭い毛布で硬い床に雑魚寝《ざこね》することも、我慢せざるをえない。

メリエルの手料理が食べたかった。ぱりっとした清潔なシーツに寝転がりたかった。東方式に湯船へ肩まで浸《つ》かって百まで数えたい。

帰りたい。家に帰りたい。

でも、帰ったら……

アンナリーサは洟をすする。


イングリッドが最後通牒《つうちょう》を突きつけたのは、三日前のことだった。

テロから一月《ひとつき》、アジャンクールの新型爆弾《ばくだん》がサピアの田舎《いなか》町を紫色の閃光《せんこう》と共に吹き飛ばしたあの日。爆弾の衝撃波《しょうげきは》は、全世界を震撼《しんかん》させていた。一部のマスコミや反戦運動家が市民を巻き込んだヴェストニアを始めとして、サピア内戦に関与している国々に対して非難やデモを行ったが、そんな暇人の戯言《ざれごと》に耳を貸した政府関係者は一人もいない。

サピア内戦の拡大阻止と第四次西方大戦を抑止する目的で投下された新型爆弾は望み通り

『鎮静剤《ちんせいざい》』として相当の効き目を上げた。実際、正規軍の大規模投入を進めていたレヴェトリア皇国は大軍を一発で屍《しかばね》の山に変えられてしまう可能性に二の足を踏んだ。もちろん、レヴェトリアは一度派遣すると言った以上、派遣せねば国家の面子《メンツ》に関《かか》わるからそう簡単には看板を降ろせない。が、派遣は大規模派遣から、アドラー軍団の増強へこっそり修正された。

この強烈な『鎮静剤《ちんせいざい》』の効果はレヴェトリア皇国だけに留《とど》まらない。

レヴェトリア同様に大規模派兵を検討していた国に再考を促し、慎重論が優勢を占めていた国でも情報収集活動の大幅な増強が図られた。他方、サピアでも大きな反応が湧《わ》き起こっていた。爆撃《ばくげき》によって反乱軍から共和政府、人民解放戦線へ寝返る市民が急増し、現地の外国軍がサボタージュやテロに悩まされ始めている。

そして、爆弾の衝撃波《しょうげきは》はアンナリーサにも届いた。

因果律が大きく舵《かじ》を切ったあの日まで、アンナリーサは全くと言っていいほど研究開発を行っていなかった。いや、建前《たてまえ》上はしていた。クラウゼが持ってくる余所《よそ》の研究開発、直接的な戦闘《せんとう》に用いられない、極めて副次的な研究開発には、たまに協力していたが、イングリッドが要求するような『強力な奴《やつ》』はとても作れなかった。

アイディアを思いつかなかった訳ではない。むしろ逆だ。テロ以降、アンナリーサの脳漿《のうしょう》はどす黒い感情に突き動かされるように数々の兵器案をアンナリーサに囁《ささや》いていた。複合装甲さえ食い殺す腐食性ガス。スプーン一杯で街一つを汚染し尽くす改造天然痘《てんねんとう》ウイルス。どんなところに隠れていようがお構いなしに焼き殺す拡散型燃料気化弾頭。クラスⅣのボディアーマーを貫通して体内で複雑に軌道を変えるライフル弾。

大量破壊から個人殺傷までありとあらゆる殺戮《さつりく》と破壊のアイディアと共に、アンナリーサの才能は囁き続けた。ラベンティアを思い出せ、アレをやった奴らに血の報いを味わわせろ。

吐いた。

意識が遠のくほど吐いた。暴力のアイディアが浮かぶ度《たび》、良心がアンナリーサの胃を蹴《け》り飛ばし、胃が空になって延々と吐き続けるアンナリーサに罵倒《ばとう》を浴びせる。貴様が味わった恐怖と苦痛は貴様のやったことに対する因果応報だ。薄汚《うすぎたな》い人殺しが。まだ殺し足りないのか。

アンナリーサはメリエルやクラウゼだけでなく、かつて対立した技術班までもが自分を守ってくれていたことを知っていた。彼らは自分達の力不足で開発計画が遅滞している、と報告していた。ドクトル・ラムシュタインに非は無い、処分は我々が受けるべきである、と。

泣いた。

彼らの優しさに対する感謝と己の矮小《わいしょう》さに、アンナリーサは泣いた。

だが、彼らの盾《たて》がアンナリーサを守れたのは、アジャンクールの爆弾が爆発する瞬間《しゅんかん》までだった。端麗《たんれい》な顔を人形のように無表情にしたイングリッドが研究室にやってくるまでだった。

クラウゼでさえ、抗弁できなかった。メリエルでさえ、口を挟《はさ》めなかった。あの日の獅子《しし》十字章現役最年少佩用《はいよう》者は、その勲章《くんしょう》を手にした『カハワルカの惨劇《キリング・フィールド》』に臨んだ時のように、不

気味なほど静かで、穏やかで、全《すべ》てを焼き尽くさんばかりの凶暴さに満ちながら、

「これが最後だ。今週中に新兵器開発計画を提出しろ。できないならドクトル・ルドルフの研究に協力させる。嫌《いや》なら修道院にでも逃げ込んで神様に世界平和を祈ってろ」

アンナリーサは、逃げた。


再び垂れてきた洟《はな》をすすり、アンナリーサは仕方なく空へ目を向ける。

ベルリヒンゲン理工大学の時計塔から見上げる夜空には星がぎっしりと敷《し》き詰められ、月が煌々《こうこう》と輝いていた。眼下には生活の灯火がやはりきらきらと輝いている。満天の星空に美しい夜景。抒情《じょじょう》的な光景は感傷的な気分を誘う。

もっとも、アンナリーサは星空を見れば宇宙の真理を解くために思索を始める。

宇宙の謎《なぞ》、世界の真理、それらを解き明かすために全ての才能を注いで、その成果は志を同じくする仲間と惜しみなく分かち合う。戦争と国家に嫁ぐ前の科学は赤ん坊のように純粋無垢《むく》で、崇高だった。だが、そんな理想的な時代を、科学は自ら手放し、二度と取り戻せなかった。

それは、アンナリーサ個人にも言えることで、そのことに気付き、洟が一際大きく垂れた。

何度目かになる洟をすすった時、

「こんばんは、ドクトル」

「!?」突然声を掛けられ、アンナリーサは鼻水を噴き出した。心臓が口から飛び出しそうなほ

ど驚きながら振り返る。

クラウゼが立っていた。いつ現れたのか、全く分からない。足音はおろか、気配さえ感じられなかった。その唐突な登場の仕方は狐《きつね》ではなく幽霊《ゆうれい》を思わせる。

濃灰色《のうかい》の制服と同じ色のコートを羽織《はお》り、舟形略帽《ふながたりやくぼう》を被《かぶ》ったクラウゼは周囲を見回して、

「良い場所ですね。夜景が綺麗《きれい》だ」

「ど、ど、ど、どうしてここが」

驚愕《きょうがく》のあまり腰が抜けかけているアンナリーサを一瞥《いちべつ》し、クラウゼは父親のように嘆いた。

「あーあ、年頃《としごろ》の娘がそんな薄汚《うすよご》れて。ちゃんとお風呂《ふろ》に入ってますか？」

「だ、大学のシャワー室を拝借してるからって……質問に答えなさいよ！」

「年の功です、ドクトル」

はぐらかす様《よう》に答えて、クラウゼはアンナリーサの傍らに立った。

「……連れ戻しに来たの？」

「ええ、まあ、職務としても、大人としても、知人としても、ドクトルを連れて帰らない訳にはいきませんよね」

警戒心たっぷりに顔を強張《こわば》らせたアンナリーサにクラウゼは韜晦《とうかい》気味に答え、懐《ふところ》から煙草《たばこ》を取り出して吸い始める。アンナリーサはじっとクラウゼの横顔を睨《にら》んでいたが、やがて口を開かないクラウゼから視線を外し、夜景を見つめた。

二人は黙《だま》って夜のベルリヒンゲンと星空を眺め続けた。

時折アンナリーサが洟《はな》をすする音だけが静寂にささやかな波を立てる。

クラウゼは半分以上灰になった煙草をコンクリートの床に捨て、踏み潰《つぶ》して消火すると、おもむろに口を開いた。

「ドクトル。視点を切り替えて何か見えましたか？」

「……………………………………………………………………見えない」

えらく間が空いてからアンナリーサはうつむき加減で蚊の羽音のような呟《つぶや》きを漏らす。

「それじゃ、もっと高い所から見ましょうか」

「………………………………………………………………………は？」

アンナリーサが顔を上げて真意を探るようにクラウゼの横顔を見つめる。

「何言ってんの？」

クラウゼは悪戯《いたずら》小僧のようにニッと笑い、「さ、それじゃ行きましょう」とアンナリーサの手を取って引き起こす様《よう》に立ち上がらせ、そのまま手を引っ張り、階段へ向かって歩き出す。

「ちょ、ちょっと」

普段のクラウゼからは想像もつかない言動と強引さに、アンナリーサは困惑しながら引きずられていく。拒絶することは容易《たやす》かった。しかし、握られた手から伝わるクラウゼの温《ぬく》もりは離し難いほどの引力を有しており、孤独を選んでいながら人との触れ合いにどこか飢えていたアンナリーサの本心がクラウゼの手を払えない。

そして、そんな場合ではないことは重々承知していたが、相手がクラウゼであっても、男性に手を握られて夜道を歩くというデートじみた行為にどこか浮《う》ついている自分も居た。

科学者特有の強烈な客観性と理性がそれらの事実を否応《いやおう》なく自覚させていて、アンナリーサは恥ずかしいやら情けないやらで、頬《ほお》が桜色に染まりっぱなしになっている。

工科大学から通りに出ると、クラウゼは公衆電話に寄ってどこかへ連絡した。

その口調からアンナリーサはイングリッドに連絡しているらしいことを察する。クラウゼ本人は気付いているか知らないが、イングリッドと接する時の彼の声は、どこか柔らかい。

何となく、面白くない。

波動関数についてすらすら説明できるアンナリーサだが、どうして面白くないと感じるのかについて、理論立った説明がつかない。

クラウゼが受話器を戻すと、アンナリーサは微《かす》かに険《けん》がこもった声を向ける。

「どこへ行く気なの?」

クラウゼは悪戯《いたずら》っぽく微笑《ほほえ》んで空を指した。

「星がもっと綺麗《きれい》に見えるところです」

クラウゼの言う『星がもっと綺麗に見えるところ』とは、高度五〇〇メートル上空だった。

イングリッドに頼んで用意してもらった小鳥のような親衛隊の初等練習機は、ベルリヒンゲン試験場から飛び立ち、街の上空を緩《ゆる》やかに旋回《せんかい》する。

眼下に輝く街の灯火《ともしび》は、頭上に浮かぶ星々と全く同じようにきらきらと輝いていた。天地の両方が星に包まれたような幻想的な光景を前にして、アンナリーサは感嘆を漏らした。

「……綺麗」

戦闘機《せんとうき》乗りにとって『良いことが一つもない』と言われる並列複座シートの右側に座って景色を眺めるアンナリーサは、防寒着を着せられてヘッドセットを着けており、その横顔はまだ表情に硬さが残るものの、初めて動物園に訪れた子供のように輝いている。

クラウゼは横目でアンナリーサの様子を窺《うかが》いながら、

「気に入って頂けたようで、幸いです」

「いつもこうやって女の人を口説いてるの？」

こまっしゃくれた返答に顔を引きつらせる。

「いつもこんなことしてたらクビがいくつあっても足りませんよ」

「そういえば飛行停止処分中だったね。大丈夫なの？」

「少佐にまた頭が上がらなくなりましたが……まあ、この辺りの低空をちんたら飛んでる分には問題ありませんよ。民間航路からも外れてますしね」

「ふうん」とアンナリーサは頷《うなず》き、もじもじと手を弄《いじ》りながら「どうしてこんなことしてくれるの？」

「空軍はアドラー軍団の増強に人員を召集しています。実戦経験者の私は間違いなく召集されるでしょう。最後に格式ばった挨拶《あいさつ》をするより良いかと思いましてね」

クラウゼに他意は無かったが、その言葉はアンナリーサの耳には兵器開発の催促と同義に聞こえた。情況を覆《くつがえ》すことができる何かを作り上げねば自分は戦場へ戻ることになる――そう聞こえた。

アンナリーサは裏切りにあったように顔を強張《こわば》らせ、

「私に仕事させるためにこんな回りくどいことしたのね」

抑制されてはいたものの激情の込められた声に、クラウゼは目をぱちくりさせる。つい数《すう》瞬《しゅん》前まで夜景に目を輝かせていたのに、今は激しい怒りに目をぎらつかせている。何がどうなってアンナリーサが激怒しているのか、微塵《みじん》も想像がつかない。ガキンチョだと思っていたが、そこはやはり女性。男には理解の及ばない情動を持っているのだろう、と大幅に自分の側に寄せた解釈をしたクラウゼはふっと一息吐いてから、

「少佐は怒《いか》り心頭《しんとう》、メリエルさんは卒倒寸前。ですが、私は……正直、どうでも良いです」

投げやり気味に言った。

「どうでも良いって、」

むっと眉根《まゆね》を寄せたアンナリーサに、

「ドクトルが今回の件から手を引きたいというなら止めません。それも良い。戦争協力なんてろくでもないことから足を洗って、純粋科学の研究に戻るのも悪いことではないでしょう。当分は雌伏《しふく》に耐えることになるでしょうが、ドクトルの才能とラムシュタイン家の力があれば、必ず再起できるはずです」

朴訥《ぼくとつ》な口調で語り、そして、尋ねた。

「もちろん、開発に戻りたいというなら、協力は惜しみませんが……どうしますか？」

アンナリーサは唇を尖《とが》らせつつクラウゼから目を背け、

「……シュナウファーさん達はやらせたいんでしょう。ならそう言えばいいでしょ。遠回しに気遣ってる振りなんて要らない。やれって言えば良いじゃない。研究室に引きずって行けば良いじゃない」

いじけた答えにクラウゼは深い、とても深い嘆息をゆっくりと吐き、短く刈り上げた襟足《えりあし》をがりがりと掻《か》き、

「よく聞け。小娘」

ぞっとするほど冷たい声に、アンナリーサは思わず反射的に顔を上げてクラウゼの顔を見た。

そこには初めて見る表情が浮かんでいた。見慣れた微苦笑も困惑もない。『化学剤』の開発で誤謬《ごびゅう》を指摘した時の、感情が抑制された顔つきとも違った。

「アンタはそうやって免罪符を得られればそれでいいんだろうが、こっちはアンタらが作った

ものに命を預けるんだ。どんなガラクタだろうが、役立たずだろうが、アンタらのことを信じて命を張るんだよ。アンタらの気まぐれに付き合ってたった一つしかない命を失《な》くすか、一生不具者として生きることになるんだよ。いい加減な気持ちでやるくらいならやめちまえ」

静かな罵倒《ばとう》を浴びせられたアンナリーサは身を竦《すく》めて小さく震え始める。

俯《うつむ》いて今にも泣き出しそうなアンナリーサに、クラウゼは今自分がしたことを恥じるように左手で顔を拭《ぬぐ》って、長く息を吐く。そして、いつものように落ち着いた声を掛けた。

「フラウ・ラムシュタイン。私は本心を言いました。貴女《あなた》も本心を言って下さい」

沈黙《ちんもく》の帳《とばり》が下りる。ターボプロップエンジンの唸《うな》り声だけがコックピットの中に響《ひび》く。

クラウゼは数万光年前の光を輝かせる星を眺めながら、アンナリーサの言葉を待った。

「……怖いの」

長い沈黙の末に、アンナリーサは口を開く。

「わたしが作るもので、大勢の人が死ぬのが怖いの」

吐露《とろ》から始まった言葉は、

「バカでしょう？　わたし、今頃《いまごろ》理解したの。自分がやったことがどれだけ恐ろしいことなのか、自分が死にかけてようやく理解したの。わたしは救いようのないバカよ」

懺悔《ざんげ》となり、

「ごめんなさい」

謝罪となった。

「やっと分かった。わたし、貴方《あなた》にとても酷《ひど》いことを聞いたのね」

ゼーロウ基地の演習場でクラウゼに言った言葉を思い出したアンナリーサは、大粒の涙で味気ない迷彩《めいさい》柄のアノラックに斑点《はんてん》を重ねていく。

「ごめんなさい。ごめんなさい。ごめんなさい。ごめんなさい。ごめんなさい……」

連ねられる謝罪。

アンナリーサ・フォン・ラムシュタインは人生最大の挫折にあった。両親が死んだ時ですら、彼女はここまで心から血を流さなかった。両親が死んで心が根元から折れそうになった時、アンナリーサを支えたのは学問だった。両親の死《し》に様《ざま》を忘れるため、両親を亡くした寂しさを忘れるために知識と教養を、文字通りゲロを吐くまで食い散らかした。

だが、今は。自分のアイデンティティーを支える膨大《ぼうだい》な知識で行った『罪』を知ってしまった今は。教科書を手にすることさえ恐ろしい。そして、アンナリーサは絶望と共に、自らへの失望も味わっている。自分がなりたいと憧《あこが》れていた東方の黒い魔女のようになることに完全無欠なまでの失敗を自覚していた。自分は東方の魔女のようにはなれないという事実を思い知っていた。無数の殺戮《さつりく》兵器を生みだし、数百万の死を引き起こし、その行為を『瑣末《さまつ》な出来事』と公《おおやけ》にのたまう倫理と道徳を超越した黒い魔女のようになるには、名門に生まれ一族の黒い羊と蔑《さげす》まれながらも余人の到達しえない境地へ辿《たど》り着いた東方の魔女のようになるには、自分の精神が、心胆が、覚悟が、あまりにも軽薄《けいはく》で矮小《わいしょう》だったという現実に袋《ふくろだた》叩きにされ、みじめな思いに沈められていた。

失意と悲観に捕らわれたアンナリーサ・フォン・ラムシュタインに出来ることは、ただただ涙をこぼし、謝り続けることだけだった。

「……良いんです。そのことを分かって頂けただけで、私には充分です」

クラウゼが詫《わ》び続けるアンナリーサにあやす様《よう》に言うと、

「辞めたいなら辞めたいで良いんです。誰《だれ》が何と言おうが、私が貴女《あなた》を足抜けさせます」

「ダメ。辞めるわけにはいかないの」

アンナリーサは語気を荒くして大きく首を横に振った。

「?」クラウゼが怪訝《けげん》そうに眉根《まゆね》を寄せる。

「十歳の時に両親が事故で死んで、わたしは本家に引き取られた。わたしの家、オスト・ラムシュタイン家の財産はわたしが成人するまで後見人の当主の管理下にあるの。だから、わたしは連中の意向に逆らう訳にはいかない」

袖口《そでぐち》で涙を拭《ぬぐ》ったアンナリーサの目には、後悔や悔恨や反省の代わりに鬱屈《うっくつ》とした昏《くら》い熱情が浮かび上がる。

「ラムシュタイン家が名家だなんてとんでもない。前の本家当主は女好きのクズだったわ。分かってるだけで腹違いの子供が一〇人。認知されてない子供が何人いるのか本家ですら把握《はあく》してないわ。まるでヴァランティーナ以前の皇室よ」

権力者は色を好む。レヴエトリア皇室は代々艶福家《えんぷくか》で、近親婚も多く、白金の髪と暗紅色《あんこうしょく》の瞳《ひとみ》はその弊害によって生じたと言われている。ちなみに、『魔女王』ヴァランティーナが父王から玉座を簒奪《さんだつ》した際、「獅子《レーヴェ》の血統に狗《いぬ》の血は要らぬ」と実妹のラベンティーナを除いて異母兄弟から親族まで殆《ほとん》ど粛清《しゅくせい》した。この粛清によって皇室の血統が激減し、神聖視が進んだ。

「現当主のジジイはわたしに目をかけてるけど、それはこの髪が理由」

髪の毛先を摘《つま》んで、アンナリーサは忌々《いまいま》しげに言った。

「髪？」

「皇室と同じ色ってことよ。皇室と姻戚《いんせき》にある大貴族はラムシュタインだけじゃないけど、例外なく皇室の特徴は現れない。優生学上、現れてもおかしくないけど皇室にしか現れない特徴なのよ。これがどういう意味か分かる？　自分達が皇室の血統に属しているという決定的な証拠であり、最高の勲章《くんしょう》なのよ。連中は金で買えないこういう栄光を何よりも欲しがるわ」

その理屈にはクラウゼも理解があった。

フォン・ヴィッツレーベン家の陪臣《ばいしん》であるクラウゼは旧貴族の名誉に対する貪欲《どんよく》さと高潔さに覚えがある。たとえばイングリッドだ。栄光を手に入れるためなら戦争さえ利用する。その一方で、部下や寵愛《ちょうあい》を注ぐ者を絶対に守る。クラウゼの軍歴が綺麗《きれい》なままなのは、ヴィッツレーベン家が手を回して守ってくれたからだ。

「都合のいいことに、わたしには才能があった。連中に富と名声をもたらす才能がね。連中にとってわたしが科学者としてどれだけ優《すぐ》れているかとか、サピアの内戦とかどうでもいいのよ。重要なのは、わたしという勲章が国家に貢献して活躍したという事実。本家が下《くだ》らないパーティで他《ほか》の業突《ごうつ》く張《ば》り共《ども》に自慢するネタのために、わたしが手を引くことはできない」

アンナリーサは憎々しげに歯を食いしばって吐き捨て、

「それに、わたし自身もこの戦争が必要だった。本家から独立して生きていくための力を得る最良の機会だった。ここで結果を出せば、親衛隊経由で皇室に接触できるかもしれない。いくら本家でも皇室には手が及ばないの。少なくとも手を及ぼす訳にはいかないから」

額《ひたい》に手を当ててどこか疲憊《ひはい》しきった顔を浮かべ、懊悩《おうのう》に満ちた嘆息を漏らす。

「でも、甘かった。わたしは分かってなかった。自分のやることの恐ろしさを。今は怖い。大勢の人が死ぬのが怖い。たくさんの人が悲しむのが怖い。でも……開発から手を引く訳にはいかない」

最後に、両手で顔を覆《おお》い、臨終間際の老婆のようなかすれた声で呟《つぶや》いた。

「もう、どうしていいのか、わからない」

か細くか弱かったが、それは、アンナリーサの心から噴き出た叫びであり、魂から洩《も》れた悲鳴であり、小さな魔女の仮面の下にある十六歳の、どこにでもいる女の子が吐き出した悲嘆だった。

その静かな慟哭《どうこく》に、クラウゼはこの少女の一面しか見ていなかったことを悟り、恥じた。

たしかに、アンナリーサ・フォン・ラムシュタインは人間として未熟で、戦争を腕試しの機会と見ていたかもしれない。自分のおかれた環境から脱却する絶好の機会が来たと思っていたのかもしれない。だが、そこへ至るまでの道のりは、決して気楽なものではなかったのだ。そして、今、良心の呵責《かしゃく》を抱《いだ》いたことでペシミズムの深淵《しんえん》に沈みつつある。アンナリーサは科学者として既《すで》に一線を越えており、如何《いか》に崇高な目的と高邁《こうまい》な大義を理由にしても、もう二度と『純粋』科学者には戻れない。

――どうすればいい？　どうすれば、この娘《こ》を虚無の沼から救い出せる？

数秒の沈思《ちんし》黙考《もっこう》の末、狐《きつね》と呼ばれる戦闘巧者《せんとうこうしゃ》は答えに達した。数学のように残酷なまでに明快な答えは、自分にはこの少女を虚無の沼から救うことはできない、という現実に達した。その途端、クラウゼの合理的感性と論理的判断が作用し、躊躇《ちゅうちょ》なく行動方針を決定する。

救い出せないなら、せめて溺《おぼ》れさせない。自分が彼女の下に身を沈め、彼女を溺れさせなければいい。直接この手で人を殺すことに無感動になった自分と、間接的な殺人を自覚して悔恨に苦しむ少女、どちらが人として救われるべきなのかはバカでも分かる。

今はこの少女が溺れなければいい。いずれ、誰《だれ》かが救いあげるかもしれない。自分で脱出できるかもしれない。その時まで、自分が足場になってやればいい。

他力本願な、ある意味卑《ひ》怯《きょう》な決断を下したクラウゼはおもむろに口を開き、

「……それで良いのです。ドクトル。人を殺して何も感じないのは映画に出てくるヒーローと猟奇《りょうき》殺人者だけですから」

ゆっくりと言葉を紡いでいく。

「私は空から多くのものを見ました。ヒトが知恵を持ったケダモノでしかない証拠を。人間という生き物がどれだけ機械的になれるかという事実を。それと……人類という種が高貴で素晴らしい性質を備えている事をね」

「高貴で素晴らしい性質？」

アンナリーサの視線を正面から受け止めて、

「人は人を殺せない、という事実です」

クラウゼは断言した。

「適切な条件付けと適切な環境を与えれば、どんな人間でも人を殺せるようになります。実際、私やヴィッツレーベン少佐は条件付けを施されています。そうでもしないと、人間は人間を殺すことができないんです。たとえ自分や仲間が殺されそうになっても、絶対に。これは観念で言っているんじゃありません。統計学的に証明された客観的事実です」

クラウゼの言葉は全《すべ》て真実だ。

戦場で戦闘《せんとう》状態におかれた全兵士のうち、実際に発砲している者はわずか一割。一摘《ひとつま》みに過ぎず、膨大な戦死者は機関銃と砲撃といった不特定多数に向けた攻撃によるものだった。

悪夢のような惨禍《さんか》をもたらした第二次西方大戦でこの事実が発覚して以来、各国の軍隊が戦闘に対し兵士達がより『熱心』になるよう金と時間と労力を注ぎこんだ結果、第三次大戦では戦争に慣れ切った西方領域諸国をして『自分達の庭先で戦争をするのはもうやめよう』と本気で考えるほど素晴らしい成果を達成した。

ただ、科学的に心まで改造され、『戦争機械』となった兵士達の中には『殺す』ことを拒絶する者が少なからず存在し、已のしたことに死ぬまで後悔し続ける者が大勢いた。

この哀れな者達を見た心理学者達は狂喜して言った。これこそが人間に『高貴な性質』が備わっている証拠に他《ほか》ならない、と。

「綺麗事《きれいごと》を連ねたお為《ため》ごかしに聞こえるかもしれませんが、私はこの『高貴な性質』を実際に見たんです」

アンナリーサと出会う前、地上前線航空管制官が全員食中毒でぶっ倒れたため、クラウゼは代行して降下猟兵《こうかりようへい》達と共に前線の村へ行くことになった。地上の前線任務に不安げなクラウゼに降下猟兵の一人が笑う「大丈夫、ちょっとしたピクニックですよ、少尉殿」。

ピクニックの行き先は、革命の熱気とも無縁で『昔からのことだから』という理由で王制を支持している朴訥《ぼくとつ》な人々が暮らす平和な村。なるほど、確かにピクニックだった。

訪れた時、村が巨大な屠殺《とさつ》場に変わっていなければ。

広場に男と女と老人と子供の屍《しかばね》が無造作に積み上げられ中途半端に焼かれていて、生焼けの魚状態。家屋の中では、強姦《ごうかん》された挙句《あげく》に殺された娘達が血溜《ちだ》まりに転がっており、その中には十にも届かない子供達も多かった。地獄だってここまで無法じゃないだろう。

若い降下猟兵達とクラウゼは、ぼろぼろ涙をこぼした。農民達に憐憫《れんびん》を抱《いだ》いたからではない。義憤と社会正義で交感神経がショートしたからだ。怒り狂ったからだ。

その時、村近くの森から銃声が響《ひび》いた。

それから、気がついた時には、降下猟兵《こうかりようへい》とクラウゼは村外れの森に居て、暴虐《ぼうぎやく》を行った人でなしのクズ共《ども》を制圧していた。民兵達はさしたる抵抗も見せずに降伏していたようだが、降伏など受け入れない。降下猟兵は泣き喚《わめ》いて許しを乞《こ》う民兵達を片っ端から処刑し始める。

クラウゼは処刑に参加しなかった。が、『ざまぁみやがれ』と止めもしない。

ただ、同時に、無様《ぶざま》なほど泣き喚いて命乞いする民兵達に同情を覚えていて、何より、引き金を引くのが怖かった。ミサイルや機関砲弾で空の兄弟を撃ち落とし、爆弾《ばくだん》やロケット弾で街を無辜《むこ》の民《たみ》ごと焼くことができても、目と鼻の先にいる人間を撃つのが怖くてできなかった。

逃げるように処刑の現場から離れ、クラウゼは民兵に撃たれた男の許《もと》に近づく。

民兵達の仲間らしい男が、なぜ撃たれたのか不思議に思い、肝臓の辺りを撃たれて虫の息の男に、どうして撃たれた？　とクラウゼが片言のサピア語で尋ねる。

男は息絶え絶えに、命令に従わなかったから撃たれた、と言った。

——罪の無い人間を撃つことも、女子供を犯すことも、どうしてもできなかった。そんなことできなかった。だから……撃たれた。

男の判断を銃後の人間は良心的、倫理的に考えて当然のことだと思うだろう。だが、集団免責と同輩の圧力が存在し、命令に対する絶対服従を要求される戦場で、命令を拒絶し不服従することは、死を招く行為なのだ。

事実、この男は自らの倫理と良心を選択する自由を得る代わりに命を落とした。

男は最期に告げた。愛する家族への伝言でも、己の生きざまに対する言葉でもなく、村に生き残りが居る、と。幼い子供達を隠した、と。子供達を助けて欲しい、と。

そう言い残して息を引き取った男に、クラウゼは女王へするように丁寧な敬礼をした後、降下猟兵を連れて即座に村へ取って返した。丹念に捜索すると、狭い隙間《すきま》に幼い子供達が隠れていた。決して多くは無かったが、それでも十数名の子供を保護《ほご》することができた。

神と女王に奇跡を感謝する降下猟兵もいたが、これは奇跡でも何でもない。一人の高潔な魂を持った男が、その命と引き換えに勝ち取った偉大な戦果だった。

もしクラウゼが聖職者だったなら、跪《ひざまず》いて神に死んだ男の崇高な行いを語り、人間がどれだけ高貴さを有しているかを声高《こわだか》に叫んだだろう。人間に備わっている最高の美徳がここに表れたことを心の底から讃《たた》えただろう。

クラウゼはヒトという生き物の醜悪《しゅうあく》さに失望し、人間という種族が持つ気高さに希望を抱いた。同時に、自分は同じ空の兄弟を殺し、街を焼くことに不満を抱きこそすれ、命令を拒絶しようなどと考えたことが一度も無いことを恥じた。

虚無感を抱《いだ》かずにはいられなかった。死んだ男の勇気に対して、彼が示した人間の高貴さに対して、自分や祖国がなんて矮小《わいしょう》なのだろうか、と。この日、クラウゼから元から熱意の欠片《かけら》もなかったサピアでの任務に対し、完全にやる気が失《う》せた。


「私には、彼のように誰《だれ》かを救うことも、彼のような高貴な行いもできません」

クラウゼは顔を大きく歪《ゆが》めながら、

「人間が持つ高貴な性質を目にしていながら、それに倣《なら》うことも続くこともできませんでした。多くの人間をこの手で殺してきたことを自覚しながら、貴女《あなた》のような強い悔恨を抱いたことも、良心の呵責《かしゃく》を覚えたこともありません。精々《せいぜい》その日の飯が不味《まず》くなっただけです。私には、何もできない。命令に背くことさえ。私にはただ人を殺すことしかできない」

血を吐くように言葉を続け、アンナリーサに顔を向けた。

「先程の、ドクトルの協力に対して無関心だという発言を撤回させていただきます。貴女は、今直面している苦難に背を向けるべきではない。貴女は、まだ、私とは違う。諦観《ていかん》に身を沈めるのは早い。ペシミズムの中に身を隠してしまうのは早すぎる。フラウ・ドクトル、アンナリーサ・フォン・ラムシュタイン。貴女にはまだ出来ることがある」

クラウゼの顔に罪の意識が浮かぶ。星と月の灯《あか》りが彼の罪悪感を大きく照らし出す。隠しようの無いほどに、隠すことなどできないように。

「ドクトル。私がサピアに行くのは時間の問題です。これは変わりません。ドクトルが開発してもしなくても。その上で聞いて下さい」

深呼吸の後、クラウゼは口を開いて、

「これから、大勢の人間が死にます。何千、何万と。それは貴女が参加してもしなくても、変わりません。私や私の戦友が戦場で引き金を引こうが引くまいが、関係なく大勢死ぬのです。であるならば、私はその犠牲《ぎせい》を最低限にとどめる努力を払いたい。多数のために少数を犠牲にする。吐き気を催す最悪の偽善でしょう。この言葉を吐く人間の多くは、この少数に自身も家族も加わらないのですから。しかし、私も私の戦友も違います。この偽善を実現するために、命をかけます。この手を汚します。憎まれ、恨まれ、殺されます。我々もまた、少数の犠牲になります」

深呼吸し、

「貴女にはどれだけ苦しくても立ち向かわねばならない理由がある。そして、科学者としての責任と重圧、罪を知りました。同時に、人間の持つ誇るべき高貴さも知った。今の貴女にしか作れない何かがある筈《はず》です」

最低の要求だ、と思いながら言った。

成功しても、戦争から軍事関係から足抜けできない。失敗すれば、さらなる絶望が待っている。得られる最良の対価はペシミズムからの脱却だけ。

「わたし……わたし……」

動揺するアンナリーサにクラウゼは最後の一押しを加える。

「我々が最高の偽善を為《な》すために、どうか、ドクトルのお力をお貸し下さい」

きっと俺は地獄の底で焼かれるだろう、いや焼かれるべきだ、と思いながらクラウゼは言い切った。本当の意味で、救いを誰《だれ》よりも求めているのは、この男なのかもしれない。

「わたしは……」

アンナリーサは顔を俯《うつむ》かせて身を縮めこんだ。

その小さな体をさらに小さくしようとする仕草に、クラウゼの心が罪悪感で軋《きし》んだ。沈黙《ちんもく》に耐えきれず、アンナリーサから目を背けるように空を見上げ、独《ひと》りごちた。

「綺麗《きれい》な夜空だ。こうして何も気にせずに夜空を見るのは久しぶりです」

隣から視線を感じながら、クラウゼは倦《う》んだ目つきで星々が煌《きら》めく空を見つめながら、

「夜間戦闘《せんとう》のコツは、月や星を見ないこと。夜の空は空間識失調《バーティゴ》に罹《かか》り易《やす》いので、計器の数値と敵に集中するんです。周囲の環境に意識を向けません。それに、狐《きつね》なんて言われてますが、実のところ、私は適性が無いパイロットでしてね。飛ぶ時は気が抜けなくて、景色なんて見てる余裕がないんですよ」

ぽつぽつと語り、ふと思い出したように言った。

「ああ、でも、思い出深い夜景もありますよ。サピアの低空を飛んでいた時、雲間が切れて月光が差しこんで、『緑の霧《アウロラ》』が輝いてカーテンみたいにゆらゆらと揺れてたんです。見たことは無いですが、オーロラってあんな感じなんでしょうね」

「オーロラ……」

クラウゼの話に、黙《だま》りこんでいたアンナリーサが不意に反応を返す。

「どうかされました？」

急に声を漏らしたアンナリーサにクラウゼは声をかけたが、全く反応しないことに訝《いぶか》る。

この時、アンナリーサの耳にクラウゼの声は届いていなかった。

なぜなら、その時、アンナリーサ・フォン・ラムシュタインという十六歳の少女のアイデンティティーを支え、そして、大きく揺らがせる原因となった知性が、彼女を機械的に思索へ駆り立てていた。

い、い、い、い、い、い、い、い、

見えてしまっていたから。

自分の心に巣くった虚無感も、汚泥《おでい》のように沈澱《ちんでん》している罪悪感も、クラウゼの言葉も、周囲の美しい夜景も、鼻から垂れて口に入りそうな鼻水も、何もかも意識の外に追いやって、脳内におぼろげに見えた『何か』を捉《つか》まえようとしていた。

過去の経験則から、アンナリーサにはこの『何か』の正体は分かっている。数学でも物理でも化学でも生物でも、この『何か』を捉《つか》まえて成果を上げてきた。その行為がさらなる後悔を引き起こすかもしれないと思っていても、『何か』を追いかけずにはいられない。息をするのも忘れて『何か』を捉《とら》えようと躍起になって焦点を探す。アルコール中毒者が酒を求め、麻薬中毒者がコカインを欲しがるように、アンナリーサの獰猛《どうもう》な知性が、科学者としての本能が、『何か』を捉えるべく狂ったように追いかける。

遠過ぎればぼやけて分からず、近過ぎれば精確《せいかく》に全体を計れない。見えそうで見えない『何か』にもどかしさで焦《じ》れてくるが、未成熟な精神と違い、高度に完成されたアンナリーサの知性は、焦点へ向かって確実に近づき――

『何か』をはっきりと捉えた。

その瞬間《しゅんかん》、視界が闇《やみ》に包まれ、雷光のように鮮烈な光が迸《ほとばし》る。その光筋には無数の数字と記号が綴られ、幾つもの図面や図案が画廊のように並んでいた。筋は絡み合うように螺旋《らせん》を描き、そして、螺旋の中を進んで辿《たど》り着《つ》いた先の光源に、全《すべ》ての答えがあった。

――見えた。見えた。見えた。見えた。見えた。見えた。見えた！　見えた

満足感と達成感と充実感と幸福感と充足感と快感が全身を突き抜ける。心の奥に巣食っていた虚無感が晴れ、悲観が払われ、恐怖心が崩れ去り、罪悪感が一掃され――

天才少女の瞳《ひとみ》に光が灯《とも》る。

その光は徐々に大きくなり、やがて瞳《ひとみ》から溢《あふ》れ、爪先《つまさき》から毛先まで駆け巡った。

激しくも温かい感覚に、アンナリーサの瞳が今までとは違う涙に濡《ぬ》れる。

自分を追い詰めた知性が、自分を苦しめた才能が、自分を救った知性が、自分を助けてくれた才能が、堪《たま》らないほど憎く、愛《いと》おしい。これがあれば、これさえあれば、自分は大丈夫。どんなに苦しくとも、どんなにつらくとも、立ち上がれる。

何度でも。

アンナリーサは目元を擦《こす》り、

——どいつもこいつも人の気も知らないで好き勝手言って。少数の犠牲《ぎせい》？　偽善？　第四次西方大戦？　サピアの焦土化？　上等よ、やってやろうじゃない！　恐れるもんですか。このわたしを誰《だれ》だと思ってるのよ。わたしはレヴエトリア科学界の、いえ、全人類の科学的発展を担《にな》う大天才なんだから！　称賛も批判も清濁併《せいだくあわ》せ呑《の》んで、燦然《さんぜん》と歴史に名前を刻んでやる。節穴の目を広げて見てなさいよ。全部まとめて、

「わたしが解決してやるわ！」

叫んだ。

「ちょ、ちょっと、突然、どうしたんですか」

唐突な叫び声に目を丸くしたクラウゼが尋ねるが、

「帰るわよ！　今すぐ！　ああ、じれったい！　そうだ、研究所の前に着陸させなさい！」

アンナリーサは今にも機体から飛び降りそうな勢いで迫るだけだった。

「無茶《むちゃ》言わないでください！　と、とにかく、すぐに引き返しますから、落ち着いて！」

「全速よ、全速でぶっ飛ばしなさい、シュナウファーッ！」

戸惑いきったクラウゼの隣で、アンナリーサは焦《じ》れに焦れてそわそわしていた。その整った顔いっぱいに活力溢れる笑みを浮かべている。

満天の星空の下、アンナリーサが手にしたブレイクスルーは、科学的ひらめきだけではない。彼女が小さな手に摑《つか》んだのは、これまで犯した罪の罰を受ける覚悟。これから犯す罪の咎《とが》を負う決意。屍山血河《しざんけつが》を踏み越え、憎悪と怨恨《えんこん》の大合唱の中を歩み、それでもなお、最善最良の道を探し続ける勇気だ。

無数の選択肢の中からアンナリーサは闘争《とうそう》の道を選び出した。科学から足を洗って新たな人生を始めるのではなく、良心の声に従って戦争協力への反対を表明するのではなく、あえて、ただひたすらに敵を倒すためだけの不毛な努力にその才能を注ぐ道を選んだ。人類の宿痾《しゅくあ》『戦争』に対し、正面から挑むために。

——こんなこと、他《ほか》の誰も出来っこない。そうよ、こんなこと、

「わたしにしかできない。わたしにだけできることよ」

呟《つぶや》きながら、アンナリーサはその端整な顔立ちによく似合う不敵な笑みを浮かべ、困惑顔のクラウゼを一瞥《いちべつ》する。

――サピアへなんて逃がさないんだから。わたしの本気を傍《そば》できっちり見せてやる。

「見てなさい、このわたしが本気になったらどれだけ凄《すご》いか見せてやるんだからっ！」

この瞬間《しゅんかん》、アンナリーサ・フォン・ラムシュタインは後世、世界史において決定的な役割を担《にな》う『レヴェトリアの白い魔女』として最初の一歩を踏み出した。

「ちょ、あぶない！　暴れないでください！」

世界のターニングポイントが動く瞬間に立ち会った狐《きつね》は、自分の行いの影響《えいきょう》など気付きもせず、ただただ困惑しながら一秒でも早く帰還しようと必死に操縦していた。

character file.02

クラウゼ・シュナウファー
Klauze Schnaufer
21歳

レヴェトリア空軍（夜戦専門）のエースパイロット。敵国にはフクロウの目を持った“狐”と恐れられるほどの腕の持ち主だが、本人はさっさと軍を辞めて学校の先生になりたいと願っている。

character file.03

イングリッド・フォン・ヴィッツレーベン
Ingrid von Witzleben

25歳

尚武の名門フォン・ヴィッツレーベン家の長女で後継ぎ。現在は親衛隊作戦部付参与。目的を絶対に遂行する強固な意志の持ち主で、『鉄の意志を持つ女』と呼ばれている。クラウゼにとっては頭があがらない存在。

character file.04

メリエル・マルティネ
Mariel Martinet

19歳

アンナリーサのメイド。幼いアンナリーサに救われて以来、彼女に絶対の忠誠を誓っており、近づく人間は何者であれ調査する。アンナリーサの理解者であり、支持者であり、保護者であり、友人であり、家族。

little witch & flying fox

第三章

——俺達の戦いは、博愛のために自然の猛威に
立ち向かうんじゃなくて、科学がもたらしたあらゆる
新兵器で命をおしゃかにする試みなんだ。

ルドルフ・シェーネルト
(ドイツ空軍夜間戦闘機隊のエース)

冬将軍の撤退と春の目覚めが間近に近づく中、ヴェストニアは少しばかり方針を転換した。

新型爆弾を四次大戦抑止だけでなく、サピア内戦の早期決着にも使う気になったらしい。

再び姿を見せた巨人機と護衛戦闘機《ごえいせんとうき》の群れがアドラー軍団の迎撃部隊を押しのけてサピア反乱軍兵一個連隊と戦略拠点を吹き飛ばし、方々《ほうぼう》の人間がそれぞれの事情で頭を抱《かか》えている間、小さな魔女は猛然と駆けていた。


ヴィルヘルミナ記念研究所では、アンナリーサの提出した開発計画が怒濤《どとう》の勢いで進められていた。計画承認以来、作業はフルタイムで行われており、技術班はもちろん、アンナリーサでさえ帰宅せず研究室に寝泊りしている。国防軍総司令部《OKW》がアンナリーサにぜひ相談にのって欲しい、と接触してきたのは、そんな多忙極まる状況真《ま》っ只中《ただなか》でのことだった。

本来なら、邪魔すんなタコ、と追い返していたところだが、国防軍総司令部《OKW》経済装備局長ほどの大物が直々《じきじき》に訪れたとなれば、そうはいかない。これは事態が急迫しており、国防軍が困り果てていることを告げるメッセージに他《ほか》ならなかった。

経済装備局長グスタフ・バイエルライン陸軍中将はイングリッドを伴ってアンナリーサを訪ね、丁寧かつ穏やかな口調で話した。

問題の爆弾《ばくだん》を積んだ敵巨人機は、戦闘機はおろか高空用対空ミサイルさえ到達困難な高度を飛んでいて、仮に到達しても大量の自衛手段によってミサイルが利かない。なんとか接近できたとしても強力な敵護衛機部隊に阻《はば》まれて手が出せない。あの巨人機を撃墜《げきつい》するために、フラウ・ドクトルのお知恵を拝借できないだろうか？

要約すると以上の話が終わった瞬間《しゅんかん》、

「わたしにお任せ下さい。その問題も含め、全《すべ》てを解決して差し上げましょう！」

アンナリーサは瞬時に得意げな笑みを浮かべて自信満々に叫んだ。言うまでもないことだが、その背後ではクラウゼが絶句し、メリエルが恍惚《こうこつ》としていた事も記しておく。

周囲の反応はともかくアンナリーサ本人の快活かつ自信溢《あふ》れる返事に、バイエルライン中将は満足し、全面的な協力と無条件の支援を約束して研究所を後にした。

こうして、アンナリーサはサピア内戦に勝利する決定打だけでなく、脅威の新兵器に対する対抗手段まで講じる事になったのだが、本人は極めて平然としていた。

「引き受けて本当に大丈夫ですか？」

クラウゼの問いかけに、アンナリーサはむっとしたように顔に険《けん》を差し、

「わたしのことが信じられないの？」

「ドクトルの能力に一片の疑いも抱《いだ》いておりません。ですが、開発の山場を迎えていますので、余計な負担は背負われるのは如何《いかが》かと。最後まで気を抜かず、開発だけに注力された方がよろしいのでは？」

クラウゼが釈明しつつ上申を口にするが、

「大丈夫よ。アレの開発はもうほぼ完成なんだし、例の対抗手段はアレの運用に合わせれば充分事足りるもの。一つの仕事で二つの成果を得られる。まさしく一石二鳥ね」

アンナリーサは得意満面の不敵な笑みを浮かべながら嘯《うそぶ》き、クラウゼの意見を一蹴《いっしゅう》する。

意見具申が空振りに終わったクラウゼは「この御《お》嬢様《じょうさま》が楽天的なのか、俺《おれ》が悲観的なのか」と内心でぼやきつつ、これ以上面倒事が起きないことを誰《だれ》かに祈った。

が、祈った先の相手はクラウゼの願いを受け入れる気はなかったらしい。

国防軍総司令部《OKW》の全面協力は伊達《だて》ではなかった。バイエルライン中将がアンナリーサの元を訪ねてから一週間と経《た》たずに、親衛隊お抱《かか》えの者だけでなく、国内中の研究機関や軍事企業から生《は》え抜《ぬ》きの科学者や技術者が引き抜かれ、最新機材が用意された。それだけではない。おまけに、アンナリーサのために政府が所有するベルリヒンゲン郊外の古い建物まで提供された。

今やレヴェトリア皇国一の軍事開発集団の居城となったこの建物は、かつて食品製造会社の研究所だったことから『キャンディ・ハウス』と名付けられた。

「ふっふっふ、これがわたしの城ね！」

『キャンディ・ハウス』の門前に立ったアンナリーサは御世辞《おせじ》にも綺麗《きれい》とは言い難いうらぶれた建物を見上げながら、不敵に微笑《ほほえ》もうとしたものの、喜びを抑えきれないらしく、新しい玩《おも》具《ちゃ》をプレゼントされた子供みたいに満面の笑みを浮かべる。

が、クラウゼは軍の異常ともいえる動きの速さに事の重大さを理解して顔を蒼《あお》くしていた。

「……これ、下手《へた》打ったら洒落《しやれ》にならないですよ……」

「クラウゼさんは心配性ね。なにも心配することなんてないわよ」

アンナリーサは上機嫌に言い放ったが、クラウゼはますます不安そうに顔をしかめる。一緒に空を飛んでから、アンナリーサはクラウゼを名字ではなく名前で呼ぶようになり、そのことで、メリエルの視線が非常に厳しい物が増えていたし、なにより、空軍筋から不穏な噂《うわさ》を聞いていたから。件《くだん》のデカブツを狩るのにアドラー軍団夜間戦闘隊が投入されるらしい、と。

不景気面のクラウゼに、アンナリーサは再びニコニコしながら快活に言った。

「大丈夫だってば。このわたしが全力を投入してるんだから！」

が。

その翌日、銀河系の隅まで届きそうな怒号が『キャンディ・ハウス』に響《ひび》き渡る。

「ど――――ゆ――――ことなのよ――――っ！」

空軍からクラウゼの召喚《しようかん》命令が届くと、アンナリーサは前日の上機嫌ぶりが嘘《うそ》だったかのように一転して激昂《げつこう》していた。白磁器のように白い肌をさくらんぼのように染め、青い瞳《ひとみ》をギラギラ輝かせながらアンナリーサはがなり続ける。

「わたし、何も聞いてないわよ！　誰《だれ》がそんなこと決めたのよ⁉」

沸騰し過ぎて気化しそうなアンナリーサに対し、クラウゼはどこまでも冷静だった。

「空軍です。一応、発令者は空軍総司令官イエショニク大将閣下とのことです」

空軍総司令官イエショニクは、迎撃したにも拘《かかわ》らず巨人機の爆撃《ばくげき》を二度も許したことに大怒りで、巨人機撃墜《げきつい》は今やレヴエトリア空軍《ルフトヴァッフェ》の威信を賭《か》けた壮大な戦いとなっていたのだ。

「何で空軍総司令官がクラウゼさんの人事に口を出すのよ！　貴方は親衛隊に出向して、私の所に派遣されてるんだから、クラウゼさんの人事権はわたしにあるのに！」

「……いや、その理屈はおかしいでしょ。ドクトルに私の人事権はないですよ」

「うっさい！　すぐに断りなさい！　そんなの絶対認めないんだからね！」

血圧をガンガン上げるアンナリーサに、クラウゼは肩をすくめて小さく嘆息を吐き、駄々《だだ》っ子をあやす様《よう》に言った。

「無茶《むちゃ》言わないで下さい。こればかりはドクトルの希望もラムシュタイン家の威光も通じません。軍の面子《メンツ》に関《かか》わっている話ですから。それに、以前申しあげたでしょう。私が向こうへ行くのは決定事項でした。遅かれ早かれ行くことになっていましたよ。むしろ、遅すぎたくらいです。テロがあってすぐに呼び戻されていてもおかしくなかったんですから。そういう意味では、軍の配慮に感謝すべきです」

涼しい顔を浮かべながら、少なくともアンナリーサにはそう見える顔つきで、クラウゼは段ボール箱に淡々と私物を詰めていく。

「ぬぬぬ」クラウゼの落ち着いた態度にアンナリーサの怒りと不満が一層掻《か》きたてられる。面白くない。実に面白くない。百歩譲《ゆず》って命令に従ってクラウゼがここを去るのは仕方ないと受け入れても、そのことに悔いを見せないクラウゼの態度に我慢ならない。

裏切られた、そんな錯覚さえ覚えそうになり、その怒りは別の方向へも向けられた。

「だいたいこのヴェストニア女はなんなのよ！　どういうことなの！　説明しろ、シュナウファーッ！」

召喚状《しょうかんじょう》に付随していた資料から、飛行服を着た若いヴェストニア人女性が写っている写真を引っぺがして突きつけるアンナリーサに、クラウゼは鼻息をつき、さほど多くもない私物の整理を済ませて段ボール箱に蓋《ふた》をすると、

「どうして呼び捨てにするほどお怒りなのか、さっぱり分かりませんが」

前置きしてからぽつりと呟《つぶや》く。

「その女性は私に復讐《ふくしゅう》したいそうです」

「復讐……？」アンナリーサはいったん怒りの矛《ほこ》を収めて小首を傾《かし》げ、数秒ほどなにやら考え込み、ボッと顔を真《ま》っ赤《か》にして「お前、このヴェストニア女に何したんだーっ！」

言葉遣いもさることながら、十六歳のオボコ娘がどんな想像をして顔を真っ赤にしたのか、クラウゼは少し考えて鬱《うつ》になった。

「説明しろ、説明！」

今にも摑《つか》みかかってきそうなアンナリーサに、クラウゼは半ば呆《あき》れつつ机に腰を預けて、

「そのヴェストニア人女性は私が殺した人間の身内だとか。資料によると、私を殺すために巨人機の爆撃誘導機《ツエレモニン・マイスター》のパイロットとして前線まで出てきたそうです」

淡白に語り、写真を見つめながらどこか自嘲《じちょうてき》的に弱々しく笑う。

「しかしまあ……私を殺したがっている人間はこの女性だけに限らないでしょうが、ここまで強く怨《うら》まれるのは、なかなか堪《こた》えますね」

クラウゼの告白に、アンナリーサはビンタされたように大人しくなった。そして、いつも通りの理知的な顔つきに戻り、空のように青い瞳《ひとみ》に憂《うれ》いと憐憫《れんびん》を込めて、

「そんな……だって、それは任務だったんだし、命令された事なんだから、仕方ないじゃない。クラウゼさんが悪いわけじゃ——」

「こういうのは理屈じゃないんですよ」

気遣いに対し、クラウゼは首を横に振った。

軍隊は罪悪感が分散されるよう緻密《ちみつ》に構成されている。兵は人を殺したという罪悪感を『命令』や『任務』に押しつけて正当化し、指揮官は自身の手を汚していないという心の平安を得る。しかし、そうした軍のシステムが身内や仲間を奪われた人間に通じるかと言えば、そんな訳はない。苦しみの極みを味わわせて嬲《なぶ》り殺しにしたいと願うのが普通である。クラウゼだって、仲間が戦死したり、レヴェトリア方に与《くみ》して惨殺されたサピア人の話を聞けば、仇《かたき》をとってやりたい、敵方を皆殺しにしてやりたいと思うことがある。

クラウゼの言いたいことは、アンナリーサにも分かる。テロに遭《あ》って以来、心の中に死に直面した恐怖と良心の呵責《かしゃく》に、サピア人への憎悪が混じっている事を自覚していた。あのテロを起こした人間とは無関係である大多数のサピア人達にも怒《いか》りと恨みを禁じ得ない。

「……どうする気なの？」

「受けて立ちますよ」

微塵《みじん》の逡巡《しゅんじゅん》もなくあっさりと答え、クラウゼはにやっと口元を酷薄《こくはく》に歪《ゆが》める。

「若い女性からのお誘いですからね、袖《そで》にしてはもったいない」

「ぜんっぜん笑えない」

アンナリーサにブラックジョークを一蹴《いっしゅう》されたクラウゼは微苦笑を浮かべ、

「まあ、そういう訳ですので、急で申し訳ありませんが、今日でお暇《いとま》させて頂きます。最後まで御一緒できなかったのは残念ですが……半年間御世話になりました」

すっと真顔《まがお》に戻り、姿勢を正して踵《かかと》を打ち鳴らして敬礼した。

「ドクトル、最後まで頑張って下さいね」

軍人の礼を払った後、クラウゼは親しげに微笑《ほほえ》み、右手を差し出して握手を求める。

だが、アンナリーサは応じなかった。許容しかねる現実を無理やり受け入れさせられた子供のように唇を尖《とが》らせ、ぶすっとした顔をクラウゼから背けた。

握り返されない右手を下げ、クラウゼは寂しげに表情を緩《ゆる》める。そして、私物を詰めた段ボール箱を持って『キャンディ・ハウス』のオフィスを出ていった。

部屋に残されたアンナリーサは大きく深呼吸し——

思い切りクラウゼの机を蹴《け》った。

「……逃がさないんだから」

●

決して良い形の別れではなかったが、これも人生。縁があればまた会う機会もあろう。

サピアに送り戻されたクラウゼはそんな風に思いながら、二週間ほど空の兄弟を殺し、無辜《むこ》の民《たみ》が暮らす街を焼く日々に没頭していた。

さて、空軍総司令官イエショニクの発破《はっぱ》を受けた空軍参謀本部は不眠不休で知恵を絞って、巨人機を狩るための作戦『ヘルメス』を練り上げた。この作戦名は巨人機に『アルグス』という目標コードを与えていたためで、賢者ヘルメスが百眼巨人アルグスを暗殺したという交叉《こうさ》領域の古代神話にちなんでいる。レヴェトリア軍はこういったケレン味が好みらしく、昔から作戦名や要塞《ようさい》などに神話絡みの名前をつけたがる。現場の兵士達が空想癖の中学生みたいなセンスに辟易《へきえき》しているのは公然の秘密だ。

空軍が『ヘルメス』のために選抜した人間は十三名。その中にはクラウゼも居り、全員がアドラー軍団夜間戦闘《せんとう》隊で練度と経験に不足のない古株揃《ぞろ》いながら、皆一様に若く最年長者でも三十に届かない。しかし、クラウゼを含む全員が『殺し』に慣れた戦闘巧者《エクスパルテン》だった。

掻《か》き集められたパイロット達は戦闘任務から外され、過酷な訓練に放り込まれた。そして、この作戦に際し、前線航空管制指揮を命じられていたクラウゼには、任務用に新型機が与えられた。拝領された日はたまたま誕生日で、「二十二歳の誕生日おめでとうございます、中尉殿。リボンも付けておけばよかったですかな？」と整備兵の曹長《そうちょう》に言われ、仲間達から麦酒《ビール》をぶっかけられた。

クラウゼにとって新型機は嬉《うれ》しいプレゼントだったが、気がかりがあった。与えられた新型機はHe－21の新装機で縦列複座《タンデム》仕様だった。複座仕様の点は良い。複雑化の一途である電子管制や火器管制を後席の人間が担《にな》ってくれるから操縦と任務に集中できる。新装機という点にも文句はない。複座ということで多少動きは重いが、首の付け根に追加された先尾翼《びよく》と二次元推力偏向ノズルのおかげで機動が飛躍的に高まって、よりイメージに合わせて飛べる。

問題は、肝心の後席に座る奴《やつ》が来なかったことだ。

「あの、私の相方は？」

「……ああ、なんかちょっと人事の方でごたついて遅れてるらしい。とりあえず、お前だけで飛んで、機体の癖に慣れておけ」

クラウゼの問いかけに、上官の口は重かった。

「?」クラウゼは怪訝《けげん》を抱《いだ》きつつも、訓練に集中した。

そして、訓練の最終日。

訓練飛行を終えたパイロット達は特別ブリーフィングルームに集められた。『アルグス』と戦う前に、作戦内容を確認するためだった。

クラウゼが特別ブリーフィングルームのドアを開けると、

「御機嫌よう。二週間ぶりね、クラウゼさん。あと誕生日おめでとう」

アンナリーサ・フォン・ラムシュタインが、お祝いの気持ちが一ミクロンも含まれていない冷ややかな賛辞を口にしてクラウゼを迎えた。

クラウゼはふっとダンディズム溢《あふ》れる微笑を浮かべ、無言のままドアを閉じようとする。

「ちょっと、久しぶりに会ったのに、何なのその態度は!」

眉目《びもく》を釣り上げたアンナリーサに腕を引っ摑《つか》まれたクラウゼは目を背けながら、

「人違いです、人違いです」

と繰り返して逃げようとする。

なぜか。

周囲の戦友達が何とも言えない目つきで、クラウゼとアンナリーサを交互に見つめていたからだ。この瞬間《しゅんかん》から、クラウゼにロリコン疑惑が湧《わ》き上がったのは言うまでもない。

嫌《いや》な予感は大当たりだった。そして、これで終わりではなかった。

特別ブリーフィングルームにパイロット達が揃《そろ》い、『ヘルメス作戦』の総指揮を取る大佐が短い薫陶《くんとう》を行った後、参謀の中佐による作戦概要の説明が始まったが、皆の関心は参謀達の隣に座る白金色の髪をした学生服姿の美少女と、部屋の隅にいる美少女のお付き《メ》《エ》《リ》《ル》だった。

実際、長々と続いた作戦概要を真面目《まじめ》に聞いていた者は殆《ほとん》どいない。

まだ十六だってよ。何だと？　うらやまけしからん。あっちの巨乳の方が良いだろ常識で考えて。といった内容を授業中の高校生のようにひそひそと話していた。その脇《わき》でクラウゼはむすっと仏頂面《ぶっちょうづら》を浮かべて黙《だま》っていたが、気にするような奴《やつ》は一人もいやしない。

「――ということで、作戦はシュナウファー中尉の統制の下、各隊指揮官の判断で戦闘《せんとう》を行う。以上が本作戦、『ヘルメス作戦』の簡単な概要だが……ちゃんと聞いてたか、お前ら」

中佐が問題児ばかり受け持たされた教師と同じような苦労顔を浮かべて言うと、

「質問しても良いでしょうか？」

真面目に聞いていた数少ない人間である少尉が手を上げる。中佐は大佐に目を向け、大佐が首肯すると、中佐は少尉に頷《うなず》いた。

「『アルグス』を撃墜《げきつい》した際、新型爆弾《ばくだん》が誘爆する可能性はないんですか？」

少尉の質問に、

「絶対とは申し上げられませんが、九九パーセントないと断言できます」

それまで黙《だま》っていたアンナリーサが口を開いた。

「情報総局の情報と、軍の調査報告書から判断する限り、例の新型爆弾《ばくだん》は電子励起《れいき》爆弾でしょう。この爆弾は確かに強力です。ですが、非常に不安定なのです」

「不安定なのに、大丈夫なんですか？」

少尉のさらなる質問に、アンナリーサは首肯《しゅこう》して立ち上がると、正面の黒板に近づき、チョークを手にしてがりがりと図を描き始める。

「電子励起爆弾は従来の爆薬とは完全な別物です。現在の主要な爆薬は分子構造的に説明すると、一つの分子に窒素《ちっそ》を詰め込むだけ詰め込んだものですが、電子励起爆薬は高エネルギー状態に励起した分子を準安定化させて――」

最初の三分程は、パイロット達も真面目《まじめ》に聞いていた。しかし、三分を過ぎた辺りから、アンナリーサの話が難解すぎて付いていけず、隅にいたお付きの女性《メリエル》同様に講義するアンナリーサの姿を鑑賞《かんしょう》することを決め込み、五分を過ぎた辺りには、半分死にかけていた。

無理もない。

パイロットとして専門的な航空力学や高等物理を学んでいるとはいえ、彼らの平均的な学術的教養は高校生程度なのだ。そこへ量子力学も絡んだ電子物理を説明されても、呪文《じゅもん》にしか聞こえない。大佐も難しい顔をして熟考しているように見えるが、実際は半分寝ている。

「――というわけで、兵器として実現するには、分子を安定させる高度な電子機材と、反応する瞬間《しゅんかん》や時間の算出するための天文学的計算が必要になります。しかし、情報総局の情報によれば、『アルグス』には科学者が同乗し、投下直前に信管の起爆設定を行ったとあります。これは機械制御ではなく、人的制御によって爆発していることの証明です」

不真面目な聴衆を気にすることなく、楽しげに語っていたアンナリーサはチョークを置いて、十五分にわたって続いた講義をまとめる。

「つまり、この爆弾は投下される直前まで、単なる精密機械の塊《かたまり》でしかないのです」

ブリーフィングルームに安堵《あんど》の息が広がった。中佐はだれきった空気を変えるべく、こほんとわざとらしく咳《せき》をした。大佐がびくりと体を震わせて目を覚ます。

「あー。恐れることは何もないということだ。古来より人間は自分達よりはるかに強く、はるかに速い獣《けもの》を倒し、捕らえてきた。知恵と勇気を持って挑めば、どんな敵も恐れるに足りん」

中佐が実に分かり易《やす》い訓告でブリーフィングは締められ、パイロット達がぞろぞろと部屋を出ていく。

クラウゼも出て行こうとしたが、中佐に居残りを命じられた。パイロット達が掃け、クラウゼと中佐、そしてアンナリーサとメリエルだけが部屋に残る。

嫌《いや》な予感が肥大化し、頭の中で警告音が鳴っていたクラウゼは警戒心をあらわにしつつ、中佐から話を聞いた。

「シュナウファー中尉、君の後席にはフラウ・ドクトル、ラムシュタインが搭乗《とうじょう》される」

「えっ？」

予感は的中、されど想像以上に埒外《らちがい》の内容にクラウゼが目を丸くするが、中佐は無視して話を続ける。

「君にも分かっていると思うが、フラウ・ドクトルは我が国にとって不可欠な人材だ。その身に代えても無事に連れ帰るのだ」

「は、いや、その、中佐殿」

クラウゼが酸欠の魚みたいに口をぱくぱくさせると、中佐は気の毒そうに眼《め》を細め、

「君の言いたいことは、まあ、何となく分かる。ただでさえ君は前線航空管制指揮を負って戦うのだからな。しかし、だ。なんとか頑張れ。全身全霊を注ぎ、任務を完遂しろ」

最終的には無責任に突き放し、クラウゼの肩をポンと叩《たた》いて部屋を出ていった。

「……ンな無茶《むちゃ》な」

確かに無茶だった。軍の威信を賭《か》けた戦いをやらされる上に、素人《しろうと》の少女（しかし国家の重要人物）を後ろに乗せろというのは、任務の難易度が上がり過ぎだった。次から次へと発生する不条理と無茶に啞然《あぜん》としつつも、クラウゼは誕生日に都合よく最新鋭機が与えられたことや、複座仕様にも拘《かかわ》らず後席搭乗員がいつまで経《た》っても来なかったことの理由に察しがついて、鼻を鳴らした。

——とんでもない御嬢様《おじょうさま》だな、全く。

しかめ面《づら》に変わり始めたクラウゼの脇《わき》で、メリエルもポカーンと口を開けて放心していた。どうやらこの件は聞いていなかったらしい。

我に返ったメリエルはアンナリーサに縋《すが》りつき、

「どういうことですか　私は何も伺ってませんよ！　なぜ御嬢様が戦場に赴《おもむ》かれるのですか！　危険過ぎます、お止《や》め下さい！　後生《ごしょう》ですからどうかお考え直し下さい、御嬢様」

クラウゼが言いたいことを全部言った。

台詞《せりふ》を奪われたクラウゼは綺麗《きれい》に刈り上げられた襟足《えりあし》を一掻《か》きし、ジトッとした目でアンナリーサを見据える。

「……何を企《たくら》んでらっしゃるんですか？」

「失礼ね。何も企んでないわよ。わたししか扱えないシステムなんだから仕方ないでしょ」

アンナリーサはぷいっとそっぽを向くが、クラウゼは脱税の証拠を探す税務調査官のようにしつこく追及する。

「本当ですか？　ほ、ん、と、う、で、す、か？」

「うっさい、もう決まったことなんだからごちゃごちゃ言うな！　シュナウファアーッ！」

追及に対し、容疑者アンナリーサはテーブルをひっくり返すような勢いで怒鳴《どな》り散らした。

俗世間で言うところの『逆ギレ』だった。

が、臍《へそ》を曲げたオッサン達に比べたら可愛《かわい》いもので、クラウゼはたじろぐどころか、疑いを確信に変え、さらに追及する。

「あ、怒ってごまかそうとしてますね？　そうはいきませんよ。ちゃんと説明して下さい」

「そうです、御《お》嬢様《じょうさま》！　どういうことなんですか〜っ！」

　クラウゼの追及に、半べそを掻《か》いたメリエルが加わる。

　進退極まったアンナリーサは最終手段に打って出た。

「あーあーあー聞こえない聞こえないきーこーえーなーいーっ！」

　両耳を塞《ふさ》いで大声を上げながら、ブリーフィングルームを飛び出していくその姿は、幼稚園児と変わらなかったが、アンナリーサは本気で逃げる。真実を白状する訳にはいかなかった。

　クラウゼと離れるのが嫌《いや》で、本家にまで手を回した挙句《あげく》、技術班に頼んで自分にしか扱えないよう設計図を改竄《かいざん》までしたことを口にすることは、アンナリーサのプライドが許さない。


　小さな魔女が必死で逃げ回っている頃、ラベンティアの国防軍総司令部《OKW》では、レヴェトリア軍きってのエリート達が『ヘルメス作戦』をより確実なものにするべく、その優《すぐ》れた頭脳を集中させて死と破壊の算段を立てていた。

　計画の要諦《ようてい》は、獲物《えもの》を猟場《りょうば》に誘い出すためにどうすればいいか、という点に尽きた。

　ヴェストニア側は内戦終結と四次大戦抑止のカギとなった巨人機を失わないよう、最大限の警戒を払っている。簡単には罠《わな》に掛からないだろう。奴らの裏を掻いて罠に嵌《は》めるにはどうしたらいい？

　この問題に対し、一人の賢い参謀将校が最高の方法を思いついた。

　罠と分かっていても食らいつかねばならないよう追いつめれば良い。

●

　春が寝ぼけ眼《まなこ》を擦《こす》る初春の夜。澄《す》み切った空気が月の光を地上まで鮮やかに注がせている。相変わらず寒気が支配していたが、空気の中には身に沁《し》み込むような湿気が無く、冷気の中にも温《ぬく》もりを感じさせてくれる。

　そんな大気の中を航空機の群れがアゼル海の公海上を泳ぐように飛んでいた。巨大な航空機の下に、多数の小柄な戦闘機《せんとうき》が整然と編隊を組んで幾何学《きかがく》模様を描いている。

　その光景は、大洋を回遊するクジラと魚の群れを彷彿《ほうふつ》させた。

　群れの目的地はアゼル海を越えた先にあるサピア国内の戦場。ただし、戦闘機達の胃袋では長旅が覚束《おぼつか》ないので、空中給油機も同行している。

　クチバシの先から尾の端まで最先端科学技術が詰まっている猛禽《もうきん》達は、二機の空中給油機の両主翼と後尾から吹き流されているプロープからちまちまと乳を吞《の》みつつ、戦場へ向かって海を渡って行く。

『受給プローブ解除。全機、最終給油完了。白雌牛《ヴァーシュ・ブランシェ》、離脱する。幸運を』

『ありがとう、白雌牛。故障により赤3《ルージュ・トロワ》、黄5《ジョーヌ・サンク》が離脱する。編隊を組み直せ』

サピア領空線で空中給油機は群れから離れ、不具合を起こした二機の戦闘機《せんとうき》がサピア国内の友軍基地へ向かって去っていく。どれだけ細心の注意を払い、丁寧に整備を重ねても、『妖精《ようせい》の悪戯《いたずら》』によって機械は不具合を起こし、故障する。職人泣かせの法則だ。

高度三〇〇〇〇メートルという高みを飛ぶ巨人爆撃機《ばくげきき》テュフォンもまた、職人泣かせの代物《しろもの》だったが、こちらは妖精の仕業ではなく、単純に設計自体が無茶《むちゃ》なシロモノだからだ。

最新鋭戦闘機を寄せ付けない高空の巨獣《きょじゅう》は、三十年前の大戦を教訓に『レヴェトリア空軍の強固な防空網を飛び越えて爆撃する』という単純明快なアイディアを基《もと》に生み出された。圧倒的な搭載《とうさい》能力に、長大な航続距離、比類なき超高高度飛行能力、加えて戦艦《せんかん》並みの重装甲《じゅうそうこう》。何から何まで規格外の航空機だ。

しかし、その実態はあちこちに不具合を抱えており、飛ぶ度《たび》に問題が山ほど生じ、整備と補修に二週間以上を要する代物《しろもの》だった。性能を認められながらも量産化案さえ出なかったのは、クソ高い製造費と運用費に加え、途方もない維持努力を要求されるためであり、こんなもんを苦労して扱うくらいなら短距離弾道ミサイルで飽和攻撃した方が簡単かつ安上がりだ、と気付いたからだと噂《うわさ》されている。ちなみに、噂は真実だ。

そんな生卵の上に乗った鉄の塊《かたまり》のような不安な機体に乗せられているパイロットや爆弾用の

技術者達は、不安で胃がキリキリと締め付けられていたが、

「はっはっは、どうした諸君。今宵《こよい》も復讐《ふくしゅう》の刃《やいば》を振るえるのだぞ、喜ばんか」

高高度用の着ぐるみ然とした飛行服と酸素マスクを付けたアジャンクールは冒険に出かけた少年のようにはしゃいでいる。当然である。病院でラ・イールに宣言したように、全《すべ》てはアジャンクールの思うままになっている。これもまた、当然だ。サピア人に復讐するために超兵器同然の爆弾を自分にしか扱えないようにしたのだから。自らを一端末にすることで、アジャンクールは自らの願望を見事達成しており、今日も今日とて大変上機嫌であった。

彼のグロテスクな明るさによって同席している技術者達の鬱《うつ》が増していた頃《ころ》、テュフォンの真下を飛ぶ全翼戦闘機メテオールのコックピットでは、エマ・フォンク少尉がギラギラした目で夜闇《よやみ》を睨《にら》んでいた。

全翼戦闘機メテオールはテュフォン専属の爆撃先導観測機で、その特異な形状から扱いの難しい機体だったが、『ホテル・ジェヴォーダン』の変態科学者達にバストのアンダーから太もも回りまで調べられるというセクハラに耐えた甲斐《かい》はあった。エマの身体データに合わせて設計されたコックピットと操縦系統は、操縦桿《かん》やスロットルレバーといった限られたインターフェイスで操作するのではなく、搭乗者の体全体から操作情報を得て機動する、人機一体《マン&マシン》という新概念の下に開発された革新的なコントロールモジュールだった。

これによって機体を文字通り思うがまま躍動させることができ、経験も練度も不足していた

ド新人のエマは、アドラー軍団の精鋭を相手に互角以上に渡り合うことができている。（もっとも、皺寄《しわよ》せとしてパイロットには想像を絶する身体的負担が生じていたが）

機体性能と潜在的な飛行特性、そして天賦《てんぷ》の才。今やエマ・フォンクは『エースの妹』ではない。レヴェトリア人パイロットの血を吸う『女吸血鬼《ヴァンピーナ》』である。

「今日こそ姿を見せろよ、狐《ルナール》」

酸素マスクの中で浮かべられたエマの顔は、血に飢えた吸血鬼そのものだった。

巨人機が率いる群れの進路には既《すで》に夜禽《やきん》の群れが待ち構えていた。

驚くには値《あたい》しない。

レヴェトリア国防軍はそのための策を十重《とえ》二十重《はたえ》に張っていたからだ。銃後では最大規模の諜報《ちょうほう》活動が実施され、前線では巨人機をおびき出すエサとして一大作戦が決行されていた。

戦史に於《お》いてこの陽動《ようどう》作戦は『バルムンク』と称されている。

反乱軍側に与する最強戦力、プロシア陸軍第四四戦隊とアドラー軍団降下猟兵隊《こうかりようへいたい》によって戦略上の要衝《ようしよう》スピノザを制圧し、スピノザ以西へ展開している共和政府軍の補給を断絶して追い詰めた。もちろん、共和政府軍は全力でこの脅威を排除しようと努力したが、一兵が五〇人の兵士に相当すると言われるほど精強なレヴェトリア降下猟兵と灰色の悪魔《グラウ・トゥーフエル》の異名を持つプロシア陸軍第四四戦隊、加えてスピノザ上空には昼夜を問わずアドラー軍団が控え、圧倒的航空優勢によって、共和政府軍のスピノザ奪回を阻止し続けた。

この結果、レヴェトリア軍の目論見《もくろみ》通り共和政府軍はヴェストニアに泣きついた。追い詰められた軍隊の考えることはどこも同じ。自国の荒廃より勝利が優先される。

なお、『バルムンク』は陽動の域を越えており、これほどの努力が一機の航空機を落とすために払われたことから、レヴェトリアが新型爆弾をどれだけ恐れていたかが分かるだろう。


そしてついに、獲物《えもの》は夜の猛禽達が待ち構える猟場へやってきた。

『動物園《ティアガルテン》より狐《フクス》へ。目標は方位《コース》〇八六、アルグスは高度三〇〇〇《ハンニ三〇〇》、群れは高度一二〇〇〇《ハンニ一二〇》で猟場へ接近中。まもなくだ。良い狩りを』

「ありがとう、動物園」クラウゼは司令部に応じ、眼下に目を向けて、「狐より全機、これより航空管制を開始する。まもなく群れが到着する。全《すべ》てを点検せよ」

分厚《ぶあつ》い積雲《せきうん》の稜線《りようせん》に腹を擦《す》りつけるように全十二機、一機減ったため十一機のHe‐21が展開していた。大柄な図体《ずうたい》に見合った大量の機内燃料により、増槽《ぞうそう》を持つ必要が無いHe‐21は中近距離をミサイル八発も積み、胴体下中央には電信柱並みに大きなミサイルを抱《かか》えている。

『ロバ《エーゼル》隊、準備よし』『ラクダ《カメール》隊、三番機が不調で帰還、三機編隊を組む』『ヤギ《ツイーゲ》隊、いつでもどうぞ』

パイロット達から応答が通信機に響《ひび》く。夜間飛行は空間識失調《バーティゴ》を引き起こし易《やす》いが、ベテラン揃《そろ》いのパイロット達は機内で眠気覚ましに大声で歌っていたり、持ちこんだゼリービーンズを齧《かじ》ったり、恋人の写真を見て妄想に耽《ふけ》っていたりしている。

「狐《フクス》、了解《フィクサー》」

仲間達の三〇〇メートルほど上を飛んでいるクラウゼは首を回して周囲を見回す。クラウゼの周りには四機の無線誘導無人機が寄り添っていた。滞空時間を稼ぐためにひょろりとした主翼が長く伸びた観測用ではなく、ターボジェットエンジンを搭載《とうさい》した後退翼の高速無人機。先の大戦で対陣地、対艦《たいかん》用に設計された体当たり攻撃用の無人機で、対地対艦ミサイルの発展で姿を消した骨董品《こっとうひん》だ。

しかし、この特別な改修が施《ほどこ》された骨董品が、今宵の狩りの成否を握っている。

「ドクトル、ミツバチ《ビーネ》は問題ありませんか？」

クラウゼが後席に声を掛けると、

「だ、大丈夫！」

アンナリーサの今にも飛び上がりそうな裏声がコックピットに響き渡った。

酸素マスクの中で微苦笑を浮かべたクラウゼは、まあ無理もないか、とも思う。最新鋭戦闘《せんとう》機《き》に乗って初めての実戦。緊張で吐きそうにもなる。実際、離陸の際に失神しかけていた。

出撃の際、メリエルが我が子の出征を見送る母のように涙ぐみながら、

——絶対に無事に連れ帰って下さい。御嬢様《おじょうさま》に毛ほどの傷でもあったら、シュナウファー

さんを縊《くび》り殺します。死んでいても嬲《なぶ》り殺します。いいですね？

　背筋が冷たくなるような激励をしてくれた事を思い出し、苦笑いしつつクラウゼは言った。

「肩の力を抜いて。一度深呼吸して下さい」

「わ、わかった」

　ベテランの忠告に、アンナリーサは素直に応じる。深呼吸のしすぎで喉《のど》が痛みを覚えていても言われた通りに深呼吸した。欲を言えば、足を伸ばして体を動かしたかったが、狭いコックピット内でそれは敵《かな》わない。尿意《にょうい》が発生していないことだけが唯一の救いだった。

　――トイレはひたすら我慢して下さい。我慢できなくなったら漏らして下さい。ゲロは袋に。袋が足りなくなったらブーツか手袋の中に。マスクの中にすると窒息《ちっそく》しかねません。袋は必ず口を締めておくこと。締めておかないと機動を取った時、ゲロ塗《まみ》れになりますから。

　クラウゼの優しさ溢《あふ》れる忠告を聞いたアンナリーサは、膀胱炎《ぼうこうえん》になっても我慢しようと心に誓っていた。正直、トイレの話を聞いた時、自分の判断が大間違いだったと軽く後悔したのだが、これは墓場まで持ちこまれる秘密となった。

　深呼吸を繰り返し、落ち着いたと自分に言い聞かせて、アンナリーサは周囲を見回した。複座式Ｈｅ－21の後席は前部座席から少し高くなっており、クラウゼと同様の広い視野が確保されているため、アンナリーサの視界には溢れんばかりの星の海が広がっていた。

　アンナリーサが脳裏で『きらめく小さなお星さま』という童謡を流しながら、

「……ここの星も綺麗《きれい》ね」

「夜の空も良いですが、昼の空も綺麗ですよ」

「これが終わったら、乗せてくれる？」

「ええ。約束します」

クラウゼは柔らかい声で応じる。

データリンクによってヘッドアップディスプレーに目標の方位と高度、速度、機数が知らされる。クラウゼは左手をスロットルレバーから放して握り開きを繰り返し、手の運動を行う。

「さて、そろそろ狩りを始めましょう。発令して下さい、ドクトル」

「う、うん」アンナリーサはこほんと咳《せき》して改装された後部座席の通信用スイッチを押して、「白い魔女《ヘクセ・ヴァイス》より全機へ、『ヘルメス』作戦開始《しゃくせんひゃいし》！」

噛《か》んだ。

「や、やり直し！　やり直させて！」

『了解《ヤボール》、フラウ！』

パイロット達はアンナリーサの訴えを流して、どこか笑い声が混じった応答を返した。

夜禽《やきん》達の狩りが始まる。

アゼル海を越えた航空機の群れがサピア中部を走るアンカラ川の中流、敵味方が入り乱れる

競合空域に達すると、

『敵影捕捉《ほそく》！　高度一〇〇〇〇、方位二三〇、距離六八キロ、機数十六、遷音速《せんおんそく》で接近中』

高度三〇〇〇〇メートルを飛ぶ巨人機テュフォンのレーダー管制官が叫んだ。

機内に緊張が走る。作戦指揮官を兼ねているテュフォンの機長は編隊通信を入れて、

『鯨《バレーヌ》より全隊、待ち伏せだ。歓迎委員会《　》警戒態勢に入れ。増槽《ぞうそう》を投棄、兵装安全装置解除！』

『了解』

護衛戦闘機隊《ごえいせんとうき》は空《から》になりかけていた増槽を捨てると編隊の間隔を広げ、戦闘に備える。

重い緊張感の支配する中、テュフォンの中ではアジャンクールが冷笑を浮かべ、

「また来たか、カラス共《ども》め。何度来ても無駄《むだ》だというのに律義なものだ」

全翼戦闘機メテオールのコックピットではエマが殺気立っていた。

「今度こそ、狐《ルナール》を連れてきたんだろうな、レヴェトリア人」

レーダースコープの中で、敵と思われる光点の群れが間隔を広げ、十一の光点が五つの光点を置き去りにするように速度を上げて広がりながらこちらに向かってくる。テュフォンのレーダー管制官は舌で唇を舐《な》めながら報告した。

『敵編隊、散開、十一機が速度を上げ接近中』

機長は即座に決断し、

『赤隊《ルージュ・エスカドロン》、迎撃用意』

『了解、ミサイル発射準備を始める』

護衛機《ごえいき》部隊の一部が主翼付け根に下げた大柄なミサイルの発射準備を始めた。現代航空戦は敵の姿が見えない距離から始まる。

『！　敵部隊、こちらの射程外からミサイル発射!!　敵編隊旋回《せんかい》待機へ移行！』

テュフォンのレーダー管制官が鋭い声を上げ、

『全隊、緊急回避！　チャフ、フレアを展開しろ！』

『……敵ミサイル接近中！　到達まで十秒。九、八、七、六、五、四、三、二、』

秒読みが終わる直前、編隊の鼻先で赤い花が咲き連なった。そして、鮮烈に咲いた炎の花々はすぐさま散華《さんげ》し、夜闇《よやみ》に溶けていく。

自分達を襲《おそ》う筈《はず》の凶刃《きょうじん》が勝手に自滅したことにパイロット達が呆気《あっけ》に取られる中、

『!?　なんだこれ!?』

レーダー管制官が素《す》っ頓狂《とんきょう》な声を上げた。機長は訝《いぶか》るように、

『どうした？』

『わかりません、正面範囲だけホワイトノイズが広がって……対抗手段《ECCM》、効果ありません！

正面範囲、捜索不能！』

レーダー管制官が困惑気味に声を張ると、

『なんだりゃ故障か？』『どうなってんだ』『こっちもだ。正面だけレーダーが利かない』

護衛機部隊からも同様の訴えが飛んだ。

　電子戦士官が周波数帯の変更などの対抗手段を試みたが、まるで効果が無い。

『敵電子妨害《ECM》に変化なし』『側方、後方レーダーに異常無し、異常は正面範囲のみです』

　管制官達の報告を受けても情況がさっぱり分からなかったが、正面範囲だけがレーダーで捜索不能になったことだけのこと。臆《おく》するほどではない。機長は力強く命令を下した。

『落ち着け！　レーダーは利かなくても自前の目玉があるだろう！　全隊、襲撃《しゅうげき》に備えろ！』


　クラウゼはコックピットの右側にあるレーダースコープに目を向ける。進行方向が牛乳をこぼしたように白濁《はくだく》し、何も見えなくなっていた。

「気流のせいで多少予定より東に流されていますが、初手は成功です。ドクトル」

「当然よ」

　アンナリーサは得意げに応じ、

「クラウゼさんに半べそ掻《か》かされて作った奴《やつ》なんだからね」

　ちくりと毒を吐く。

　十一機のＨｅ－21が胴体中央下に下げていた巨大なミサイルは、アンナリーサが誤謬《ごびゅう》と蒙《もう》を指摘された時に開発中だった化学剤だ。内部に充塡《じゅうてん》されていた化学剤は苦心の末に生まれた拡散機構によって見事に散布され、アンナリーサが気象学者と共に算出した数値とは若干のずれがあったものの、これまた見事に気流に乗って目標の敵部隊を包み込んでいる。

「なるほど、それなら確かに成功して当然ですね」

クラウゼはくすりと笑い、

「いじわる！」

アンナリーサの非難に眉《まゆ》を下げながら通信機のスイッチを押し、

「狐《フクス》より全隊、アウロラを使用する。所定に移れ」

『了解《ジーガー》、了解《ジーガー》』

先行した味方部隊が高度をぐんぐん下げて『緑の霧《きり》』の中へ潜《もぐ》っていく姿を確認して後席に告げる。

「ドクトル、お願いします」

「分かった」

アンナリーサは首肯《しゅこう》し、風防の外へ目を向け、四機の無人機に笑いかけて、

「さあ、貴方《あなた》達の出番よ」

コンソロールを操作し、四機の無人機に搭載《とうさい》している加速用補助ロケットを起動させた。

使い捨てとして生まれた無人機達はその役割を果たすべく、化学剤によって生じた電子的不可視回廊《コリドー》の中をあらん限りの力で飛んでいく。

彼らの最初で最後の全力飛行を捉《とら》えることができたレーダーは、この空に一つもない。

「何の騒《さわ》ぎかね、中佐」

　突然声を掛けられ、機長はびくりと体を震わせながら慌てて振り返ると、着ぐるみを着たような格好をしたアジャンクールが居た。

　爆弾倉《ばくだんそう》に増設した待機室にいるはずの科学者の登場に、機長は露骨《ろこつ》に舌打ちした。

「博士、戦闘《せんとう》中です！　席へお戻りください！」

　ほとんど罵声《ばせい》の注意を浴びせられたが、アジャンクールは気にも留めず、管制官達のコンソールに近づき、レーダースコープを覗《のぞ》きこみ、

「ふん、レーダーが利かんのか。フォンク研究員、君の機の光学センサー《EOS》はどうかね？」

『問題ありません』

　勝手にエマへ通信を行って、返答を基《もと》に原因を考察し始める。

「レーダー波だけを限定的に遮断してるようだな。乱反射とは違う、これは――」

「博士！」

　機長が再び声を張り上げた瞬間《しゅんかん》、

『EOS、機影を捕捉《ほそく》！　四機、正面から接近！　速い！』

　エマの鋭い声が響《ひび》き、機長とアジャンクールは風防の正面に目を向けた。

　そして――

四機の命なき鳥達は化学剤が生んだ回廊を走り抜いて命じられた座標に到着《ゴール》すると、躊躇《ちゅうちょ》なく腹の中に抱《かか》えていたアンナリーサ製特殊化学剤を反応させ、自らの命を捨てる。

直後、無人機の体が爆発《ばくはつ》発電によって炸裂《さくれつ》するナノ秒以下の間に、数十メガジュールに達する大電力を流しこまれた仮想陰極発信機《ヴァーチャル・カソード》は、凄《すさ》まじい電磁パルスを放出して砕けた。

再び夜空に紅《あか》い花が咲き誇る。

その閃光《せんこう》の中から、目に見えない電磁パルスの大嵐《おおあらし》が吹き荒れ、空を泳ぐクジラと魚の群れへ向かって光の速さで襲《おそ》いかかっていく。

『!? また自爆し――』

「うん? どうした、フォンク研究員?」

唐突に通信が途絶え、アジャンクールが怪訝《けげん》そうに眉《まゆ》を下げると、突然、機首ががくんと下がった。急激な姿勢変化に対応できず、アジャンクールは床にひっくり返り、管制官達はコンソロールをしがみつく。

「今度は何だ!? 状況を報告しろ!」

次から次へと起きる問題に機長は八つ当たりするように怒鳴《どな》ると、

「エンジン制御システムが……出力を維持できません!」「レーダーが消えた!」「航法システ

ム沈黙《ちんもく》！」「通信不能！　どの機体とも連絡が取れません！」

　機内通信ではなく、副操縦士や管制官達の地声が機内に響《ひび》き渡った。管制官達も異常に気が付く。電子制御されているシステムが、殆《ほとん》ど沈黙している。昔ながらの機械制御機構だけが活動していた。異常が顕著なのは、コックピットのパネルだった。電子制御機器は全《すべ》て落ちている一方、昔ながらの機構で作動しているタコメーターなどは平然と動いている。

　機長は悪い夢でも見ているような気分に侵《おか》された。

「な、なにがどうなってるんだ!?」

「き、機長！」

　副操縦士が正面を食い入るように見つめながら叫び、機長も釣られるように正面を見つめ、

「な、なんだ、あれは……!?」

　あるはずもないものがそこに存在していた。

　そよ風を浴びたカーテンのように、紅いオーロラが煌《きら》めきながらゆらゆらと揺れていた。

　極地でしか発生しない筈《はず》のオーロラが、まるで血で染められたような真紅《しんく》のオーロラがサピアの空で揺らめいている。

　本能的な不安を喚起《かんき》させる不吉な光景に誰《だれ》もが言葉を失《な》くし、情況を忘れて不気味で美しいオーロラを見つめていた。

　この場にいる人間の中で最も理性的な人間は、その脳ミソに収まっている膨大《ぼうだい》な情報を検索

し、『オーベルター反応光』というカビの生えた論文を思い出して唸《うな》り声を洩《も》らす。

「そうか……そういうことか」

西方領域で採取できるクロロフィル類の一部には、電波を吸収し稀《まれ》に反応光を発生するものがある――このギュンター・オーベルターが発見した現象は長らく忘れ去られていた。クロロフィルの用途が化粧品や食用に傾倒し、工業目的で使用する者が現れなかったからだ。それに、クロロフィルは扱い易《やす》い半面、軍事目的で扱うにはあまりにも貧弱だった。だが、想像もつかない手段でクロロフィルを改造、改良し軍用に耐えうるほど強化したならば、レーダーに対する妨害兵器として極めて有効だろう。

アジャンクールは白濁《はくだく》したレーダーと電子機材の不調の解答《C.Q.F.D》に達する。

この攻撃を考えた奴《やつ》は、本命の一撃を確実に叩《たた》きこむために、ジャブとしてクロロフィルをばら撒《ま》きレーダーに目隠しをしたのだ。言わば人為的に作られた強力な『緑の霧《きり》』だ。

そして、オーベルターの論文から判断するに、件《くだん》のクロロフィルが紅《あか》の発色は電磁波。色彩の濃度からかなりの高出力。そう、電子機材を焼き殺すほど強力な電磁波だ。この航空機部隊がまっ逆《さか》さまに落ちて行かずに済んだのは、クロロフィルに幾分相殺されたおかげだろう。

この一連の兵器を作り上げられる可能性が最も高い人物が脳裏に浮かび、アジャンクールは心底悔しそうに唸った。

「小娘が、小癪《こしゃく》な真似《まね》を～っ！」

「いったい……何が起きてるの？」

科学的原因に辿《たど》り着けたのはアジャンクールだけで、エマも護衛戦闘機《ごえいせんとうき》のパイロットも、爆《ばく》撃機《げきき》の搭乗員も、皆この不可解極まりない現象に放心していた。

エマがぼけっとオーロラを凝視していると、先頭を飛んでいた二機編隊が揃《そろ》って爆発、四散する。

「!?」エマはぎょっと目を剥《む》き、即座に周囲を見回す。

眼下から、大きな戦闘機の群れが一直線に上昇してきていた。

「敵襲《てきしゅう》！　十時方向下方より敵編隊、急上昇中！」

無駄《むだ》と思いつつも通信機に叫び、エマは機体を旋回《せんかい》させる。何から何まで豪勢な作りの全翼機メテオールは無作為の結果として電磁破対策もばっちりだったが、他の新型オラージュはそこまで発展していない。一部のパイロットは自力で、もしくは周囲の反応で回避行動に移るが、反応の遅れた機は腹の下から襲《おそ》いかかってきた敵機の群れに食い殺された。

「くそっ！」

エマが罵声《ばせい》を発した時だった。

『狐《フクス》より全機。ネズミに構うな。アルグスを狙《ねら》え！』

通信機が混線し、若い男の鋭い声が耳を打った。

「!!」電流が全身を駆け巡る。レヴェトリア語だったが、聞き間違えたりはしない。西方領域の軍隊では降伏を呼び掛けるために敵国の言葉を学ぶ。そして、エマは敵の通信を探るために個人的にもレヴェトリア語を学んでいた。

通信のやり取りと敵機の動きを見つめ、狐が唯一の複座型機であることを把握《はあく》すると、「ふふふ」自然と笑みが漏れた。「ふふふ、あは、あはははははははははっ!」抑えられない。歓喜の感情を抑えられない。腹の底から、胸の奥から、湧《わ》き上がってくる凶暴な感情を抑えられない。

エマは大きく息を吸い、恋人の耳元に囁《ささや》くように、

「やっと出てきたな、狐《ルナール》……この時をずっと待っていた……」

スロットルを最前方へ押し込み、大型戦闘機《せんとうき》の群れに急降下していった。

「必ず死なすっ!!」

機械仕掛けの鳥達が、ゆらゆらと揺れる紅《あか》いオーロラの下で殺し合いを始める。

夜色のキャンバスにミサイルの排気炎と機関砲の曳航弾《えいこうだん》が幾筋もの線を連ね、戦いに敗れた機が散華《さんげ》して花を描く。

数的には小柄な猛禽《もうきん》の方が優勢、しかし、大柄な夜禽達は数的劣勢を覆《くつがえ》すほどの質的優位に立っている。巨人機の護衛《ごえい》部隊は電磁波によってシステムに大なり小なり不具合を抱え、全《すべ》て

の戦いに求められる大切な要素――連携がずたずただった。数の利がありながら個々に分断されている状態で、組織立って戦う巨大な夜禽達についばまれるように墜《お》とされていく。それでも、ヴェストニア空軍の最精鋭を掻《か》き集めた護衛機部隊はもてる全ての力を投じて抗《あらが》い、果敢に戦いを挑む。その翼に怯懦《きょうだ》は微塵《みじん》も存在しない。

「主導権は掌握《しょうあく》したな」

戦いの輪から少し距離を取り、クラウゼは顕微鏡を覗《のぞ》くような目で俯瞰《ふかん》的に戦闘の推移を観測しながら呟《つぶや》き、

「効果はあったようですが、アウロラで墜落《ついらく》した機体は無いようです。化学剤の吸収効果で減耗し過ぎたか、予定出力に達しなかったか。いずれにせよ、『検討の要、あり』ですね」

予定ではあの電磁波兵器は制御系を完全に熱損させて撃墜できる筈《はず》だったが、不調を生じさせただけに留《とど》まっているようだ。だが、それは失敗を意味しない。効果は充分過ぎるほど出ている。巨人機の護衛戦闘機はこちらの倍以上いるが、動きは精彩を欠いており、まともに動けている者はほとんどいない。主導権は完全にこちらが握っている。

「ろくに時間もない中、ゼロから、あそこまで作り上げた、ことを、評価、しなさいよ」

後席から息絶え絶えの抗議が返ってくる。クラウゼにはなんてことのないGでも、アンナリーサには内臓が掻き混ぜられていると錯覚するほどの負担だった。それでも憎まれ口を叩《たた》くあたり、根性だけは戦闘機乗り並みと言えよう。

クラウゼは薄《うす》く微笑《ほほえ》み、再び意識を戦況に集中させる。

味方機のミサイルの消費が激しい。この調子だと肝心の獲物《アルグス》をやる時には機関砲しか残って無い、なんて事態になるかもしれない。かといって、護衛戦闘機《ごえいせんとうき》との戦闘に火力制限を加えるのも厳しい。敵は質的にも戦術的にも劣勢にありながら高い戦意を維持している。こういう敵は侮《あなど》ってはいけない。経験上、こういう敵は全力で叩《たた》き潰《つぶ》さねば危ない。

「ロバ《エーゼル》隊、八時下方から敵機《クリーア》接近中、左へ回避しろ。ラクダ《カメール》隊、十一時上方にエサだ、落とせ。ヤギ《ツィーゲ》隊、アルグスを中距離ミサイル《ラディーシェン》で捕捉《ほそく》次第、攻撃」

『了解《ジーガー》、了解《ジーガー》』

戦闘機乗り達がどれだけ自らを戦士や騎士《きし》と誇っても、その実は指揮を執《と》る者の駒《こま》に過ぎない。クラウゼがチェスを指すように前線航空管制に集中していると、

『こちらラクダ4。狐、そっちに二機行ったぞ!』

味方の警告にクラウゼは小さく舌打ちする。クラウゼの機体には無人機の制御と観測用に大型のポッドが装着されていた、無人機はもう居ないので何の役にも立たないうえに、機動に制約が掛かるので邪魔以外の何物でもないが、切り離せない以上抱いて飛ぶしかない。そして、逃げている暇はない。クラウゼは即座に結論を出した。返り討ちにする。叩き落す。殺す。

「ドクトル、少しキツイ機動をします。マスクの中に吐かないで下さい」

クラウゼが後席に抑制された声をかけ、返事も待たずに機体を捻《ひね》らせる。

「うむぅううう〰〰〰〰〰〰〰〰〰〰〰〰〰〰〰うっ！」

アンナリーサは唸《うな》り声を上げながら、歪《いびつ》な視界に映る光景に目を奪われていた。

巨人機がミサイルを避けるために大量のフレアとチャフをばら撒《ま》いている。発光体と金属片が花吹雪《はなふぶき》のように舞い、紅《あか》いオーロラの揺らめく夜空に、機械仕掛けの猛禽《もうきん》達が踊り回り、ミサイルの流れ星と曳光弾《えいこうだん》の雨が乱れ飛び、力尽きた鳥達が炎と黒煙の血を流しながら落ちていき、燦然《さんぜん》と爆《は》ぜる。

凄惨《せいさん》にして華麗《かれい》、美麗にして無惨《むざん》、壮絶な暴力によって描かれる壮麗な光景を、アンナリーサはGに顔を歪《ゆが》めながら瞬《まばた》きする間も惜しんで見つめ続けた。

クラウゼが接近してきた敵二機を中距離ミサイルで躊躇《ちゆうちよ》なく始末していた時、テュフォンの中では大騒《おおさわ》ぎだった。

コックピット内はミサイル警報が一度として鳴りやまない。電子管制官や航空機関士があの手この手でシステムの復旧を試みるが、回復の見込みはなかった。砲弾やミサイルによる損傷は想定されていても、電磁波でシステムが焼かれるなどと言う事態は思考の外だ。巨人機テュフォンの命脈が風前の灯火《ともしび》であることは否定しようのない事実だった。

戦闘機達が死に物狂いで殺し合っているダンス会場にこの巨体が迷い込んだならば、レヴェトリアの夜禽達が殺到してたちまち食い殺される。テュフォンがエンジンや主翼接合部などの要所をチタン装甲《そうこう》、機体そのものも頑健なセラミック複合装甲で覆い、特にチタン装甲部分は、機関砲弾はおろか高性能爆薬《HMXオクトーゲン》一〇キロを搭載《とうさい》した短距離ミサイルの直撃にさえ耐える、という狂気的な頑強さを持っていたが、助からないだろう。生物も無機物も忍耐には限界がある。

理性がとことん煮詰められていたアジャンクールはこの困難極まりない情況に対し、あっさりと解決策を見出した。絶望的なほど爽快《そうかい》な解決案を。

アジャンクールは数秒ほど愛してやまない妻に想《おも》いを馳《は》せ、手袋と酸素マスク越しに結婚指輪へ口づけすると、爆弾倉《ばくだんそう》の脇《わき》に増設された待機室へ駆けこんで叫ぶ。

「尻《しり》を上げろ、諸君！　信管の取り付け作業を始めるぞ！」

不安そうに座席に座っていた三人の技術者達は、アジャンクールの一喝《いっかつ》に目を丸くし、

「始めるって、今ですか」「まだ、目標までかなりありますよ」「無茶《むちゃ》です！」

口々に抗議するが、

「何を言っとるのかね？　エンジン出力が弱り、既《すで》に敵の攻撃を受けておる。もはや目的地まで辿《たど》り着ける訳が無かろう。ならば、こんな重たいモノを後生大事に抱えておっても仕方あるまい。レヴエトリアのカラス共《ども》を薙《な》ぎ払うのに使うのだ」

アジャンクールは歯牙《しが》にもかけず、待機室の端におかれた信管調整用の機材ケース《トランク》を手に爆弾倉へ向かおうとする。技術者の一人が慌てて、アジャンクールの腕を掴《つか》まえる。

「く、空中炸裂《さくれつ》させる気ですか　我々や味方まで吹っ飛びますよ！」

「バカ者！　どうせこのままでは助からんのだ！　多少の危険を恐れるな！」

アジャンクールの回答と狂気の溢《あふ》れる瞳《ひとみ》に、技術者は言葉を失《な》くし、戦慄《せんりつ》した。本当に狂っている。狂っているが、この人は凄《すさ》まじい才能の持ち主だから本当に空中炸裂させてしまうに違いない。技術者はぶるぶると大きく頭を振って、アジャンクールの腰をがっしり摑むと残りの技術者達に向かって怒鳴《どな》った。

「お前達もお止めしろ！」

唖然《あぜん》としていた残りの技術者達も我に返り、弾《はじ》かれたようにアジャンクールに飛びかかる。

「や、やめて下さい、博士！」「落ち着いて下さい、博士！」

「ええい、邪魔をするな！」

五十を過ぎたオッサン科学者は常軌を逸した力を発揮する。重たい高高度飛行服を着込み、三十代の男三人にしがみつかれながら、待機室のドアを開け、爆弾倉に足を踏み入れた。尋常ならざるこの力は狂気か、信念か、あるいは妻を思う愛か。いや、おそらくはアドレナリンの過剰分泌による瞬発《しゅんぱつ》的な肉体の限界突破、『火事場のクソ力』であろう。

爆弾倉の中では固定具に拘束された特大の爆弾がデンと鎮座《ちんざ》していた。整備兵によってアドラー軍団の将兵が敬愛するレヴェトリア女王へ向け『死ぬほどイカせてやるぜ』と書かれている弾殻《だんかく》は、内部構造への影響《えいきょう》を遮断するために特殊合金製なので、電磁波による損傷はありえない。起爆信管の調整を行いさえすれば、いつでも爆発させられる。

三人の男を引きずりながら、アジャンクールは爆弾倉《ばくだんそう》に足を踏み入れた。

が、神が力を貸したのは、そこまでだった。

どっかーん！　と轟音《ごうおん》が響《ひび》いて機体が激しく揺さぶられ、アジャンクールと技術者達はその場にすっ転び、衝撃《しょうげき》の余波で、　がったーん！　と爆弾倉の扉が勝手に開いた。

四人は危うく転げ落ちそうになり、慌てて手近にあった手すりやら何やらに掴《つか》まる。びゅおおおおっと唸《うな》り声を上げて機内に流れ込む突風を浴びながら、技術者達は眼下に広がる光景を目《ま》の当たりにして絶句した。

美しい機械仕掛けの鳥達による血みどろの舞踏が行われていた。被弾して燃える大型戦闘機《せんとうき》が目と鼻の先を通って落ちていく。コックピットの中で助けを求めるように風防を叩《たた》いていたパイロットと技術者達の目があった。聞こえる筈《はず》がないのに、落ちゆくパイロットの壮絶な悲鳴が、技術者達の頭蓋《ずがい》にこだまして怯懦《きょうだ》で膝《ひざ》が震え出す。

恐怖と絶望で奥歯が嚙《か》み合わない技術者達に、アジャンクールは檄《げき》を飛ばす。

「分かったか！　ああなりたくなかったら、やるのだ！　今すぐに！」

三人の技術者達は顔を見合わせ、そして、頷《うなず》いた。

「ロバ隊《エーゼル》、二時上方からアルグスに攻撃、ラクダ隊《カメール》、ロバの露払《つゆはら》いをしろ」

背後から悲鳴とも唸《うな》り声とも取れる声が上がっていたが、それを無視してクラウゼは淡々と指揮を執《と》り続ける。

『ロバ1《エーゼル・アイン》、攻撃《バウケ》、攻撃《バウケ》！』『脱出できない！　誰《だれ》か――』『ロバ3《ドライ》の炎上爆発確認……くそ《シャイセ》！　あのコウモリ野郎ぶっ殺してやる！』『こちらヤギ2《ツィーゲ・ツヴァイ》、アルグスに命中を確認するも効果見られず！　化け物め！』

通信機から響《ひび》く味方の狂騒《きょうそう》を聞きながらクラウゼは歯噛《はが》みした。

敵の護衛機《ごえいき》部隊は立ち直りつつある。随所に綻《ほころ》びが見えるが、それでも連携を取り始め、組織的に戦い始めている。通信機など損傷していたが、重ねてきた練度と経験が通信機の無い状態でも連携を実現しているようだ。もちろんクラウゼもこうした事態は予測していた。味方の犠牲《ぎせい》も織り込み済みだ。無傷で巨獣《きょじゅう》を仕留められるとは思っていない。

それでも仲間の死と敵のタフネスに感情がささくれ立つ。

『アルグスがハッチを開いた！』

味方機の叫び声が響き、クラウゼは顔を上げて訝《いぶか》る。

「なぜこんなところで？　奴《やつ》らの目標はスピノザの筈《はず》だ。爆弾を投棄して逃げる気か？」

危なくなったら爆弾を捨てて身軽にして全速力で逃げる、といった行為は昔からよくあることで、ひどい者になると、機体まで捨ててパラシュートで逃げる始末だ。

「それは、ない」

背後から弱々しい声が響く。

「ドクトル？」

「あの、ジジイが、逃げる、わけ無い」

アンナリーサは呼吸を整えながら、開かれた巨人機のハッチを見つめつつ断言する。

「おそらく空中炸裂《さくれつ》させて、わたし達を吹き飛ばす気よ。味方ごとね」

「……しかし、あれは時限信管に近いのでしょう？　我々が戦っている高度に合わせて爆破《ばくは》させるなんて」

「天文学的難易度だろうと、出来ないなんてことない！　相手はドクトル・アジャンクールなのよ？　狂気に侵《おか》されていても、彼は西方領域を代表する数学者なの！」

「それじゃ、どうすれば――」

戸惑うクラウゼの言葉を遮り、アンナリーサは唯一の対処法を口にした。

「今の調子じゃアレの撃墜《げきつい》は間に合わない。爆弾そのものを破壊するしかない。確実に爆弾を作動不能にするの！　それも、アジャンクールが信管の設定作業を済ませるまでに！」

鬼気迫る声が今直面している脅威の大きさを実感させる。クラウゼは周囲をさっと見回す。

アンナリーサの命令を遂行可能な者は、どこにもいない。

い、い、い。

自分を除いて。クラウゼは即座に決断し、静かに尋ねる。

「ドクトル、貴女《あなた》なら設定完了までにどれくらい必要ですか？」

「手元にある道具が最高と考えて全神経を注ぐなら……三分。いえ、三分かからない。あのジジイはイカレてるけど、数学に関しては、その、わたしより上だから」

「貴女は最高の天才ですよ」

最後に口ごもったアンナリーサに、クラウゼは口元だけ歪《ゆが》めて愉快そうに喉《のど》を鳴らし、

「了解《ヤボール》しました、フラウ・ドクトル」

抑制された声で応じる。

「これよりアルグスを攻撃し、爆弾を無力化します。舌を噛《か》まないようにして下さい」

「分かっ――」

クラウゼはアンナリーサの返事を待たずにスロットルレバーを最前方まで押し込む。複座型He－21はエンジンノズルから排気炎を盛大に噴き出し、小柄な猛禽《もうきん》の群れが護《まも》る巨人機めがけて砲弾のように上昇を始める。

――あの装甲《そうこう》じゃ横《よこ》っ面《つら》からは効果無し。欺瞞《ぎまん》される可能性があるからミサイルは不可。ハッチの真下から急上昇しながら機関砲の斉射《せいしゃ》。難しいが……出来ないことは無い！

コバンザメのように腹の下にひっついている機材のせいで速度が伸びず、空気抵抗で機体が激しく揺れる。操縦桿《かん》の反応も重い。だが、巨人機の腹を目指して駆けるクラウゼの目は一切ぶれない。周囲の動向、大気の流れ、自機の状態、全《すべ》てを把握《はあく》し、最短最速の道筋を選び最効率の動きで死闘《しとう》の中を潜《くぐ》り抜けていく。心の中で延々と呟《つぶや》きながら。

――もっと速く！　もっと速く!!　誰《だれ》も気付くな、気付くな、気付くな！　邪魔するな！

が、戦争の女神は底意地が悪い。四機の護衛機《ごえいき》が夜闇に煌々《こうこう》と輝く排気炎を捉《とら》え、クラウゼの接近を察知し、迎撃に向かってきた。それでもクラウゼは巨人機へ接近するルートを変更しない。敵を避ける時間的ロスと爆弾が投下されるまでの予測時間を秤《はかり》にかけ、身の安全より投下を許すことで生じる損害を重視し、障害を実力で排除することを決めた。背中にレヴェトリア科学界の至宝を乗せている事実にクラウゼの集中力は極限まで高まる。

正面から迫る四機の猛禽《もうきん》を睨《にら》む。がたがたと揺れる視界の中で即座に相手の武装を把握《はあく》。最前方の機はミサイル無し。二番目も無し。三番目はミサイル有り、しかし、味方機の位置関係でミサイルは撃てない。最後尾、ミサイル有り、障害無し発射可能。

高められた集中力により瞬《まばた》きを忘れているクラウゼは、流れるように操縦桿《かん》の火器管制システムを操り、IRSTが捕捉《ほそく》している四機の中から最前方と最後尾を選び出してミサイル二発を同時発射。先《せん》を取られた四機の護衛機はそれぞれ違った反応を取った。回避に移った先頭機に二番機が追従し、二機分のチャフとフレアが眼前で舞う。夜闇《よやみ》に慣れた目をフレアの閃光《せんこう》で眩《くら》まされるが、クラウゼは集中力と意志力で瞬きを拒絶。半分白濁《はくだく》した視界の中で情況を観察し続ける。チャフとフレアで放った二発のミサイルは欺瞞《ぎまん》され、一発が明後日《あさって》の方向へ駆けていくも、もう一発は軌道を回復させ、捕捉《ほそく》した獲物《えもの》めがけて襲《おそ》いかかり最後尾にいた機体に正面から突き刺さる。吹き飛ぶ機首を見ても、クラウゼの心には波一つ立たない。脅威を一つ排除したとだけ認識する。撃破した四番目の代わりに三番目の敵が襲いかかる。前にいた二機がいなくなりミサイルの発射が可能だが、クラウゼとの距離が近い。互いに兵装を瞬間《しゅんかん》的に機関砲へ変更。相手を射線に収めるべく機首角を微調整、そして、ガンマンのように早撃ち勝負。二機の猛禽がそれぞれ砲口《ほうこう》を煌《きら》めかせる。

数瞬の差で先を取ったのはクラウゼ。しかし、三番目の敵も後の先を取っていた。三〇ミリ砲弾が迫る刹那《せつな》の間に機体を捻《ひね》って既《すんで》のところで直撃をかわす。

一方、クラウゼは相手が回避を取ったために射線がぶれていることを把握しており、臆《おく》することなく直進を継続する。真《ま》っ赤《か》な曳光弾《えいこうだん》が機体のすぐ傍《そば》をかすめ、砲弾がまとう運動エネルギーの余波で機体が大きく揺さぶられるが、その振動も予測済み。抑え込むのではなく流す様《よう》に繊細《せんさい》に微修正。機体を襲った衝撃《しょうげき》を逃がしながら立て直し《リバーブ》、三番目の敵の脇《わき》を駆け抜ける。

クラウゼは五秒にも満たない間に四機を相手にして一切進路を変えることなく押し通った。

ミサイルの直撃を受けた最後尾の機体の傍らを通り過ぎた時、上方へ飛散していた破片が機体に当たってコックピット内に金属音が響く。

機首を抉《えぐ》られたように破壊された機体の脇を抜ける際、アンナリーサは歪《ゆが》む視界の中で、機首に左肩から右腰にかけて斜めに上半身を失くした肉が、腸を垂れ流しながら揺れている様《さま》を見た。全身の毛が逆立ち、胃が震える。反射的に目を背けて顔を正面に向けた時、前席の風防正面にごんっと鈍い音がして真っ赤に染まった。

「ひっ！」「くそっ！」

アンナリーサの悲鳴とクラウゼの罵声《ばせい》が重なる。飛散していた肉片とぶつかり、血を浴びた前席の風防正面が赤く歪《ゆが》む。雨の日の窓ガラスのように歪んでろくに見えない。そこへ眼潰《めつぶ》しに使用した化学剤が付着し、苔《こけ》が生えた様《よう》にクラウゼの視界が狭められた。

視界が大きく制限されたが、拭《ぬぐ》いたくとも戦闘機《せんとうき》の風防には車のようにワイパーのような便利な道具はついていない。かといって仕切り直す訳にもいかない。時間は無く、目標の巨人機は目と鼻の距離。——どうする。クラウゼが奥歯を軋《きし》ませた矢先、

「ま、真《ま》っ直《す》ぐよ！　こ、このまま、このまま真っ直ぐ！　真っ直ぐ行って！」

背後から震えながらも確信を抱《いだ》いた声が飛ぶ。

「ヤボール、フラウ!!」

狐《きつね》は笑った。禍々《まがまが》しく。獰猛《どうもう》に。


「急げ急げ急げ!!」

テュフォンの中では技術者達がアジャンクールは発破《はっぱ》をかけながら、巨大な爆弾《ばくだん》に肝《きも》となる信管の取り付け作業を行っていた。技術者達の脇《わき》で、アジャンクールが入力端末で起爆するタイミングを信管に入力するために、膨大《ぼうだい》な計算を殆《ほとん》ど直感的に行っている。現在の高度に爆弾の落下速度から対峙気流速度など大量の条件を加味した計算は、天才の頭脳を以《もっ》てしても容易ではない。それでもアジャンクールは次々と入力データを打ち込んでいく。計算能力とその直

感の精確《せいかく》さは常人の域を遥《はる》かに凌駕《りょうが》している。

「博士、信管の取り付け作業、完了です！」「誘導翼の調整、完了！」

技術者達が報告し、あとはアジャンクールがデータを三つばかり打ち込めば、この特大の爆弾は単なる精密機械の塊《かたまり》から、五〇〇〇トン相当の爆薬に変わる。

「よし、今終わ」

アジャンクールが唇の端を凶悪に釣り上げようとしたその寸前――

「敵襲《てきしゅう》う――――――――――――――――っ！」

技術者の金切り声が飛び、アジャンクールが爆弾倉の扉から広がる空の戦場へ目を向けると、闇《やみ》の中から、流麗《りゅうれい》な姿をした巨大な戦闘機が水面を泳ぐ海鳥を襲《おそ》うホオジロザメのように、真っ直ぐこちらに向かって来ていた。

「危ない！」

技術者の一人がアジャンクールを突き飛ばすとほぼ同時に、襲撃してきた戦闘機は機関砲弾をばら撒《ま》く。三〇ミリ機関砲弾は不気味なほどの精度で爆弾にいくつもの穴を穿《うが》ち、入力端末を破壊し、固定具を深く抉《えぐ》り、二人の技術者を引きちぎる。

床に倒れたアジャンクールは緩慢に流れる体感時間の中で、攻撃を済ませ身を捻《ひね》らせてテュフォンに翼をかすめるように去っていく戦闘機の垂直尾翼《びよく》に、ユーモラスな狐の絵が描いてあることをはっきりと認識した。

八つ裂きにされて吹っ飛んだ技術者の足がアジャンクールに当たり、半身がべったりと血に濡《ぬ》れていた。アジャンクールを救った技術者は助かったことに安堵《あんど》するや否《いな》や、内臓と肉片と鮮血が飛散する光景に嘔吐《おうと》する。

血に塗《まみ》れながら立ち上がったアジャンクールは助けられた礼も言わずに、憤怒《ふんぬ》で大きく顔を歪《ゆが》めて、

「おのれ、レヴェトリアのカラス共《ども》があっ！」

今やただのガラクタと化した爆弾《ばくだん》を前にして咆哮《ほうこう》し、怒りにまかせて側壁を蹴飛《けと》ばすと、爆弾の固定具がばぎんと音を立てて外れ、巨大な爆弾が転げるように落ちていった。

「ああああああっ!?」

「やった……？」

アンナリーサの不安げな問いかけに、

「手応《てごた》えはありました」

クラウゼは襲撃《しゅうげき》の成功を確信しながらも慎ましく応じる。

そこへ、

『でかいのを落としたぞ！』『高度を取れ！』『退避退避っ!!』

周囲で戦っていた戦闘機《せんとうき》乗り達が巨人機の腹からデカイ塊《かたまり》が落ちたのを目撃し、通信機に叫

んだ。クラウゼ達、夜間戦闘機隊は慌てて反転急上昇に移る。その様子に、無線の通じない護《ご》衛《えい》戦闘機達も事情を察したらしく大慌てで上昇していった。

高度を下げて行く巨人機を除き、戦闘機達は高度一〇〇〇〇メートルまで上がって固唾《かたず》を呑《の》みながら、大爆発の衝撃《しょうげき》に備えた。

しかし、何も起きない。閃光《せんこう》も発しないし、爆発も起きないし、キノコ雲も昇らない。

何も、何も起こらなかった。

『……あれ？』『不発？』『どういうこと？』

拍子抜けの事態に訝《いぶか》る仲間達の声に、アンナリーサは微笑《ほほえ》んだ。

「お見事」

「ありがとうございます」

はにかみながら応じたクラウゼは通信機のスイッチを入れ、尻《しり》を蹴飛《けと》ばす様《よう》に声を張った。

「ボケッとするな！　アルグスはまだ生きてるぞ！　息の根を止めるまで攻撃を続けろ！」

『ジ、了解《ジーガー》、了解《ジーガー》！』

我に返った夜間戦闘機隊と護衛戦闘機隊が、降下していく巨人機の周囲で戦いを再開する。

通信機や電子機器などが不調である点を考えれば、護衛戦闘機部隊の働きは満点以上だろう。

それぞれがスタンドアロンでありながら、日頃《ひごろ》の訓練通り連携を保って戦っている。最後の物を言うのは素質でも才能でもなく、練度であることを証明していた。

　しかし、そうした努力も、質的優位は覆《くつがえ》すに至らない。より緊密な連携を保ち、電子装備が万全の夜間戦闘機《せんとうき》部隊は護衛《ごえい》戦闘機達の綻《ほころ》びを見逃さない。一機ずつ確実に削《そ》ぎ落として防御網に穴を穿《うが》っていく。

　やがて数機のＨｅ‐21が護衛戦闘機の網を擦《す》りぬけ、落ちゆくテュフォンに襲《おそ》いかかった。護衛戦闘機との戦いでミサイルを使い切っていたため、三〇ミリ機関砲弾を浴びせる。

　どんな航空機も十数発で木端微塵《こっぱみじん》に粉砕する強力な三〇ミリ機関砲弾に対し、重装甲《じゅうそうこう》のテュフォンはひたすら耐え続けた。機体表面に無数の弾痕《だんこん》を刻みながら、それでも飛び続ける。

「なんて機体だ。頑丈にも限度ってモンがあるだろうに。アレを作った奴《やつ》はイカレてる」

　クラウゼはうんざりしたように悪態をこぼす。

　辟易《へきえき》するような堅牢《けんろう》さを発揮する巨人機に、レヴェトリアの夜禽《やきん》達はそれこそ女性に付きまとう変態野郎の如《ごと》きしつこさで執拗《しつよう》に攻撃を繰り返す。

　夜空で行われる命がけの我慢比べ。

　その敗北者は、やがて機体のあちこちから悲鳴をあげ、両翼から火を噴かせた。

『アルグス、炎上中《ブレント》ッ！』

　味方の歓声が飛んだ。ついに、巨人機テュフォンは機体からぼろぼろと装甲やらボルトやらが剝《は》げ落としながら、身を捩《よじ》るように高度を雲の下にまで落として行く。墜《お》ちゆく巨獣《きょじゅう》を追ってレヴェトリアの夜禽達と、ヴェストニアの猛禽達も雲の下に出る。

クラウゼは真っ暗な雲を通り抜け、戦況を観測する。優《すぐ》れた棋手が盤面を睥睨《へいげい》し、数十手先まで見通す様《よう》に、クラウゼは殺し合いを続ける猛禽達のダンスを見つめ、そして、見つけた。

王手を。

「ラクダ4《カメール・フィーア》、今の位置から四時方向へ、降下角一〇度で高度二《ハンニ》つ落とせ！　そこからデカブツのコックピットが狙《ねら》える筈《はず》だ、仕留めろ！」

『了解《ジーガー》、了解《ジーガー》！　獅子《しし》十字章頂きマス』

クラウゼの命令に、歴史に名を残す女エースになるのが夢という上昇志向の強い若手女性パイロットは、嬉々《きき》として指示されたように高度を下げ、テュフォンに正面から襲いかかる。

『攻撃《バウケ》、攻撃《バウケ》！』

右主翼端に残っていた虎《とら》の子《こ》の短距離ミサイルをコックピットめがけて発射し、ミサイルは吸い込まれるようにコックピットの正面キャノピーを打ち破り、爆発《ばくはつ》初速八五〇〇メートルのエネルギーでコックピットにいたパイロットや操縦機構を打ち砕き、焼き払った。

頭からもうもうと黒煙を噴き上げる巨獣の姿に、夜間戦闘機隊は喝采《かっさい》を上げる。

『やった！　当たった！』『ブラボーッ！』『はっはーっ！　くたばれ、クソ野郎！』

「よくやったラクダ4。各機警戒を怠るな、まだ護衛戦闘機はこっちを狙ってるぞ」

『了解、了解！』

クラウゼの忠告に仲間達の声は明るく弾《はず》んだ声を返した。

士気を上げるレヴェトリアの夜禽《やきん》達とは対照的に、ヴェストニアの猛禽達は悲痛な目で親鳥の最後を見守っていた。

燃え盛るテュフォンから人がバラバラと飛び降りていき、パラシュートの白い花が夜空に咲く。しかし、その数は少ない。中にはパラシュートが飛び火で焼け、隕石《いんせき》のように落ちて行った者もいる。勇敢な空の戦士達の末路は、いつだって救いが無い。

傷だらけになり、舵《かじ》を取る者を失ったテュフォンは、ついにその巨体をアンカラ川に叩《たた》きつけるように墜落《ついらく》した。

月まで届きそうな水柱と爆炎《ばくえん》が立ち昇る。

巨大な機体は川の最深部に着底しても水面から体の一部を晒《さら》して燃え続けた。火の粉《こ》が蛍のように川面を舞い、炎が紅《あか》いオーロラが揺らめく夜空を煌々《こうこう》と焦がしている。その豪快な死に様《ざま》と憐憫《れんびん》を誘う屍《しかばね》に、両軍のパイロットは声も上げず、ただただ魅入《みい》っていた。

巨獣《きょじゅう》の末期《まつご》を見届けた護衛機《ごえいき》部隊は、通信機はもちろん電子機材が殆《ほとん》ど利かず、役立たず同然となったミサイルを撃ち尽くし、機関砲弾も燃料も残りわずかという状況の中で、誰《だれ》一人帰還する素振《そぶ》りも見せず、示し合わせたように整然と編隊を組んで夜間戦闘機《せんとうき》隊へ向き直る。

護《まも》るべきものを失った時点で、任務は失敗と同時に終了する。エマ達護衛機部隊の生き残りは撤退するのが軍事における常識だった。だが、いいように叩《たた》きのめされて仲間を失った護衛戦闘機部隊のパイロット達は、ヴェストニア軍人伝統の愚直なまでの勇気と決意を示した。戦略的戦術的に見て、それは悲壮感に酔った愚行だろう。だが、彼らを誹《そし》れる者など、誹る資格がある者など、この世のどこにも存在しない。

『動物園《ティアガルテン》より全機へ、こちらでもアルグスの墜落を確認した。任務完了、全機帰還《ライゼ》せよ』

通信機から流れる司令部の言葉に、アンナリーサはキツイ空戦機動で失神寸前ながら、やっと帰れると胸を撫《な》で下ろした。

クラウゼも、これ以上の戦闘は無意味だと分かっていた。しかし、ヴェストニア人達が示したこの戦術的合理性の一切ない行動に、

「狐《フクス》より動物園へ。敵残存部隊の排除を行わなければ撤退は困難。これより戦闘に入る。各隊、編隊を組み直せ」

『了解《ヤボール》』

クラウゼを始めとする夜間戦闘機隊は当然の如《ごと》く受けて立った。アンナリーサは目を剝《む》く。

「な、なんでっ？　これ以上戦ったって何の意味もないじゃない！」

アンナリーサは収まらない吐き気で顔を青くしながらクラウゼに言った。アンナリーサには理解できない。なぜ必要もないのに殺し合おうとするのか、意味が無いのになぜ戦うのか、全く理解できない。そして、そのことを分かっているだろうクラウゼが、どうして戦いを続けようとするのか、さっぱり分からない。

「私も戦いたくはないんですが」

クラウゼは静かに口を開き、

「戦わなくてはならないのです、ドクトル。我々現場の軍人は何の意味が無いと分かっていても、戦う時があるんですよ」

「なんでっ⁉ 全然分かんない‼」

アンナリーサの悲鳴じみた反応を聞いて、まあ、そうだろうな、と無言で笑う。自分だって正確には分からない。戦いたくはない。もう帰りたいと思う。しかし、引くなと自分の中の何かが言っていて、その声は強制力というより説得力があった。その声を拒絶するということは、自分の中に残された数少ない大切な物を失う様《よう》な気にさせる、そんな戦闘機《せんとうき》乗りの声。

『……こちら動物園《ティアガルテン》。了解した。貴隊に神と女王陛下の加護《かご》があらんことを』

司令部の許可が下りたことにアンナリーサは絶句し、嘆息を吐き、そして、笑った。

「もう知らない。わたしのことは気にしないで好きにやればいいよ」

「ありがとうございます、ドクトル」

どこか自嘲《じちょう》的な笑いがこもった声を込めて応じ、クラウゼは通信機のスイッチを入れた。

「全機へ、白い魔女から伝言だ。我らに神と女王陛下の祝福を。以上！ いくぞ全速《フォルガス》‼」

『了解《ジーガー》、了解《ジーガー》‼』

喝采《かっさい》のような返事が通信機から鳴り響《ひび》き、大柄な夜禽《やきん》達は最大出力で勇敢なヴェストニア人達へ襲《おそ》いかかる。

護衛《ごえい》機部隊もまた、呼応するように最大出力で正面から突っ込んでいく。

総数二〇強の戦闘機達は交叉《こうさ》し、半分は反転上昇雲の中へ、半分はそのまま低空に留《とど》まり互いを射線に捉《とら》えるべく複雑な機動を取り始める。

軍事的必要性の一切ない、だが、決して退けない戦いが始まる。憎しみや恨みではなく、誇りや信念といった個人的矜持《きようじ》のための愚か極まりない殺し合い。しかし、その戦いはどこまでも崇高で、一体感すら抱《いだ》かせる清らかな闘争。撃墜《げきつい》された者にも、撃墜した者にも、後悔も悔恨もなく、互いに対する尊敬だけがあった。まるで、お伽噺《とぎばなし》に出てくる空の騎士《きし》達のように。

唯一人を除いて。


エマ・フォンクは仇《かたき》を見つけた歓喜と憎悪の炎に正気を焼き切られていた。敵味方が混交し魔女の釜《かま》の底のような戦場で、仇の複座型He－21を見つけると、怨恨《えんこん》で塗り潰《つぶ》された声を張り上げながら襲いかかった。

「狐《ルナール》!!　貴様だけは、絶対に死なす！」

『狐《ルナール》!!　貴様だけは、絶対に死なす！』

通信機からヴェストニア語の怨嗟《えんさ》が飛ぶ。

血錆《ちさび》が浮いた銃剣のような声に、クラウゼの顔が歪《ゆが》む。

エース殺しの狐なんてあだ名を付けられる原因になった相手の身内。ヴェストニアがサピアに派遣したエースパイロットの家族。自分が殺した人間の妹。

自身が一人の人間を復讐鬼《ふくしゅうき》に変える原因になったことに罪悪感を覚え、狂気に近いほどの怒りを抱《いだ》いていることに理解を示し、同情も抱いた。それら全《すべ》てを超越して、クラウゼはこの悲しい復讐者を落とすと決めた。なにせ背中にレヴェトリア科学界の至宝を積んでいるのだ、やられる訳にはいかない。だから落とす。

どんな手を使ってでも。

とはいえ、簡単にはいかない。武器の残りは短距離ミサイルが一発。機関砲弾が六四発。ガスはたっぷりあるが、後席には素人《しろうと》が乗り、腹には余計な荷物を抱えている。

クラウゼはバックミラー越しに尻《しり》に食らいついた蝙蝠《こうもり》のような全翼機を見つめ、その脅威度を量る。全翼機の機動特性はよく知らないが、機動を見る分には縦系の動きがかなり切れる。上昇性はこっちより上かもしれない。パイロットの素質も良い。安定性に欠けるだろう機体を手足のように扱っている。エースの妹はやはりエースの素質を持っているということか。

脅威度の分析を終え、クラウゼは意識を戦闘《せんとう》に集中させる。

操縦桿《かん》と同様に忙《せわ》しなくスロットルレバーを操作し、機体のエネルギーを一定に保つ。高度を上げて速度エネルギーを位置エネルギーに転換したかと思うと、すぐさま降下して速度エネルギーに戻し、旋回《せんかい》する際も左袖《そで》に貼《は》ったコーナー速度の相関表を一瞥《いちべつ》して角度に対して最適出力を出し、最効率で旋回を済ませ、ちょろっと直線に飛び、減耗したエネルギーを即座に回復させる。

腹立たしいまでに巧みなエネルギー保存飛行。

一見、簡単に仕留められそうに見えるが、摑《つか》もうとするとするりと逃げる巧妙な機動。とろとろ飛んでいても総合エネルギーを保持しているから、いざという時は俊敏《しゅんびん》に動く。おまけに、腹を擦《こす》りつけるように積雲《せきうん》の天井を飛んでいた。これでは縦系の機動で仕掛けられない。迂闊《うかつ》に上から被《かぶ》さったら雲に飛び込んで見失ってしまう。底意地の悪さが垣間見える実にいやらしい機動だった。

ただでさえ昂《たかぶ》っている感情を逆撫《さかな》でにするようなこの機動。後ろで追っているエマの感情的なストレスが限界まで膨張させられていった。

クラウゼはヘッドアップディスプレーに表示されている数値を視界の隅に置きつつ、血と化学剤で汚れた風防の枠に据えられたバックミラーで、食らいついている全翼機を顕微鏡で覗《のぞ》くように観察し、後席に声を掛けた。

「キツイGを掛けます。堪《こら》えて下さい」

「またなの」

アンナリーサは悲鳴を上げた。クラウゼにとっては最も負担の軽い、それでいて最大級に効率的な機動を取っていたが、慣れていないアンナリーサにはミキサー車に放り込まれているのと変わらない。込み上げてくる胃液を何度も押し戻し、目を固く瞑《つむ》って素数を数えていた。素数なんて数えても全く落ち着かなかったが、曳光弾《えいこうだん》がかすめる様《さま》は怖くて見ていられない。

クラウゼはアンナリーサの反応に口元を緩《ゆる》め、すぐに表情を硬くし、

「フロイライン・フォンク。御兄さんの事で伝えておくことが一つだけあります」

『!?』

通信機に向かって語りかけ、操縦桿《かん》とスロットルレバーを握り直すと、

「お前の兄貴はヒヨコを撃つより簡単だったよ」

人間性が疑われるような嘲笑《ちょうしょう》をした。

一瞬《いっしゅん》の静寂の後、

『貴様ああああああああああああああああああああああああああっ!!』

魂から絞り出したような絶叫と共に、全翼機が一際強引に突っ込んでくる。

——食いついたな。さあ、追って来い。

クラウゼは機関砲を発砲しながら突っ込んでくる全翼機を木の葉のようにひらりとかわし、そのまま雲の中へ潜《もぐ》って、良心の呵責《かしゃく》に顔をしかめながら、牙《きば》を突き立てる作戦を始める。

「逃がすかあっ!」

エマは雲の中を抜け、一度低空に飛び出し、周囲を窺《うかが》うが、複座仕様の大型機は見えない。光学センサーのスコープにもそれらしい反応はない。雲の中かもしれないが、光学センサーでは雲の中まで見通せない。レーダーを使うかと操作パネルへ指を伸ばしかけ、止める。レーダーは警戒装置でこちらの位置もばれる。狐《ルナール》はまたすぐに姿を隠してしまうだろう。

ヘッドアップディスプレーの燃料計がそろそろ帰投《きとう》しないとヤバいと告げていた。新型オラージュよりも遥《はる》かに高性能なメテオールだが、燃費だけはオラージュよりかなり悪い。

焦燥感《しょうそうかん》に駆られ始め、エマは目を大きく開きながら、首をぶんぶん回して周囲を見回し、

「くそ、どこへ行った……」

忌々《いまいま》しそうに吐き捨て、握り潰《つぶ》しそうなほど力を込めて操縦桿《かん》を引き、上昇する。

——このままじゃ埒《らち》が明かない、雲の上に昇ってレーダーを使おう。警戒装置でこちらの位置が摑《つか》まれても、雲の上なら腹の下から以外襲《おそ》われない。高高度からのダイブならHe－21よりメテオールの方が上だ。

戦略を立てながら雲の中に入ったエマは、信じられないものを見た。

狐が駆るHe－21らしき影が脇《わき》をすり抜けて行ったのだ。

海面すれすれを泳ぐ鮫《さめ》のような影を目にしたエマは即座に上昇を止め、機体を捻《ひね》らせて影が進んでいった方向へ機首を向け、上下左右完全な闇《やみ》の中を疾走しながら目を皿のように剝《む》いて仇敵《きゅうてき》の姿を探し回る。

闇《やみ》の中を駆けているうちに、エマは不意に強烈な不安感に襲《おそ》われた。体験したことのない怯《おび》えに、エマは困惑する。仇《かたき》が目と鼻の先にいるかもしれないのに、憎悪で心を焼き潰しているのに、どうして怯えているのか、何を恐れているのか、分からない。だが、不安はどんどん大きくなってきて、ついには自分がどう飛んでいるのかも分からなくなった。

何が起きたのか、エマには全く理解できない。突然、自分が真《ま》っ直《す》ぐ飛んでいるという確信が一切抱《いだ》けなくなった。ヘッドアップディスプレーの数値を見て自分が真っ直ぐ飛んでいると頭では分かっても実感できない。それどころか、あの紅《あか》いオーロラのせいでシステムがイカレているのではないかという疑念さえ湧《わ》いてくる。

無意識に速くなった呼吸音が焦燥感と不安を一層強く煽《あお》る。心底殺したい仇がすぐそばに居ると思っていても、あっという間に忍耐と我慢が絞り尽くされ、エマの心は限界に達した。抑え難い不安から逃れるように震える手で操縦桿を引き、雲の中から飛び出す。

上昇している自信は全く持てなかったが、不気味な紅いオーロラを目にして、エマがほっと胸を撫《な》で下ろし、高度を取ろうと機首を上げた瞬間《しゅんかん》、思い切り殴りつけられたように機体が激しく揺さぶられ、ぐるりとひっくり返った。

「きゃあああああっ!?」

頭上にあった紅いオーロラが足の下に見える。何が起きたのか分からず混乱していると、バックミラーに大きな影が映っていることに気づきエマは振り返った。体が、凍りつく。

真後ろに大きな戦闘機《せんとうき》が悠然と飛んでいた。

「な――」

敵の姿を目にして、エマはようやく自分が撃たれたと分かった。強力な三〇ミリ機関砲弾が近くを通過した衝撃《しょうげき》に機体が煽《あお》られたのだ。そして、全身の毛孔《けあな》が開くのが分かった。もし、上昇するために操縦桿《かん》を引いていなかったら、自分は今頃撃墜《いまごろげきつい》されていた。抑え難い恐怖感に、エマは絶叫を上げる。

「うああああああああああああああああああああああああっ!!」

虚空《こくう》の闇《やみ》に消えていく曳光弾《えいこうだん》を見送ったクラウゼは眉《まゆ》をひそめ、操縦桿を握る右手を一瞥《いちべつ》。気持ちを入れ替えるように操縦桿を握り直し、汚れた風防越しに全翼機を見据える。

エマ・フォンクには才能があり、優《すぐ》れた戦闘機を手足のように扱える。とはいえ、絶対的に経験が不足している。それ故《ゆえ》にクラウゼが張った罠《わな》に引っ掛かって空間識失調《バーティゴ》になり、空間識失調のもたらす不安と恐怖から逃れるために雲の上に逃げ出してきた。

全《すべ》てがこちらの思惑通り。機関砲弾が外れたことは予定外だったが、何も問題ない。何も。

身を捩《よじ》るように逃げる全翼機に楽々と追従しながら、クラウゼは火器管制を機関砲から虎《とら》の子《こ》のミサイルに変更し、慎重を期して赤外線捜索追跡装置《IRST》で捕捉《ほそく》する。受動式装置であるＩＲＳＴは如何《いか》なる警戒装置でも捕捉《ほそく》されたことを悟らせないシステムだ。一方的に撃てる。

ジーというミサイルが獲物《えもの》を捕捉したという電子音が鳴り、クラウゼは悲しそうに、嬉《うれ》しそうに、複雑に顔を歪《ゆが》め、

「さようなら、お嬢さん《ゼルヴスフロイライン》」

兵装使用ボタンを押した。

が、反応しない。シュバッと飛んでいくはずのミサイルがうんともすんとも言わない。

「…………えっ？」

クラウゼは眼《め》を瞬《まばた》かせ、カチカチと二回押し、さらにカチカチカチカチと何度も押したが、ミサイルは飛んで行かない。それどこか、ガコッと何かが外れる音がして捕捉音が停止した。考えたくはないことだったが、不発のまま滑落したらしい。

「そ、そんな馬鹿《ばか》な！　こんなこと、ありえないっ!!」

クラウゼが慌てて火器管制システムを操作して機関砲を選択しようとすると、

『お兄ちゃんは……お兄ちゃんは……』

通信機から鼻をすする音が聞こえた。クラウゼが手を止め、眉根《まゆね》を寄せた瞬間《しゅんかん》、

『お兄ちゃんはヒヨコなんかじゃない!!』

うえええええええんっと涙声が響《ひび》き渡った。

「!?」

『お兄ちゃんはヒヨコなんかじゃないっ！　お兄ちゃんはエースパイロットだっ！』

びーびー泣きながらギャンギャン喚《わめ》き立てたかと思うと、全翼機がふっと視界から消え去り、旋回《せんかい》に入っていていた。目が追い付かない程の鋭い機動にクラウゼは度肝《どぎも》を抜かれた。今までの機動とは別次元の反応速度とキレ味に、全身から冷や汗が吹き出し始める。

「──な……なんて速さだっ！　まさか、こいつ今まで本気じゃなかったっていうのか」

誤解である。エマは最初から本気だった。ただし、絶対に仇《かたき》を討つと気負い、肩に力が入っていた。それが完全にキレてしまったことで、最良の状態になっただけだ。

『お兄ちゃんを返してよぉ！』

蝙蝠《こうもり》のような戦闘機《せんとうき》が側面から襲《おそ》いかかる。

クラウゼが間一髪《かんいっぱつ》機体を捻《ひね》らせて機関砲弾をかわすと、二機はもつれ合うように横転旋回《ロール》しつつ相手の後方を取るべく、減速しながら交差《シザース》と離脱を繰り返す。急旋回の連続で運動エネルギーは徐々に殺されていくが、それでも肉体と機体に掛かる強烈な負担は一向に減らない。

肺を締め上げるようなGに歯を食いしばりながら、クラウゼは横を飛ぶ全翼機を睨《にら》みつける。後部座席で失神寸前のアンナリーサのことは頭の中から完全に消えていたため、次のアプローチを交わしたらフックを仕掛けて前に押し出《オーバーシュート》させる、とさらなる高負荷機動を企《くわだ》てる。

そして、五度目の交差。

クラウゼがフックを仕掛けるタイミングを計るために、ほんの一瞬《いっしゅん》、目を全翼機から離してヘッドアップディスプレーの数値へ向けた。

その僅《わず》かな間に、全翼機は右回転しながら背面になったかと思うと、機体を捻らせるように左横転し、左左翼を意図的に失速させ、空中で静止したかと思うほど激しく減速する。揚力が片翼のみの危険状態になりながら、針の穴を通すようなラダーコントロールで、失速することなくそのままクルリと回転して姿勢を回復させると同時に、クラウゼの背後に回り込む。

刹那《せつな》の間に行われた超精密にして超高次元機動。

「!? 消えたっ!? どこへ——あ……っ!!」

目線を戻した時のクラウゼの驚きようは形容する術《すべ》が無いほど大きく、全翼機が背後にいることに気づいた時、戦慄《せんりつ》して心停止しそうになった。

眼球を動かしていたほんの一瞬に、横にいた全翼機が自分の後方へ移動していた。何が起きたのかと混乱することも、どんな機動をしたのかを想像することも出来ず、ただ凍りつく。呻《うめ》き声を漏らすことも瞬《まばた》きをすることも出来ない程の衝撃《しょうげき》。抵抗の意欲さえ刈り取る巨大な敗北感が骨の髄《ずい》まで突き抜け、快ささえ覚える。

『落ちろおおおおおおおおおおおおおおおおおおおおおおおおおっ!!』

通信機から流れるエマの絶叫でクラウゼは我に返るが、回避が間に合わないことは嫌《いや》でも分かる。敗北した自分が撃墜《げきつい》されるのは仕方ないにしても、後ろの人間だけは何があっても死なせるわけにはいかない。

ほとんど本能でクラウゼがとっさに両脚の間にある緊急脱出装置《イジェクションレバー》へ手を伸ばし——

風防と共に座席が射出される代わりに、テイルコーンから射出されたフレアが約五〇〇度の熱エネルギーを瞬間《しゅんかん》的に発生させて、凄《すさ》まじい光を放った。

『きゃあっ！』

通信機から女性らしい悲鳴が響《ひび》いた。

夜闇《よやみ》に慣れた目がその強烈な閃光《せんこう》を至近距離で浴びれば、焼きゴテを当てられたような苦痛を伴う。まともな操縦などできない。

身に覚えのないフレアの射出と、バックミラー越しに見た激しい閃光と通信機から響く悲鳴にクラウゼが呆然《ぼうぜん》とする中、全翼機がすぐ脇《わき》をよろけるようにふらつきながら通り過ぎていく。

放心したまま通り過ぎる全翼機を眺めていると、

「しっかりしなさい!!」

背後から鋭い声が届き、ようやくアンナリーサがフレアを撒《ま》いたのだと頭が理解するが、体が反応しない。超絶機動と窮地からの生還がもたらす衝撃《しょうげき》で体の反応が鈍い。力が入らない。

「しっかりしろ、クラウゼ・シュナウファーッ!!」

祈るような叱咤《しった》に、力が蘇《よみがえ》る。クラウゼは条件反射的に照準を無防備な全翼機へ合わせ――

ガントリガーを引いた。

右ストレーキから放たれた三〇ミリ機関砲弾は真《ま》っ赤《か》な筋を描きながら、本能が狙った通り左主翼を大きく抉《えぐ》る。コックピットから外された砲弾は主翼をへし折り、バランスを失った全翼機はくるくると横転しながら雲の中へ消えて行く。視界から消える間際に全翼機から飛び出した射出シートがパラシュートを開く様《さま》を目が捉《とら》えていた。

「……敵機、撃墜《げきつい》」

通信機のスイッチを押すことも忘れて、ぽつりと呟《つぶや》く。

強敵との戦いに勝利した心に湧《わ》き上がったのは、達成感でも充実感でも安堵《あんど》でもなく、ただ、彼女が無事に帰還できますように、という祈りだけだった。

『こちらラクダ1《カメール・アイン》。狐《フクス》、敵部隊の後退を確認した。半分は落としたよ。こっちは、三機食われた。脱出したのは……一人だけだ』

仲間から連絡が入った。参加した十一機のうち、最後まで生き残ったのは六機。クラウゼが指揮を執《と》った中で一番大きな戦果をあげ、一番犠牲《ぎせい》を出した戦いだった。

クラウゼはシートに体を預けてゆっくりと息を吐き、全身が冷や汗で濡《ぬ》れていることに気づく。そっとスイッチを押して、言った。

「……了解した。作戦完了。高度八〇〇〇で合流。帰ろう」

高度を八〇〇〇メートルまで上げ、味方機の合流を待つため緩《ゆる》やかな旋回《せんかい》に入る。クラウゼが薄《うす》れ始めた紅《あか》いオーロラを見上げながら後席に声をかけた。

「生きてますか、ドクトル」

「……死んでない」

弱り切って今にも死にそうな声が返ってきた。

ほっと安堵《あんど》の息を漏らし、同時にアンナリーサのことを完全に忘れていたことを恥じつつ、礼を口にした。

「先程は助けて頂いてありがとうございます」

「助けたのはそっちでしょ」

返ってきた声が不機嫌さ全開で、クラウゼは理由がさっぱり分からず小首を傾《かし》げる。

「？　何がですか？」

クラウゼの間抜けな反応に、アンナリーサは今までの負担と相《あい》まって怒りを爆発《ばくはつ》させた。

「わたしが分からないと思ってるの？　わざと射線をずらしたじゃない！　それも二回も！やっぱりあの女となんかあるんでしょう！　そうなんでしょう！　これが最後の機会よ。正直に白状しなさい、シュナウファーッ！」

風防の分厚《ぶあつ》いガラスをばっしんばっしん叩《たた》きながら繰り出された猛抗議に、クラウゼは呆《あき》れ気味に息を吐いて、

「いい加減にしないと怒りますよ？」

「こっちはもう怒ってるわよっ！　説明しろ説明しろ説明しろ――――っ！」

逆ギレに負ける。癇癪《かんしゃく》を起こした子供には敵《かな》わない。

「殺す気でした」

クラウゼは正直に、そして、静かに告げる。

「今日だって、何人も殺したんです。あの女性《ひと》も殺す気でした。でも、出来なかった。引き金を引く瞬間《しゅんかん》にあの女性《ひと》の顔と名前がぱっと浮かんで、そしたら、体が言うことを聞かなくて、殺す気だったのに、狙《ねら》いが勝手に逸《そ》れて――」

「いいよ、もう」

背中からぶっきらぼうながら柔らかく優しい声が届き、告解《こっかい》が遮《さえぎ》られた。

「もう、わかったから。いいよ、許してあげる」

夜闇《よやみ》に溶けていく紅《あか》いオーロラを見つめてクラウゼは深呼吸し、独《ひと》りごちるように言った。

「……これからどうなるんですかね」

「この内戦のこと?」

「いえ、もっと大きなことです。街一つを吹き飛ばす爆弾に、目に見えない電磁波兵器。正直ついていけません。この先、どうなってしまうんでしょう」

クラウゼの吐露《とろ》に、

「この世から戦争は無くならないし、戦争を失《な》くすことはできない」

アンナリーサはきっぱりと言い切った。

「わたしは科学者だから、そんな現実味のないことを目指したりはしない。理想と願望を履《は》き違えたりしない。実現可能な事実と、実現不可能な妄想を混同したりしない」

一切の感傷を排した、理性的かつ現実的な見解を口にしてから、ゆっくりと話し出す。

「アジャンクールの爆弾《ばくだん》も、私のEMP兵器《ローテン・アウロラ》も悲劇の規模を抑制することはできるかもしれない。大国の大規模な介入を防ぐことができるかもしれない。でも、それだけ。戦争そのものを止めることも無くすこともできない。人が死ぬことも止められない。今日のこともそう。あの爆弾が殺すはずだった命は救えたかもしれない。でも、その代わりに、何人も死んだわ。数字の上では最効率だろうけど、でも、死んでいった人の家族が抱《いだ》く悲しみは数字では表せないし、たとえ結果として平和を築けても、遺族の人達を納得させることなんてできないと思う」

アンナリーサの言葉はクラウゼに痛いほど分かった。

今しがた撃墜《げきつい》した女性パイロットが脳裏を横切る。あの激しい憎悪。一人の人間をあそこまで追い込んだのは自分だ。そして、あの女性だけではない。自分が殺した人間の何倍もの人間が、きっと自分を恨んでいるだろう。

「今のわたしにできるのは、ここまで。偽善とか抜きにして、最大多数を救うために、最小の犠牲《ぎせい》を払わざるを得ない。最適と最効率の手段を作ることしかできない。悔しいなあ……最良にも最高にも届かない」

倦《う》んだ吐息を漏らすアンナリーサにクラウゼは言った。

「いつか届きますよ」

本心だった。同時に、希望であり、願望だった。

「届くかな」

「あんな綺麗《きれい》なオーロラを作ったんです。こんなの誰《だれ》も見たことがない。貴女《あなた》だから出来たんですよ。だから、きっといつか届きます」

クラウゼの言葉につられるように、アンナリーサは自分が作り出した成果に目を向け、ぽつりと言った。

「綺麗な空ね」

「ええ、ドクトル。私が見てきた中で、最高に綺麗な夜空です」

狐《きつね》のマークが描かれた機体を先頭に機械仕掛けの夜禽《やきん》達が飛んでいく。

紅《あか》いオーロラがゆっくりと溶ける最高に綺麗な夜空の中を。

character file.05

ルイ・シャルル・ド・アジャンクール
Louis Charles de Azincourt
55歳

精神を病んだ天才科学者。数学の天才で、西方領域を代表する科学者になると誰もが認める男だったが、30年前の第三次西方大戦で暗号開発に従事中、身重の妻が空襲で流産。自責の念から精神を病んでしまう。

character file.06

エマ・フォンク
Emma Fonck
20歳

可憐な容姿とは裏腹に性格は男勝りだったが、軍の教育でさらに獰猛になった。兄貴の仇を討つため前線への出撃を志願するも不興を買い左遷。それでも情報部から前線の情報を貰って復讐の機会を伺っている。

little witch & flying fox

エピローグ

——君のいない人生なんて
人生じゃないよ。

アルバート・アインシュタイン
（戦争協力を完全に拒絶した数少ない科学者）

初夏の風が心地良い。

ベルリヒンゲン駅から出たクラウゼ・シュナウファーは温かな陽光を浴びながら菩提樹《ぼだいじゅ》とブナが並ぶ街道のバス停まで歩き、ベンチに腰を降ろす。ふっと息を吐いて襟元《えりもと》を緩《ゆる》め、手荷物を脇《わき》に降ろすと、懐《ふところ》から煙草《たばこ》を取り出して吸い始めた。

路線バスがクラウゼを迎えに来るまでしばらくあった。クラウゼは煙草をふかしながら道中に買い込んだ週刊誌を手に取り、記事を読み始める。

芸能人のしょうもないゴシップなど、世の中を下半身から眺めたような記事を流し読みしていると、不意に関心を引く一文が目に映った。

『サピア内戦、終結へのシナリオ』

西方領域の西端で長く続いた動乱に終止符が打たれつつある。一年前の巨人機狩り成功を契機に始まった『流血の春』と呼ばれる大攻勢が成功し、反乱軍が主導権を完全に掌握《しょうあく》すると、共和政府側を支援していた諸外国は見切りをつけて手を引いた。その結果、反乱軍はサピア国内の八割を制した。全世界から集まった熱烈な共和主義者からなる義勇兵達と、狂信的な共産主義勢力がしつこく足掻《あが》いているものの、大勢は既《すで》に決している――

記事を読み終えたクラウゼは煙草の灰を大地に落とし、紫煙《しえん》を吐く。

「なんにも分かってないな」

どのようなソースを元に書かれたのかは知らないが、実に浅はかな記事だ。終結？　これからが本番だ。ここからは共和政府側が死に物狂いで抵抗するだろう。少しでも自分達に有利な譲歩《じょうほ》を引き出すために、徹底的に抗《あらが》う。反乱軍が嫌気《いやけ》を覚え、裏取引を持ちかけるまで絶対に降伏すまい。肉を削《そ》ぎ、骨を削って戦い続けるのだ。文字通り、最後の瞬間《しゅんかん》まで。

クラウゼは短くなった煙草を足元に落として踏み潰《つぶ》す。

一年前、アンカラ川の空に紅《あか》いオーロラが煌《きら》めいた夜。あの夜以来、戦争の形態は確かに変わった。アンナリーサ・フォン・ラムシュタインの作り出した電磁波兵器は高度に電子化された先進国軍隊にとって効果があり過ぎ、損害を恐れた諸外国は手を引いた。レヴェトリア国内も一定の戦果に満足し、主戦論が息を潜め、第四次大戦は次の機会に持ち越された。

が、そこまでだった。

科学にアンナリーサやアジャンクールという天才が居たように、政治や経済においても天才が居たらしい。

その天才達はすぐさま戦争の変化に対応した。直接支援から間接援助へ、直接確保から間接搾取《さくしゅ》へ、天才達は自らの手を汚さずに金と資源を吸い上げるシステムを構築した。

無駄《むだ》だった、とは思わない。サピアの内戦から先進国の軍隊が引き揚げた。ただ、だからと言って戦争は無くならなかったし、その残虐性《ざんぎゃくせい》に陰りが差すこともなかった。

戦争は無くならない。人は争い、殺し合う。これまでも。これからも。

そして、発展していく。相手に勝とうとする意志力が人間を前進させる。良い方向にも、悪い方向にも。

新たに煙草《たばこ》を吸い始めたクラウゼは若葉の新緑が鮮やかな景色を眺め、紫煙《しえん》と共に憂鬱《ゆううつ》を吐き出して週刊誌のページをめくった。

『悲劇の天才科学者ルイ・アジャンクール博士、奇跡の再生とその愛』

記事を読み進め、かつて『敵』と認識していた相手のドラマチックな人生譚《たん》に、クラウゼは憂鬱な気分が薄《うす》れ、代わりに感心と驚きを覚える。特に、去年からの出来事については軽い衝《しょう》撃《げき》を受けた。

巨人機テュフォンが撃墜《げきつい》された際、信管を設定できる唯一の人間ルイ・シャルル・ド・アジャンクールは負傷して記憶障害を患い、人格と記憶に劇的な変化を起こした。

ヴェストニアは総力を上げてアジャンクールの記憶回復を図ったが、結局失敗に終わった。失敗の理由は、負傷によって三十年に及んだ狂気が失われ、精神状態が大戦前の理想家だった頃《ころ》に戻ったためだ。

かつての気高い精神を取り戻したアジャンクールは、政府に「国賊《こくぞく》として逮捕されても戦争協力を永久に拒否する」と宣言し、開発資料を全《すべ》て焼却処分してしまい、ヴェストニアの切り札だった電子励起《れいき》爆弾《ばくだん》の製造が困難になってしまった。このため実際、その後に国家反逆罪容疑で逮捕されたものの、ヴェストニア科学界総出の支援によって不起訴処分に終わった。

ちなみに、正気を取り戻したアジャンクールが最初にしたことは、テロによって重傷を負った元妻への献身的な介護《かいご》であり、その後、奇跡的に意識を取り戻した元妻への、再プロポーズだった。大戦時に夫として責任を果たせなかったことを恥じて離婚した（その際全《すべ》ての財産を譲渡《じょうと》している）元妻へ行われたこの再プロポーズは見事受け入れられたという。

週刊誌のことだからどこまで真実かは分からないが、非常に興味深い。既《すで》にヴェストニアではこれらのエピソードを映画化する話まで上がっているらしい。

なお最終的に、電子励起爆弾はサピア内戦から数十年以上も眠りについた。アジャンクールの非協力や開発資料の焼失など理由はあるが、最大の理由はサピア内戦から数年後、ついに核分裂反応が実証されたためだ。核兵器という悪魔の兵器を巡り、人類は壮大なる愚行を重ねてゆくことになるが、これは別の話である。

「あのテロといい、世の中いろいろあるもんだ」

一年前の冬、各国の首都を襲《おそ》った世界同時多発テロ。各国の諜報員《ちょうほういん》と特殊部隊員が連日連夜世界中を飛び回って、犯人探しと殺しに明け暮れ、ある日突然、何の動きもなくなった。

噂《うわさ》すら入ってこない。軍に居て世界の裏側を端っこだけ知っているクラウゼには何となくわかる。ケリが付いたのだ。きっと電話で世界を動かせるどこかの誰《だれ》かが、内緒にしておいた方がいいと判断したのだろう。推理小説家が言うように、解かれないことを望む謎《なぞ》だってある。

それに、時間が経《た》てば、誰かがこの謳《うた》われなかった戦いの物語を紡ぐかもしれない。

クラウゼが週刊誌のページをめくり水着のオネーチャンを眺めていると、真っ黒な高級車がやってきて停《と》まった。後部座席の窓が開き、美女が金髪を揺らしながら顔を出した。

「大尉、乗っていく？」

美女の申し出にクラウゼはふっと笑って腰を上げた。

「ええ。お願いします、中佐殿」

親衛隊の公用車は走り出し、菩提樹《ぼだいじゅ》とブナの並木の間を快調に駆けて行く。

中佐の階級章を付けたイングリッドは微《かす》かに眉《まゆ》を下げながら、

「悪いわね、クラウゼ。せっかくの休暇を切り上げる形になってしまって」

「いいえ、人事部に無理やり消化させられた休暇ですから。それに父のぼやきと母の小言《こごと》は充分堪能《たんのう》しましたよ」

「一人息子を戦場に行かせている親の気持ちを察してあげなさい。暫時《ざんじ》撤退が決定したのだし、貴方《あなた》さえ良ければいつでも本国勤務にしてあげるわよ。両親を安心させてあげたら？」

諭《さと》すように言った。

サピア内戦に関与している国家は直接支援から間接援助にシフトしている。レヴェトリアも例外ではない。戦局がほぼ決した今、アドラー軍団は徐々に引き上げていた。

だが、クラウゼは微笑《ほほえ》みながら首を横に振った。

「いいえ、暫時撤退するからこそ誰《だれ》かが最後まで残らないと」

柔らかい笑顔に浮かぶ真剣な眼差《まなざ》しに、イングリッドは反抗期を終えた息子を見る母親のような顔つきになって、感嘆とも寂寥《せきりょう》とも取れる吐息を漏らす。

「一年前の貴方だったらすぐに食いついたでしょうに。厭戦《えんせん》家だった貴方が戦場に留《とど》まる気になった理由は何？　あのヴェストニア娘との勝負が楽しくなった？」

「そんなわけないでしょう」

クラウゼは嘆息を漏らす。巨人機撃墜《げきつい》後、無事に帰還したらしいエマ・フォンクはその後も執拗《しつよう》にクラウゼを追い続け、戦場で何度か銃火を交えていた。戦友達はあまりにしつこいエマを『狐《きつね》の押しかけ女房』と称して笑っているが、クラウゼには全く笑えない。

「自分のしたことの責任を果たそうと思いまして」

簡潔に答えたクラウゼは、顔を車窓に向ける。

「一年前まで、私は任務に辟易《へきえき》していただけでした。戦うことにも殺すことにもうんざりしきっていた。自分の境遇に厭《あ》いているだけで、自分が背負った業《ごう》にまで考えが及んでいなかった……」生命力溢《あふ》れる並木の若葉を眺めながら、「でも、一年前のあの日、私には多くの人を殺《あや》め、その何倍もの人間を苦しませた者として、内戦の結末を最後まで見届ける義務と責任があることに気づいたんです」

アンナリーサと共に戦場を駆けたあの夜、ヴェストニアの女性パイロットから向けられた正視しかねるほどの憎悪に、クラウゼは衝撃《しょうげき》を受けたと同時に、蒙《もう》を啓《ひら》かれた。アンナリーサが自分だけにしかできないことをしたように、クラウゼも自身がせねばならないことがあると自覚した。それゆえ、作戦後本国へ帰ろうと言ったアンナリーサに背いて戦場に留《とど》まったのだ。

クラウゼはすっと短く深呼吸し、イングリッドの目を見る。

「だから、私は最後まで残らねばなりません」

さっぱりとしたその顔つきは悟りを啓《ひら》いた禅行者《ぜんぎょうじゃ》のようで、信念を固めた人間だけが浮かべる澄《す》んだ目をしていた。

「そんな責任、取る必要ないのに。相変わらず妙な所で律義なんだから」

イングリッドは説得を諦《あきら》め、嘆息を吐く代わりにどこか誇らしげで嬉《うれ》しそうに微苦笑し、

「ところで、帰省していた間に、女と会っていたそうね？」

底意地の悪い小姑《こじゅうと》のような目でクラウゼをねめつけた。

「それも結婚を前提にした付き合いの話だったとか？」

その途端、クラウゼはびくりと体を震わせ、目を泳がせ始める。

「いや、あれは、ですね。その、叔父が勝手に連れてきたんですよ。なんでも東方領域の文化で未婚者同士を紹介するオミアイとかいうのをやらされたんです！」

事実だった。東方文化にかぶれている叔父は、いつも好意に基《もと》づいて面倒事をこさえてくれるありがた迷惑な人だった。

もっとも、事実だからといって、聞かされた人間が信じるかどうかは別の話で、

「ヴェストニアの小娘やあの御《お》嬢様《じょうさま》の相手をするのも良いけれど……あんまりテキトーな事をしていると怒るわよ？」

案《あん》の定《じょう》、話を全く信じていないイングリッドに、液体窒素《ちっそ》の方がまだ温かそうな視線を向けられたクラウゼは一瞬《いっしゅん》で顔を蒼白《そうはく》させ、

「か、神と女王陛下に誓って後ろ暗いことはしておりませんっ！」

棒を呑《の》みこんだように姿勢を正して悲鳴を上げるように言った。

イングリッドは小さく嘆息を吐き、

「まったく、誰《だれ》のために毎回婚約話を蹴《け》ってると思ってるんだか」

「へ？　何ですか？」

間抜け面《づら》を浮かべるクラウゼに、

「何でもない。だいたい貴方《あなた》はね」

イングリッドが追及の矛先《ほこさき》をさらに深く突き刺そうとした時、

「あの、間もなく到着します」

運転兵が心底申し訳なさそうに口を挟《はさ》んだ。

水を差された形になったイングリッドは不快そうに舌を鳴らし、追及を中止した。

雰囲気が変化したことを嗅《か》ぎ取ったクラウゼは胸を撫《な》で下ろしながら、内心で運転兵に感謝の言葉を贈る。

車の前方に久しい建物が映った。

『キャンディ・ハウス』。小さな魔女のために作られた工房であり、白い魔女のアトリエだ。

「中佐殿、御出迎えのご予定があるのでしょうか」

再び運転兵が口を開く。イングリッドはかすかに首を傾《かし》げて、

「いや、そんな話はない」

「しかし、その、研究所の入口に、どなたかいらっしゃいます」

訝《いぶか》りながら『キャンディ・ハウス』の入口に目を向けて、ふっと口元を釣り上げた。

「あら、熱烈な歓迎ぶりね、クラウゼ」

その言葉につられ、クラウゼも目を向ける。戦闘機《せんとうき》乗りの鍛え上げられた視力が、二つの人影をはっきりと捉《とら》えた。

白金色の長い髪をたなびかせ、腕組みしながら仁王立ちする学生服姿の美少女。その背後にはビジネスーツを着込んだ女性が寄り添うように立っている。

懐《なつ》かしい顔だが、美少女の方はなぜか眉目《びもく》を吊《つ》り上げていた。それもかなり不機嫌そうに。狐《きつね》が危険を嗅《か》ぎ取るようにクラウゼの勘が警報を鳴らしたところへ、

「ああ、言い忘れてたけど、あの御嬢様《おじょうさま》にオミアイのことを伝えてあるから」

イングリッドが蛇のように微笑《ほほえ》んで言った。

「なん……ですと……?」

クラウゼは再び顔を青くする。

アンナリーサ・フォン・ラムシュタインは近づいてくる親衛隊の公用車を見つめながら、盛大に鼻息をつく。

「どういうことなのか、きっちり聞かせてもらうからな、シュナウファーッ」

荒い鼻息とは裏腹に、アンナリーサの顔には笑顔が浮かんでいた。

あとがき

唐突に告白しますが、私はゲーマー気味の人間です。

近年は専《もっぱ》らＦＰＳとアクションですが、ＳＴＧ《シューティング》も好きです。まあ、下手《へた》の横好きなので基本的に二面から先に進めませんけれども。歳《とし》なのか、もう目が追いつきません。

それでもＳＴＧが好きなのは世界観やキャラが極めて個性的だからでしょうか。斑鳩《いかるが》、ラジルギ、怒首領蜂《どどんぱち》、超兄貴《ちょうあにき》、エスプレイド……どれも素晴らしい。日本の商業作品が正義の味方ルートを突っ走り完全ハッピーエンドを追求する構成が多い中、ＳＴＧは乾いたシナリオが多くて私好みです。アンダーディフィートのＨＤ化移植、お待ちしております。

さて、本作を書いている時にエスプガルーダⅡが家庭用に移植され、あのキャラが満を持して使用キャラになりました。まあ、私は成長した姿の方が好みですけども。

ともかく、この喜びを読者の皆さんと（強引に）分かち合うべく頑張って、

……あ、ネタばれしそうです。話を強制的に打ち切ります。

そうですね、ここは雰囲気を切り替えて真面目《まじめ》な話でもしましょうか。

本作の参考資料の一つ、『戦争における「人殺し」の心理学』（デーヴ・グロスマン著、筑摩書房刊）によれば、『人には同類たる人間を殺すことに強烈な抵抗感がある』そうです。

この人間が持つ殺人へ対する強固な抵抗感を、グロスマンは『人間が持つ高貴な性質』や

『人類には希望が残っていると信じさせてくれる力』という言葉で表しています。この力の源《みなもと》がなんなのか、具体的には分かっていないようですが、グロズマンが指摘するように様々な要素が複雑に絡み合って生まれる力であり、宿る性質なのでしょう。

私は感銘を受けつつも、ちょっと疑問に思いました。

そんな特質がありながら、どうして人類は戦うことをやめられないのか？　もしくは、そのような資質が備わっていながら、なぜ人類は互いに殺し合い続けてきたのか？

おそらく、この疑問に対する回答は人の数だけ存在するでしょう。正解など無いのかもしれませんが、私なりの回答を下敷きにして本作を執筆してみました。

と書くと、哲学書や研究書みたいな話じゃねえだろうな、と警戒される方もおられるでしょう。ご安心ください。皆さんの大好きな巨乳メイドが出てくるファンタジーでございます。

とまあ、そんなこんなの本作『小さな魔女と空飛ぶ狐』でした。

最後に、本作を出すチャンスをお与え下さった電撃文庫編集部様、毎度ご迷惑をおかけしている担当様、お忙しい中美麗なイラストを描いて下さった大槍葦人《おおやりあしと》様、他関係各所の皆様の御助力と御指導に心より感謝を申し上げ、本書を手に取って下さった全《すべ》ての方に深く御礼《おんれい》申し上げます。ではまた、いずれ。

南井大介

◉南井大介著作リスト

「ピクシー・ワークス」（電撃文庫）

本書に対するご意見、ご感想をお寄せください。

■

あて先

〒160-8326 東京都新宿区西新宿4-34-7
アスキー・メディアワークス電撃文庫編集部
「南井大介先生」係
「大槍葦人先生」係

■

電撃文庫

小《ちい》さな魔女《まじょ》と空飛《そらと》ぶ狐《きつね》

南井大介《みないだいすけ》

発行　二〇一〇年九月十日　初版発行

発行者　髙野　潔
発行所　株式会社アスキー・メディアワークス
〒一六〇-八三二六 東京都新宿区西新宿四-三十四-七
電話〇三-六八六六-七三一一（編集）
発売元　株式会社角川グループパブリッシング
〒一〇二-八一七七 東京都千代田区富士見二-十三-三
電話〇三-三二三八-八六〇五（営業）
装丁者　荻窪裕司（META+MANIERA）
印刷・製本　旭印刷株式会社

ISBN978-4-04-868836-9 C0193

電撃文庫創刊に際して

文庫は、我が国にとどまらず、世界の書籍の流れのなかで〝小さな巨人〟としての地位を築いてきた。古今東西の名著を、廉価で手に入りやすい形で提供してきたからこそ、人は文庫を自分の師として、また青春の想い出として、語りついできたのである。

その源を、文化的にはドイツのレクラム文庫に求めるにせよ、規模の上でイギリスのペンギンブックスに求めるにせよ、いま文庫は知識人の層の多様化に従って、ますますその意義を大きくしていると言ってよい。

文庫出版の意味するものは、激動の現代のみならず将来にわたって、大きくなることはあっても、小さくなることはないだろう。

「電撃文庫」は、そのように多様化した対象に応え、歴史に耐えうる作品を収録するのはもちろん、新しい世紀を迎えるにあたって、既成の枠をこえる新鮮で強烈なアイ・オープナーたりたい。

その特異さ故に、この存在は、かつて文庫がはじめて出版世界に登場したときと、同じ戸惑いを読書人に与えるかもしれない。

しかし、〈Changing Times,Changing Publishing〉時代は変わって、出版も変わる。時を重ねるなかで、精神の糧として、心の一隅を占めるものとして、次なる文化の担い手の若者たちに確かな評価を得られると信じて、ここに「電撃文庫」を出版する。

1993年6月10日
角川歴彦

電撃文庫

小さな魔女と空飛ぶ狐

南井大介
イラスト／大槍葦人

ISBN978-4-04-868836-9

レヴェトリア空軍のエース・クラウゼは、ある日、戦争終結の切り札とされる天才少女のお守りを命じられる。気難しい〝魔法使い〟達が織り成す現代の御伽話《ウィッチ・テイル》！

み-15-2　2011

ピクシー・ワークス

南井大介
イラスト／バーニア600

ISBN978-4-04-868013-4

学園の才女かつ問題児が集う笹島明桜高校・天文部。部費の使い込みがバレた彼女達は、とある精密機械の修理を請負うが……。ハイテク女子高生の青春白書！

み-15-1　1823

よめせんっ！

マサト真希
イラスト／ごまさとし

ISBN978-4-04-868146-9

霊感少年の広人が拾った子猫は、翌朝なんと全裸の美少女になって彼の上で正座していた。ねこがみと名乗る少女は、広人に千人の嫁を授けると宣言!?

ま-7-11　1856

よめせんっ！2

マサト真希
イラスト／ごまさとし

ISBN978-4-04-868457-6

遊園地でのお花見を心待ちにする鯉屋家一同。そんな彼らの前に現われたのは超偉そうな黒髪美少女幽霊!? 一風変わった嫁候補の登場に、ねこがみさまは――？

ま-7-12　1929

よめせんっ！3

マサト真希
イラスト／ごまさとし

ISBN978-4-04-868830-7

「広人先輩を、わらわの婿にします！」との決意を秘め、鯉屋家にやってきた可憐な狐姫。彼女の企みも知らず、ねこがみさまは新たな嫁候補と大歓迎するが……!?

ま-7-13　2004